ADAKIA
VERLAG

Raul Jordan

In Minuten um den Globus

Kürzestgeschichten

ADAKIA
VERLAG

adakia Verlag UG (haftungsbeschränkt)

Bibliographische Information der Deutschen Bibliothek:
Die Deutsche Bibliothek verzeichnet diese Publikation
in der Deutschen Nationalbibliographie;
detaillierte Daten sind im Internet über
http://dnp.ddb.de abrufbar.

Gesamtherstellung: adakia Verlag, Gera
1. Auflage, November 2016
ISBN 978-3-941935-36-5

Ich widme dieses Buch meinem Großvater Ewald Neubacher und seinem Bruder, meinem Großonkel Horst Neubacher. Es fällt mir schwer, meine Dankbarkeit, die ich ihnen gegenüber empfinde, in Worte zu fassen. Sie beide haben mich, jeder auf seine eigene Art, immer wieder dazu ermutigt, dem Leben offen zu begegnen, es von Grund auf zu verstehen und zumindest einen Teil von dem, was davon formulierbar ist, auch aufzuschreiben und zu bewahren.

Mein Großvater war mir während all der Jahre unserer Verbundenheit vor allem ein lebendiges Beispiel für den gründlich und beharrlich Suchenden, für den Gang in die Tiefe. Von ihm lernte ich unter anderem, dass der Alltag und eigentlich alles, was wir tun, schnell verflacht, wenn wir es ohne Ernsthaftigkeit, ohne innere Haltung betreiben. Mein Großonkel schien mir hingegen immer eher ins Weite zu streben und, selbst wenn das vielleicht zu vereinfachend klingt, die ganze Vielfalt der Welt zu umarmen. Seine Begeisterungsfähigkeit für die bunten Wunder des Lebens war ohnegleichen. Als Kenner der edelsten Dichtungen weltweit war sein unermüdlicher Zuspruch meinen ersten, nicht selten wackligen Texten gegenüber keine Selbstverständlichkeit und für mich persönlich ein unentbehrlicher Rückenwind. Dieser Geschichtenband hier wäre ohne meine zwei ältesten Freunde wohl weder begonnen noch jemals abgeschlossen worden.

Nicht verschweigen darf ich an dieser Stelle allerdings, dass noch eine dritte Person maßgeblich an seiner Entstehung mitgewirkt hat – und zwar meine Freundin Caroline. Ihr Einfluss steckt mehr oder weniger verborgen in jeder einzelnen Seite und ich danke ihr unendlich dafür. Wer die Kunst des interessierten Zuhörens und des wertschätzenden Kritisierens erlernen möchte, der kann sich getrost an sie wenden. Sie ist der ehrlichste und mitfühlendste Mensch, den ich kenne.

Jordanien: Zum Geleit

Und als der Morgen kam, brach der Junge auf. Einmal noch sah er zurück – zurück zu seinem Vater, dann aber blickte er nach vorn, wo die schiefen, vom Wüstenwind zu Boden gedrückten Dornbüsche lange Schatten vorauswarfen.

Es war kühl. Der Junge fror ein wenig, doch bevor er nun schneller ausschritt, nahm er nochmals das kleine weiß bestickte Spruchband hervor. Er hielt es in der Hand umschlossen, entrollte es und las die schöne zweizeilige Handschrift seiner Mutter:

> Du magst in aller Herren Länder reisen
> und wirst am Ende nur dich selbst umkreisen.

Syrien: Ein Platz an der Sonne

Ein paar Kinder spielten unter einem Kletterbaum. Bald hatte jemand die Idee, ganz oben in der Baumkrone an der Sonne zu sitzen. Unter etwas Gerangel, wer der Erste, wer der Zweite und so weiter sein durfte, erklommen sie den Baum.

Als das letzte Kind, ein kleines Mädchen, den untersten Ast ergriff, rief jemand herab: »Willst du auch einen Platz an der Sonne? Dann beeil dich lieber!«

Das Mädchen kletterte schneller. Dann sah es jedoch zwischen den Blättern, dass die anderen, die schon oben waren, auf ziemlich dünnen Ästen hockten und sogar immer noch um bessere Plätze stritten.

Da sprang das Mädchen von dem Ast herunter und trat aus dem Schatten des Baumes.

Irak: Die Mutter aller Gesetze

Kürzlich wurde im Zweistromland eine einmalige historische Steinsäule mit eingeritzter Keilschrift ausgegraben. Dabei handelt es sich, so die Experten, unzweifelhaft um den ältesten bekannten Gesetzestext der Menschheit, sozusagen um die Mutter aller Gesetze, die an Alter selbst jene berühmten Rechtssätze der Babylonier um Jahrhunderte übertrifft. Wirklich sensationell macht dieses Urgesetz jedoch erst sein Wortlaut, denn dadurch wird es zum einzig bekannten Gebot, woran sich ausnahmslos alle Völker der Erde immer gehalten haben. Frei übertragen lautet es etwa so:

»Wer außer diesem Gesetz jemals irgendein anderes Gesetz entwirft oder durchsetzt in der Absicht, Streit und Unordnung unter den Menschen zu bekämpfen, der gilt als Ruhestifter und soll als Störenunfried damit bestraft werden, dass die Menschen sein Gesetz übertreten und brechen.«

Kuwait: Fettflecken

Einmal sagte der Kadi beim Abendessen zu seiner Frau: »Wenn ich nachher zu unseren Nachbarn gehe, will ich gern etwas vorlesen und für Unterhaltung sorgen. Weißt du, wo unser kleines Erbauungsbuch mit den moralischen Geschichten hingeraten ist?«

»Es liegt unter meinem Kopfkissen«, antwortete sie.

Da ließ der Kadi sofort seine Lammkeule fallen, sprang auf und holte das Buch. Als er jedoch freudestrahlend zurück ins Esszimmer trat und seine Frau sah, wie er ohne Bedacht mit seinen fettigen Fingern darin herumblätterte, entriss sie es ihm.

»Was ist denn in dich gefahren?«, verwunderte sich der Kadi.

»Das ist mein Lieblingsbuch!«, rief seine Frau halb gereizt und halb gekränkt. »Jetzt ist es voller Fettflecken, du Tölpel!«

»Aber Liebling, beruhige dich!«, versuchte der Kadi zu trösten. »Es ist doch nur das Äußere ein wenig befleckt, der Inhalt ist unversehrt. Sei nicht so kleinlich. Die Geschichten kannst du immer noch lesen.«

Von so viel Taktlosigkeit nun vollends erzürnt, nahm seine Frau die Soßenschüssel vom Tisch und schüttete sie dem Kadi übers Gewand.

»Bist du verrückt?«, schrie er auf. »Ich muss heute unter die Leute!«

»Aber Liebling«, flötete sie, »was ist denn schon passiert? Nur dein Äußeres ist ein wenig befleckt, der Inhalt ist doch unversehrt. Die Geschichten kannst du immer noch lesen.«

Bahrain: Das neue Gesetz

Der Statthalter von Dilmun beauftragte einst seinen jüngeren Bruder mit einer gründlichen Sanierung des Gesetzes. Die Rechtsgelehrten des Herrschers machten ihm natürlich gleich vielerlei Vorschläge, was an den einzelnen Paragraphen noch auszubessern und genauer zu formulieren sei. So ging der brave Mann schließlich mit dem schweren Auftrag und einem Kopf voller Klauseln nach Hause, wo seine Frau gerade mit dem Frühjahrsputz beschäftigt war. Er half ihr auch etwas dabei, doch eigentlich brütete er über dem alten Gesetz und fragte sich immer wieder, mal laut, mal leise:

»Welches Rechtsgebäude hält denn das Reich nun am besten in Ordnung?«

Als seine Frau am Abend endlich den Kehricht hinaustrug, blieb sie bei ihm stehen und sagte: »Was grübelst du denn noch? Je verwinkelter ein Haus ist und je mehr Kleinkram sich dort anhäuft, desto mehr Staub fängt sich eben darin und desto schwerer hält man es rein.«

Ihr Mann horchte auf. Und danach strich dieser ordnungsliebende Freigeist zum blanken Entsetzen der herrschaftlichen Berater die über dreitausend kniffligen Paragraphen der alten Gesetzesfassung auf nur einundachtzig übersichtliche Rechtssätze zusammen.

Katar: Brotfladen

»Wie kommst du voran mit deinem neuesten Buch?«, fragte der Großvater seinen Enkel.

»Gestern ein Sätzchen, heute ein Sätzchen – ich kann nicht klagen«, antwortete der junge Dichter und biss in einen frischen Brotfladen, den er sich eben gebacken hatte.

»Würdest du schneller deine Werke schreiben«, sprach der Großvater, »verdientest du auch mehr Geld und bräuchtest nicht immer so kärglich essen.«

»Möchtest du einen Brotfladen?«, fragte der Enkel. »Ich habe noch einen im Ofen. Er ist schnell fertig.«

»Gern«, sagte der Alte.

Sein Enkel begab sich zum Ofen und schürte die Glut, sodass die Flammen hochschlugen. Alsbald reichte er den dampfenden Fladen seinem Großvater, worauf sie beide eine Weile schweigend aßen.

»Wie schmeckt dein Fladen?«, fragte schließlich der Enkel.

Sein Großvater verzog das Gesicht. »Ehrlich gesagt, habe ich schon bessere bei dir gegessen. Dieser hier ist zwar außen goldbraun, aber innen noch roh.«

»Siehst du«, schmunzelte der junge Dichter, »so ergeht es eben dem zu schnell Gebackenen. Es verspricht viel, hält aber wenig ein. Mein Brotfladen dagegen ist schmackhaft. Ihn habe ich langsam auf kleiner Flamme außen und innen gut durchgebacken.«

Vereinigte Arabische Emirate: Der Junge mit den Aprikosen

»Was hockst du da untätig auf der Stufe herum und verbummelst die Zeit?«, zürnte der dicke Mann.

»Vater«, antwortete der Junge, »ich hocke nicht untätig herum. Ich denke mir Geschichten aus, die ich irgendwann einmal anderen erzählen kann und die die Menschen bewegen.«

»Quatschkopf«, schalt ihn der Alte. »Du immer mit deinen Geschichten. Wach endlich auf! Geschichten bewegen nichts und niemanden. Hier hast du eine Münze. Geh, mach dich nützlich! Auf, auf! Deine Mutter braucht noch Aprikosen vom Markt.«

Der Junge erhob sich, nahm die Münze und schlenderte pfeifend davon. Als er später wiederkam, sagte sein Vater: »Das hat ja ewig gedauert, aber wenigstens hast du einmal etwas Nützliches getan.«

»Stell dir vor, was mir passiert ist«, sprach der Junge. »Ich hatte die Münze in meine Tasche gesteckt, wo ich sie sicher verwahrt glaubte. Unten am Markt ging ich dann zum Obstverkäufer. Ich suchte die Aprikosen aus und wollte sie eben bezahlen, da bemerkte ich mit Schrecken, dass die Münze aus meiner Tasche verschwunden war.«

Sein Vater schüttelte den Kopf. »Du bist und bleibst eben ein Trottel.«

»Die Münze konnte unmöglich von selbst herausgefallen sein«, sagte der Junge. »Im Gedränge der Menschen musste sie mir ein Taschendieb gestohlen haben.«

»Hab ich dich nicht hundertmal gewarnt vor diesen dreisten Hunden?«, fragte der Alte vorwurfsvoll.

»Jedenfalls«, fuhr der Junge fort, »konnte ich jetzt die Aprikosen nicht kaufen. Also machte ich mich verdrossen auf den Rückweg und malte mir schon die Schelte aus, die zu Hause auf mich wartete. Wie ich aber so mit gesenktem Kopf die Straße entlangging, blinkte es plötzlich genau vor meinen Füßen silbern in der Sonne. Ich bückte mich und traute meinen Augen kaum. Da lag eine Silbermünze.«

»Eine Silbermünze?« Der Alte strich sich gefällig über den Bart. »Dann bekomme ich ja noch Wechselgeld von dir.«

»Warte, Vater! Ich war nun so erfreut über den Fund, dass ich schleunigst zurück zum Markt rannte, um die Aprikosen doch noch zu kaufen. Der Händler lachte mir schon entgegen und fragte, ob ich denn diesmal das Geld auch einstecken hätte. Ich lachte zurück, griff in meine Tasche und erstarrte. Die Münze war weg!«

»Sie war weg?«, rief der Alte und schlug sich vor die Stirn. »Das darf doch nicht wahr sein!«

»Ja, auch die Silbermünze war verschwunden«, sprach der Junge. »Ich konnte es nicht fassen. Meine Tasche hat kein Loch und ich hatte auf jede Berührung im Gedränge der Menschen geachtet. Ein Dieb konnte sie mir diesmal nicht entwendet haben.«

»Aber sie kann sich doch nicht in Luft auflösen!«, erregte sich sein Vater.

»Sie muss mir beim Rennen zum Markt aus der Tasche gefallen sein.«

»Gottgütiger, wie saublöd, wie trottelig muss man denn sein, um eine ganze Silbermünze zu verlieren?« Der Alte begann zu schwitzen.

»Glaub mir, Vater, das fragte ich mich auch. Mehr noch fragte ich mich jedoch, welches Donnerwetter mich zu Hause erwarten würde, wenn ich das alles beichten müsste. Ich war so traurig und so wütend auf mich, dass ich mich heulend an die nächste Straßenecke setzte. Kaum saß ich dort aber eine Weile, da trat ein edel gekleideter Mann auf mich zu. Er trug goldene Ringe an seinen Fingern und musste ein reicher Effendi sein. Ich hatte wohl sein Mitleid erweckt, denn er fragte mich, weshalb ich so betrübt sei. Da schilderte ich ihm den ganzen Hergang und gab zu, dass ich mich nun nicht getraute, ohne Aprikosen heimzukommen. Aber das ist doch schnell in Ordnung gebracht, sagte der Herr darauf. Seine weißen Zähne blitzten, als er mir lächelnd eine goldene Münze in die Hand drückte.«

»Was? Eine Goldmünze?«, jubelte der Vater. Er wischte sich die Stirn mit dem Handrücken ab. »Da haben wir ausgesorgt für den Rest des Monats. Was hast du Tollpatsch nur für unverschämtes Glück! Vielleicht sollten wir dich öfter heulend auf die Straße schicken.«

»Ich bedankte mich jedenfalls«, sagte der Junge, »mit meiner tiefsten Verbeugung bei dem Edelmann und eilte zurück zum Markt. Diesmal behielt ich die Münze fest in meiner Faust, damit nichts mehr schiefgehen konnte. So kam ich also das dritte Mal zum Obsthändler und hielt das Goldstück freudestrahlend empor. Er sagte zwar, so viel Wechselgeld könne er gar nicht herausgeben, aber das war mir gleich. Ich war so erleichtert, doch noch an die Aprikosen zu gelangen, wie du mir aufgetragen hattest, dass ich ihm die Münze einfach zuwarf mit den Worten, er möge damit glücklich werden. Er könne sie behalten, denn ich hatte ja, was ich brauchte. Damit nahm ich endlich die Früchte und lief nach Hause. Und hier hast du die Aprikosen.«

Freudig blickte der Junge zu seinem Vater auf und hielt ihm den Früchtebeutel entgegen. Dem Alten aber hatte es die Sprache verschlagen. Er rührte sich nicht, nur seine Augen wurden größer. Dann wurde sein Kopf rot und immer röter, seine Stirn und die speckigen Wangen glühten auf, er öffnete den Mund, doch er sagte nichts und würgte nur, als kämpfte er gegen Erstickung.

»Was ist denn hier los?«, fragte in dem Moment eine helle, erschrockene Stimme. Die Ehefrau war dazugekommen. »Geht es dir nicht gut? Was hat er denn?«, fragte sie besorgt.

Der Junge zuckte die Achseln. »Ich weiß nicht, Mutter«, sagte er. »Ich hatte mir nur eine kleine Geschichte ausgedacht und die habe ich ihm erzählt.«

Oman: Ein Ort namens Glückseligkeit

An einer Kreuzung verkaufte eine alte Frau Ölkuchen als Weg-zehrung an die Reisenden, von denen die meisten ihren Weg nach einer kleinen Rast unverzüglich fortsetzten. Eine Richtung führte sie weiter nach Mekka, ein zweiter Abzweig wies hinauf zu einer Bergspitze und ein dritter zu einer Herberge.

Einmal las aber ein junger Mann die Wegweiser und fand sie nicht zu seiner Zufriedenheit. Er hockte sich an die Wegkreuzung und sah schweigend den anderen Leuten zu, welche Richtung sie wählten. Nicht einmal einen Ölkuchen aß er bei der alten Frau.

Am Abend trat sie schließlich zu ihm hin und redete ihn an:»Kein Reisender verweilt hier lange. Weißt du nicht, wohin du willst?«

»Das weiß ich schon«, erwiderte der Mann ernsthaft,»nur welchen Weg meine Füße dorthin einschlagen müssen, das weiß ich nicht. Denn ich suche keine heilige Stätte mehr, keine schöne Aussicht und auch keine sichere Bleibe. – Kennst du vielleicht einen Weg zu dem Ort namens Glückseligkeit?«

Da lachte die Frau auf.»Der Ort Glückseligkeit? Das ist gut!«, rief sie und schnallte sich ihr Gepäck auf den Rücken. Dann sagte sie noch:»Mein Kopf hat ihn oft verlassen, meine Füße niemals.«

Jemen: Ent-Täuschung?

Unter größter Vorsicht hatten einmal zwei verschleierte Frauen am Golf von Aden einen alten, von ihnen verehrten geistigen Erben des Qadiri aufgesucht, um ihn zu fragen, wie sie sich endlich aus den Mauern der Unterdrückung befreien könnten, woraufhin jener nur einen deutlich vernehmbaren Furz ließ.

Saudi-Arabien: Mohammed und die Esel

Als Mohammed seinerzeit Gottes Gericht prophezeite, kam er einmal in ein Dorf, dessen Bewohner ihn verhöhnten. Als er sie auf dem Dorfplatz von der Offenbarung belehrte, schnitten sie Grimassen, und als er sie bat, Gottes Botschaft mit ihm von Ort zu Ort zu tragen, pfiffen sie ihn aus und steckten sich Finger in die Ohren.

»Warum sind sie so störrisch?«, fragte sich Mohammed.

Als er überlegte, was er vielleicht falsch gemacht hatte, flüsterte eine Stimme ihm zu: »Gedulde dich! Wollen die Menschen nicht auf dich hören, so suche Gehör bei den Tieren.«

Mohammed wunderte sich darob, doch ging er zum nächsten Eselstall und sprach zu den Eseln laut und vernehmlich die gleichen Worte wie sonst zu den Menschen. Die Dorfbewohner strömten natürlich sofort herbei. Sie gafften und lärmten, sie lachten ihn kräftig aus und es währte nicht lang, bis die ersten ins Nachbardorf eilten, wo sie den Leuten zuriefen:

»Stellt euch vor, bei uns predigt ein Fremder im Eselstall, dass Gottes Gericht bevorsteht, und der glaubt tatsächlich, die Esel würden ihm helfen, die Botschaft im Land zu verbreiten!«

Israel: Das Amt

Ein Waisenjunge wuchs in einer jüdischen Gemeinde auf. Man erzog ihn nach der Thora und er setzte sich für die Rechte der Juden ein. Jahrelang bekleidete er ein hohes Amt an einer Synagoge. Eines Tages verlor er jedoch bei einem Reiseunfall seine Habseligkeiten und sein Gedächtnis. Er kannte niemanden mehr; niemand kannte ihn. Der Mann wuchs daraufhin, als wäre er wieder Säugling, in einer christlichen Gemeinde auf. Man erzog ihn nach der Bibel und er setzte sich für die Rechte der Christen ein. Jahrelang bekleidete er ein hohes Amt an einer Kirche. Eines Tages verlor er bei einem zweiten Reiseunfall erneut seine Habseligkeiten und sein Gedächtnis. Er kannte niemanden mehr; niemand kannte ihn. Der Mann wuchs daraufhin, als wäre er wieder Säugling, in einer muslimischen Gemeinde auf. Man erzog ihn nach dem Koran und er setzte sich für die Rechte der Mohammedaner ein. Jahrelang bekleidete er ein hohes Amt an einer Moschee.

Eines Tages erlangte er bei einem dritten Unfall sein gesamtes Erinnerungsvermögen zurück und übersah seine Lage. Dreimal war er in einer Strömung mitgetrieben. Dreimal hatte er im geistlichen Amte für die Belange verschiedener Religionen gekämpft. Der Glaube war ihm jeweils anerzogen worden. Jetzt vermochte er nicht länger, sich für einen zu entscheiden. Er wollte allen Gläubigen als auch den Ungläubigen dienen. Fortan war er schwächer, da ohne Glaubensgemeinde, und nackt, da ohne religiöses Gewand, aber für ihn stand etwas über der Religion, und das war – Mensch zu sein und dieses wurde sein Amt.

Libanon: Ins Paradies

Ein Ziegenhirt lag ausgestreckt im Gras bei seinen Tieren und sah den vorüberziehenden Wolken nach. Da kamen zwei fromme Pilger des Weges. Sie besprachen gerade, was man alles tun müsse, um ins Paradies zu kommen.

Der Hirte richtete sich auf, hob den Finger und fragte: »Seht ihr den Himmel über der Erde?«

»Ja, und?«, entgegneten sie.

»Das ist der Himmel auf Erden«, sagte er.

Zypern: Neue Sicht auf die Dinge

Ein Philosoph bekam einmal Besuch von einem alten Schulfreund, der unbedingt mit ihm wie einstmals spazieren gehen wollte. »Bitte!«, bedrängte der ihn. »Tritt einmal heraus aus deiner Studierhöhle. Hier drinnen kannst du am Ende auch nicht tiefer blicken als wir alle und musst erkennen, dass der Mensch ab und zu eine Abwechslung braucht, eine neue Sicht auf die Dinge.«

Da gab der Philosoph nach und ließ sich zum bekanntesten Aussichtshügel der Gegend führen.

»Wie weit man hier sehen kann!«, rief sein Freund oben aus.

Als er jedoch neben sich blickte, stand der Philosoph mit seinem Gesicht genau vor einem dichten Busch.

»Was machst du denn dort?«, fragte er ihn verwundert.

»Ich genieße die Aussicht, die neue Sicht auf die Dinge«, lautete die Antwort.

»Aber du kannst ja gar nichts sehen, wo du stehst!«

»Wieso?«, sprach der Philosoph. »Ich sehe ein Bild. Und du siehst ein Bild. Und wenn wir es beide malen würden, würdest du auch erkennen, dass deines genauso flach ist wie meines.«

Ägypten: Die Schule aller Schulen

Ein Schüler sagte zu seinem Lehrer: »Ihr habt uns viele Jahre lang aufgeklärt über alle möglichen Denkschulen unter dem östlichen und dem westlichen Himmel. Ihr habt mir und anderen Wissbegierigen von deren Gründern und Nachahmern, von deren Grundgedanken und Konsequenzen berichtet, nur eines habt Ihr bis heute unterlassen. Warum gabt Ihr niemals bekannt, welcher Schule Ihr selbst zugehört?«

Da sprach der Lehrer, der erkannte, dass bei diesem Schüler die Zeit reif geworden war: »Ich will versuchen, es dir verständlich zu machen. Siehe, als ich jung war wie du, hatte ich den Ehrgeiz, meinem Leben die rechte Richtung zu geben. Da ich damals kaum wusste, was recht und was nicht recht war, hörte ich auf andere Wegsucher und folgte bekennenden Lehrern und Priestern, denn sie hatten für sich die rechte Richtung bereits gefunden und vermittelten diese auch mir als die rechte. Für einige Zeit ging das gut, in die Fußstapfen meiner Führer zu treten, doch allzu bald stieß ich mir jedes Mal den Kopf und bemerkte unter Schmerzen, dass jede harte Lebensauffassung, jede Denkerschule, jedes strikte Regelwerk für mich nur eingeschränkt galt und nie ein ganzes Leben lang. Alle diese Richtungen schienen mir nebeneinander berechtigt, doch keine war insgesamt besser oder schlechter als irgendeine andere und plausibel kamen sie mir nur zeitweilig vor, eben gewisse Etappen hindurch.

Als ich das geklärt hatte, pilgerte ich in die Nähe von Saïs, wo vor versammeltem Volke ein Redewettstreit der Denkschulen stattfand. Als ich den Schauplatz erreichte, lauschte ich Dutzenden beredsamen Sprechern, allesamt überzeugte Vertreter verschiedenster Richtungen, die es zungenfertig verstanden, das Eigentümliche und Vorteilhafte ihrer Anschauung darzulegen. Ich ließ mich aber nicht mehr beirren. Für mich hatte jede Schule ihren Wert und keine war den anderen als wertvoller vorzuziehen, denn sobald ich sie einzeln als alleiniges und allgemeingültiges Rezept zur Lebensbewältigung angewandt hatte, versagten sie alle.

Schließlich trat ein Redner vor, dessen Schule behauptete, es sei keine äußere Richtung die rechte, sondern einzig der Weg nach innen. Man solle demzufolge seinem Geiste zugewandt das Leben tatenlos absitzen. Danach setzte sich der Mann auf die Bühne, hüllte sich in seinen Burnus und verharrte demonstrativ in Bewegungslosigkeit. Damit es weitergehen konnte, trugen ihn die Zuschauer hinunter.

Danach meldete ich mich zu Wort, um meine Kritik an den starren Standpunkten aller Schulen, auch der Schule der Tatenlosen, vorzutragen. Man wies mich an, noch den letzten Redner abzuwarten. Er war ein gewöhnlicher Beduine, der es vorzog, von seinem Stehplatz am Rande der Menschenmenge und nicht von der Erhöhung herab zu sprechen. Er sagte:

Meine Herkunft ist belanglos. Mein Name ist Namenlos. Hört nur meine Worte! Wir haben heute das Für und Wider verschiedener Denkrichtungen vernommen. So weit ist die Redekunst ein erquickliches Hörspiel. Legen wir uns jedoch auf eine einzige dieser Richtungen fest für unseren weiteren Lebensweg, so gliche dies der unnatürlichen Entscheidung, nunmehr ständig nach Norden oder Süden, Osten oder Westen wandern zu wollen. Wer sich so beschränkt, stößt gewiss gegen Baum oder Fels. Es hilft dann nicht, sich trotzig hinzusetzen und sein Heil in der Tatenlosigkeit zu suchen, denn wie lange hält man es wohl aus, an einem Fleck zu warten, bis einen Durst und Hunger wieder zu Taten treiben?

Es hilft aber auch nicht, sich neunmalklug eine eigene Richtung auszudenken und zu meinen, diese sei für immer die rechte, denn laufe ich von da an nur in diese scheinbar neue, abenteuerliche Richtung namens Südwest oder Nordostnord, wie es hier manch ein übergescheiter Denker empfiehlt, so stoße ich bald erneut gegen Mauern. In meinem Leben, verehrte Zuhörer, ging ich unzählige Schritte nach Nord, nach Süd, nach Ost und nach West. Mich hat nicht eine, sondern jede Richtung angezogen und geprägt. Warum sollte ich eine für die beste halten? Nehmt euch hiervon, was ihr braucht!

Damit endete er, bestieg sein Dromedar und ritt durch den Dattelhain davon.«

»Aber warum«, fragte der Schüler nun bewegt, »habt Ihr uns diese Geschichte nie erzählt? Die Worte des Beduinen sprechen doch aus Eurem Herzen.«

»Ja«, sagte sein Lehrer darauf, »aber als der Beduine fortritt, brach ein ohrenbetäubender Jubel aus, als hätte das Orakel eine dreifache Ernte versprochen. Die Leute tobten, sie lagen sich lachend und weinend in den Armen. Vormals bedachtsame Denker und Redner tanzten auf der Bühne, dass die Bretter krachten, und plötzlich donnerte eine Stimme über die Massen: Ihr Söhne Ägyptens erlebt die Geburt einer neuen Epoche! Die Schule aller Schulen, die Schule des Namenlosen ist hiermit begründet, und ich als ihr erster Jünger frage euch Männer vor dem Richter Osiris: Wer ist gewillt, wie ich bis zum Tod für sie einzustehen und sie zu verbreiten an alle Gestade der Welt? Da verschafften sich jauchzend hunderte Kehlen Luft zugleich, nur mir allein schnürte das die Brust zu und band meine Zunge bis heute.«

Libyen: Die drei Krüge

Ein Mann, dessen Frau bereits verstorben war, musste für einige Tage verreisen und überlegte, welches seiner drei Kinder ihn während seiner Abwesenheit im Haushalt als Familienoberhaupt vertreten sollte. Er gedachte, sie einer kleinen spielerischen Prüfung zu unterziehen, rief sie herbei und gab jedem einen gleichgroßen Krug mit den Worten:

»Bitte geht doch einmal und holt uns so viel wie möglich von dem, was wir hier in der Wüste am dringendsten brauchen!«

Die Geschwister gingen mit ihren Krügen sofort zur Wasserstelle, einem kleinen Becken, gespeist von einem Felsenquell. Der eine Sohn des Mannes füllte seinen Krug mit Wasser und begab sich gleich auf den Rückweg. Er wollte seinem Vater schnell behilflich sein, kam bei der Eile jedoch ins Schwitzen und verschwappte dabei auch etwas Quellwasser. Der andere Sohn ahnte, dass hinter dem einfachen Auftrag des Vaters vermutlich noch mehr steckte, ließ also seinen Krug ebenso mit Wasser volllaufen und trug ihn dann mit aller Vorsicht zur Hütte zurück. Randvoll, ohne einen Tropfen davon vergossen zu haben, stellte er ihn dort neben den Krug seines Bruders und lachte, denn auch der Vater blickte freundlich. Erst aber als nun die Tochter zurückkam und einen gänzlich leeren Krug abstellte, begann auch der Vater still zu lächeln, während die Brüder verwundert riefen:

»Dein Krug ist ja leer. Was ist denn passiert?«

»Ich trank einen Schluck von der Quelle«, sagte das Mädchen. »Dann sah ich euch mit euren großen Wasserkrügen nach und dachte, was wir heute noch am dringendsten hier gebrauchen können, ist wohl Sparsamkeit. Und davon habe ich einen Krug voll mitgebracht.«

Tunesien: Was die Sternschnuppe spricht

In der Nacht bewunderten zwei Astrologen einen alljährlich wiederkehrenden Sternschnuppenschwarm.

Sagte der jüngere Astrologe: »Im letzten Sommer lehrtest du mich, wer eine Sternschnuppe sieht, hat einen Wunsch frei. Genau das habe ich den Leuten meines Dorfes erzählt. Daraufhin gingen sie nachts in die Wüste und wünschten sich etwas bei jeder Sternschnuppe, die sie am Himmel entdeckten. Bald kamen sie jedoch zu mir und beklagten, ihre Wünsche blieben meist unerfüllt. Habe ich also deine Lehre falsch weitergegeben?«

Sagte der ältere Astrologe: »Nein, das hast du nicht. Die Leute haben dich nur missverstanden. Sie glauben, sie hätten bei jeder gesehenen Sternschnuppe einen neuen Wunsch frei. Die Lehre besagt aber, man hat einen Wunsch frei, einen einzigen. Der Wunsch ist immer der gleiche, denn alle Sternschnuppen predigen das gleiche. Ohne Worte ermahnen sie uns: Wünsche dir zu sein, wie du bist. Egal ob du kurz oder lang, ob du schwach oder stark leuchtest, nimm dein Schicksal hin. Entfalte deine Leuchtkraft. Du kommst aus der Nacht und zergehst in der Nacht. Dazwischen liegt deine Gelegenheit. Ergreife den Moment. Entzünde dich selbst und entzücke deine Mitbrüder und -schwestern. Sieh ihnen beim Leben zu und glühe vor Freude. Sieh ihnen beim Sterben zu und glühe vor Schmerz. Brenne immer weiter, solange du kannst. Liebe das Unabwendbare. Liebe das Licht, das du ausstrahlst. Liebe also dein Leben. Liebe aber genauso die Dunkelheit, die dich gebiert und verschlingt. Liebe also auch deinen Tod.«

Algerien: Ein Korb voll Orangen

Als junges Mädchen stieg ich einmal mit einem Korb in der Hand auf den Hügel, wo unser Orangenbaum stand. Es war heiß und ich setzte mich zunächst in den Schatten des Baumes, um auszuruhen. Und wie ich dort weit ins Land hinaus blickte, so als wäre mein ferneres Leben vor mir ausgebreitet, bäumte sich auf einmal in mir eine große, drängende Frage auf und ich sprach in den Wind: »Wie kann ich nur im Leben etwas wirklich Hohes erreichen?«

Da rauschte es über mir in der Krone des Baumes. Ein Windstoß ließ die Blätter rascheln und mir schien, als flüsterte von oben eine uralte Stimme: »Hast du schon deinen Korb voll Orangen?«

Also erhob ich mich und begann, indem ich mich auf die Zehenspitzen stellte, die Orangen einzusammeln, die mir von den untersten Zweigen entgegenhingen. So füllte sich rasch das erste Drittel des Korbes. Dann erkletterte ich das Bäumchen, so weit mich seine Äste trugen. Ich strengte mich an, streckte mich aus ins Geäst und pflückte alle Früchte in Reichweite ab. So füllte sich das zweite Drittel des Korbes. Nun stieg ich wieder herab und sah, dass noch genau die Orangen von der Spitze des Baumes fehlten, um den Korb ganz aufzufüllen.

»Wie erreiche ich sie nur?«, dachte ich. »Wenn ich noch höher klettere, stürze ich ab. Aber wie füllt sich denn sonst mein Korb?«

So fragte ich mich nach all der Mühe und setzte mich abermals in den Schatten des Baumes, sah abermals weit hinaus in das Land und abermals rauschte der Wind in der Krone. Und als plötzlich ohne mein Zutun ganz unversehens eine von den höchsten, sonnennahsten, voll ausgereiften Orangen zu mir herab vom Baum fiel, da lächelte ich und hatte ein wenig verstanden.

Niger: Die Zecke

Ein Sterndeuter saß ruhend am Wegrand. Als ein Junge mit Datteln vorüberlief, bat er diesen um ein paar Früchte.

»Was gibst du mir dafür?«, fragte der Junge.

»Ich erkläre dir Sonne, Mond und alle Himmelsgestirne«, erwiderte der Alte.

»Davon mag ich nichts hören«, entgegnete der Junge. »Aber ich teile die Datteln, wenn du mir eine Frage beantwortest. Wie groß ist dein Wissen, wenn es alle Sterne umfasst?«

Sprach der Alte: »Mein ältester Bruder wusste weit mehr als ich. Sein Wissen umfasste außer den Sternen noch fremde Sprachen und die Welt der Heilkräuter. Eines Tages befiel ihn jedoch ein Fieber. Er fantasierte, redete wirr, erkannte niemanden mehr und starb schließlich in Umnachtung. Bei der Totenwaschung fand sich eine Zecke hinter seinem Ohr, die sich dort festgebissen und die Krankheit verursacht hatte. All mein Wissen ist demnach nicht größer, als dass eine winzige Zecke genügte, es vollständig aufzusaugen.«

Hierauf aßen sie gemeinsam die Datteln.

Nigeria: Der ehrgeizige Bauer

Der neue Schulleiter einer nigerianischen Schule erzählte zum Abschluss seiner Antrittsrede vor allen Lehrern und Schülern diese Geschichte:

Ein Bauer bekam einmal ein Stück Land übereignet. Er sah sogleich, dass es nicht einheitlich war. Im Osten wuchs Gras, im Süden lag ein Sumpf, im Westen wuchs Wald und im Norden dehnte sich eine Einöde aus Stein und Fels.

»Eine gute Mischung«, dachte der Bauer, »doch das wird harte Arbeit.«

Denn er wollte das Land nutzen. Er wollte hier sein Getreide aussäen und er wollte ernten. Also begann er, das ganze Land mit dem Pflug umzupflügen.

Das Grasland im Osten war wie geschaffen dazu. Es ließ sich mit geringem Aufwand bearbeiten. Bald streute der Bauer dort Hirse und all seine mitgebrachten Gräsersamen aus und erfreute sich am raschen Wachstum und künftiger Reife.

Der Sumpf im Süden war schon widerspenstiger. Man konnte da leicht im Morast versinken und stecken bleiben. Doch der Bauer kannte ein probates Mittel dagegen. Er grub Entwässerungsgräben und legte den ganzen Sumpf trocken. Das dauerte zwar seine Zeit, doch war der Boden am Ende umso fruchtbarer. Nachdem der Bauer ihn gründlich umgeackert und besät hatte, wuchs hier sein Getreide noch höher als im Osten.

Nun widmete er sich dem Wald im Westen. Einen Wald hatte der Bauer zuvor noch nie in einen Nutzacker verwandelt. Der große Erfolg bei dem Sumpf verlieh ihm aber die Zuversicht, auch den Waldboden empfänglich machen zu können. Mit dem Pflug würde er hier nicht weit kommen, also legte er Feuer. Er brannte den Wald nieder und verstreute die Samen über dem Aschefeld. Hirse wuchs hier zwar gar nicht und die anderen Getreidesorten sprossen nur leidlich, aber immerhin, es würde eine Ernte geben. Der Boden war eben durch die Bäume schon etwas verdorben gewesen. Hier musste man sich mit kleinen Erträgen bescheiden.

Mittlerweile war auch längst Erntezeit angebrochen. Die Felder im Osten und Süden warfen großen Gewinn ab. Sie machten den Bauern reich und bekannt. Schon ahmten andere Bauern aus dem Umland seine Methoden auf ihren Ländereien nach.

Eines Tages kam wieder ein Mann aus der Nachbarschaft vorbei. Soeben war der Bauer daran, den öden Steinboden im Norden zu beackern, denn überall wollte er die Früchte seiner Arbeit sehen. Der Besucher sah das alles, überblickte die riesigen Felder und fragte sich kopfschüttelnd, wo denn der Wald und der Sumpf abgeblieben waren.

»Du wunderst dich wohl über mich?«, rief der Bauer ihm zu. »Du fragst dich sicher, weshalb ich mich mit solch unfruchtbarem Boden abmühe. Nun ja, diese Einöde hier im Norden ist natürlich der Landstrich mit dem geringsten Wert. Sie will sich ganz und gar nicht in einen Acker umwandeln. Aber ich bin eben Bauer durch und durch und ich kann das Bebauen und Bestellen nicht einfach lassen.«

Der andere wollte schon fortgehen, da fragte der Bauer: »Warum so schweigsam? Hast du nicht wie alle Besucher auch eine Frage zum Ackerbau, die dich beschäftigt?«

»Eine Frage hätte ich schon«, sagte der Mann darauf. »Du versuchst doch da gerade, eine Einöde aus Stein in eine reichere Landschaft zu verwandeln. Hast du aber nicht dort bereits eine reiche Landschaft in eine Einöde aus Getreide verwandelt?«

Benin: Die Taubstummen und der Vogel auf dem Dach

Zwei Taubstumme liefen durch eine Ortschaft, als vor ihnen ein großer Vogel auf dem Dach eines Hauses landete. Sie blieben stehen, deuteten mit der Hand hinauf, sahen sich an und lächelten. Die anderen Leute umher bemerkten ebenfalls den Vogel.

»Seht nur!«, riefen sie und weitere Menschen hielten an und erfreuten sich an dem Anblick.

Da flog der Vogel weiter und auch die zwei Taubstummen setzten ihren Weg fort.

»Was für ein schöner Storch!«, sagte eine Frau an der Straße.

»War das nicht ein Reiher?«, bezweifelte jemand.

»Weder noch – das war ein Ibis«, wusste ein älterer Herr.

»Ein Ibis? Hier gibt es doch keine Ibisse!«, bestritt aber ein anderer.

»Doch, doch!«, beteuerte der Herr und so hörte man sie alle noch eine ganze Weile lang reden.

Togo: Wie man ein Feuer entfacht

Jeder, der einmal Feuer gemacht hat, weiß, dass es leicht ist, ein kleines Feuer zu löschen oder auszutreten. Schwerer und beinah kunstvoll ist es aber, ein Feuer zu entfachen. Gerade der Anfang ist dabei das Schwierigste, denn das schwache, erste, frisch entzündete Flämmchen geht bei der kleinsten Unachtsamkeit wieder aus. Es braucht Schutz und leichte Nahrung, die es rasch verzehren kann – dünne Späne oder trockne Halme, woran es auflodert und emporwächst. Wirft man stattdessen nur achtlos seine großen Holzklötze darauf, wird das Feuer im Keim erstickt.

Und genau so ist das auch mit den Flammen in den Herzen der Menschen.

Ghana: Wann bin ich denn gebildet?

In der Bücherei stand ein Junge allein vor einem riesigen Bücherregal. Lange staunte er nur die vielen Buchrücken an, schließlich zog er aber wahllos ein paar Bücher heraus, wobei manche auf den Boden fielen. In einem Buch blätterte er nun herum und knickte dabei immer wieder Buchseiten um. Da kam ein Angestellter herbei, nahm ihm das Buch weg und stellte es zurück ins Regal.

»Ungebildeter Lümmel!«, schalt ihn der Mann. »So geht man nicht mit Büchern um!«

»Ich bin nicht ungebildet!«, sagte aber der Junge.

Der Mann lachte auf: »Du willst schon gebildet sein? Kannst du überhaupt deinen Namen schreiben?«

Da lief der Junge weg. Als er seinen großen Bruder fand, fragte er ihn voller Ernst: »Wann bin ich denn gebildet?«

Sein Bruder sagte: »Wenn du die Bücher hier lesen kannst, bist du gebildet.«

Später fragte er noch seinen Vater: »Wann bin ich denn gebildet?«

Der antwortete nach einiger Überlegung: »Wirklich gebildet ist man, wenn man fünfhundert Bücher gelesen hat und dann bemerkt, dass ein einziges vollauf genügt hätte.«

Damit aber immer noch nicht zufrieden, erzählte der Junge zu Hause seiner Mutter davon und fragte zum Schluss auch sie: »Wann bin ich denn gebildet?«

Sie sah ihn an, strich ihm übers Haar und sagte dann: »Ach, weißt du, es ist gar nicht so wichtig, gebildet zu sein. Es ist viel schöner und wichtiger, sich immer wieder zu bilden, das heißt einer Frage, die dich wirklich interessiert, auf den Grund zu gehen. Und das tust du doch gerade.«

Burkina Faso: Der bis ans Meer gewandert ist

Der junge Idrissa wollte einmal von seiner Heimat tief im Landesinnern bis ans Meer wandern. Als er von dieser Reise dann zurückgekehrt war, bestürmte ihn ein Freund sogleich mit der Frage, wie es denn unterwegs gewesen sei.

Idrissa sagte aber bloß: »Auf und ab – es ging immerzu auf und ab.«

Es war sein Lebenstraum gewesen, diesen weiten Fußmarsch mit seinem steten Wechsel von Höhen und Tiefen durchzustehen.

»Und bist du nun bis ans Meer gewandert? Hast du es geschafft?«, wollte der Freund endlich wissen.

»Ich bin gar nicht ans Meer gewandert«, sagte aber Idrissa. »Ich bin die ganze Zeit darin geschwommen.«

Mali: Lebes Lächeln

Zu Lebe dem Weisen vom Palmquell pilgerten einmal die Anführer zweier benachbarter Stämme, die seit langem im Streit miteinander lagen. Diesmal jedoch waren sie friedlich gesinnt und wollten ihre Streitigkeiten ein für allemal beilegen. Also fragten sie Lebe voller Bereitschaft zum Umdenken, wie denn ein dauerhafter Friedensschluss zwischen den Stämmen anzugehen sei. Der allerdings sagte gar nichts dazu und stand nur abwartend da. Eine Weile sahen sich die Männer betroffen an, dann entrüstete sich einer.

»Ehrwürdiger«, rief er, »deine Ratschläge werden als weise bezeichnet und allseits verehrt. Wir sind viele Tage hierher gereist, um dir nur eine Frage zu stellen, die uns wichtiger ist als alles andere, und das Einzige, was du uns mit auf den Heimweg gibst, soll ein Schweigen sein?«

Lebe aber sprach immer noch kein Wort. Der alte Gauner lächelte nur still in sich hinein!

»Und warum lächelst du die ganze Zeit?«, fragte der Mann beinah schon erbost. »Machst du dich über uns lustig?«

Darauf blickte Lebe all die gestandenen Männer voll und aufrecht an und brach endlich doch sein Schweigen.

»Diese Frage«, sprach er, »kann ich euch beantworten. Nein, ich mache mich nicht über euch lustig. Es ist nur so, schon als ich kaum zehn Jahre zählte, fragte mich mein jüngerer Bruder ernsthaft, wie wir für immer nicht nur Brüder, sondern auch Freunde bleiben könnten, und ich antwortete ihm genauso ernst, was wie zu tun sei, um das zu garantieren. Ich sprach damals sehr richtige, wichtige Worte, doch zwanzig Jahre später musste ich trotzdem darüber lächeln. Denn ist diese Kindlichkeit nicht herzerfrischend und zum Lächeln? Ich war nun dreißig Jahre alt und fragte mich mittlerweile, wie man den immerwährenden Frieden im eigenen Herzen erlangen könnte. Und wieder fand ich große Worte und sprach diesmal zu mir selbst, was dafür zu tun und was zu unterlassen sei. Doch mit fünfzig Jahren musste ich auch darüber lächeln. Dann kamen Frauen zu mir und wollten wissen, wie die überall herrschenden Ungerechtigkeiten zwischen den Geschlechtern aufzuheben seien, und noch einmal ließ ich mich hinreißen und predigte ihnen vom rechten Weg. Sie gingen zutiefst dankbar hinfort, doch heute, erneut zwanzig Jahre älter, kann ich auch darüber nur lächeln – lächeln vor allem über mich selbst! Und seht, jetzt steht ihr hier vor diesem alten Mann, der im Leben so viel erkannt, geraten und empfohlen hat, und fragt ihn nach dem Frieden zwischen den Volksstämmen. Natürlich könnte ich euch auch einen weisen Rat mit auf den Heimweg geben. Ja, ein Teil von mir möchte das sogar. So allmählich beginne ich aber, meinen vergänglichen Erkenntnissen etwas zu misstrauen und meine ernsten Worte etwas weniger ernst zu nehmen. Ich lasse also das Antworten mehr und mehr sein und lächle lieber gleich.«

Elfenbeinküste: Durchbruch an der Mauer

Erst vor wenigen Wochen ging eine Frau an einem europäischen Gerichtshof vorüber und wurde dort auf eine laute Menschenmenge aufmerksam. Auf den Steintreppen des Gebäudes, vor den offenen Flügeltüren und überall in den Grünanlagen ringsum lagen sich fein gekleidete Männer und Frauen in den Armen – staatliche Würdenträger verschiedenster Hautfarbe, Politiker, Richter, Polizeibeamte in buntester Mischung, die sich lachend beglückwünschten, auf die Schultern klopften, von den Fenstern aus zuwinkten und Interviews gaben. Sogar Berühmtheiten aus Sport und Fernsehen erkannte die Frau.

»Unglaublich!«, hörte sie jemanden rufen. »Das wurde aber auch Zeit!«

»Was wird hier eigentlich gefeiert?«, wandte sich die Frau an den erstbesten Krawattenträger, den sie ansprechen konnte.

»Verfolgen Sie keine Nachrichten?«, entgegnete der Mann. »Wir feiern den bahnbrechendsten Erfolg für die Umsetzung der Menschenrechte in Schwarzafrika seit fünfzehn Jahren.«

»Das klingt ja toll!«, rief die Frau.

»Konkret geht es um die Haftbedingungen in den Staatsgefängnissen da unten«, fuhr der Mann fort. »Die Menschen werden oft wie Vieh gehalten – dreißig, vierzig Mann zusammengepfercht in einer Zelle ohne Betten, ohne fließendes Wasser – einfach bestialisch. Dunkelhaft, Stockschläge, Folter gehören zur Tagesordnung. Aber jetzt ist Schluss damit! Wir haben es geschafft. Kommen Sie, stoßen Sie mit uns an!«

Das tat die Frau mit Freude. Sie nahm sich ein Glas Sprudelwasser, und während sie trank, berichtete der Mann: »Es war ein weiter Weg, das kann ich Ihnen sagen. Weder Sanktionen noch die Einschaltung und der Druck internationaler Kreditgeber haben diesmal irgendwas Nennenswertes bewirkt. Erst als wir uns vor Ort mit der Bevölkerung zusammengeschlossen haben, gelang uns wirklich der Durchbruch.«

»Herrlich!«, begeisterte sich die Frau. »Ich gratuliere!«

Sie ließ sich anstecken vom Jubel und Hochgefühl der anderen. Eine Freudenträne glänzte an ihrem Auge, als sie schließlich fragte: »Das heißt also, die Menschen dort in den Gefängnissen haben jetzt endlich Betten und Zugang zu fließendem Wasser?«

»Um Gottes willen, wo denken Sie hin!«, bremste sie jedoch der Mann. »Ein Schritt nach dem anderen. Aber stellen Sie sich vor, der Direktor einer der größten dortigen Haftanstalten hat heute nach fünfzehn zähen Verhandlungsjahren angeordnet, dass die Außenmauer des Gefängnisses, auf die die Häftlinge bei ihrem wöchentlichen halbstündigen Freigang schauen müssen, mit freundlichem Blau neu überstrichen wird!«

»Wie bitte?«, fragte die Frau verwirrt. »Und das verbucht man als Erfolg? Ist das nicht etwas dürftig?«

»Dürftig?«, lachte der Mann. »Nein, nein, Sie missverstehen das. Sie müssen die Sache ins rechte Licht rücken. Sehen Sie, vor diesen fünfzehn Jahren haben wir ganze zwanzig Jahre mit denen verhandelt, bis diese Mauer wenigstens einmal grau gestrichen wurde.«

»Wieso wenigstens grau, wie sah sie denn vorher aus – etwa schwarz?«, wollte die Frau wissen.

»Nein«, erklärte der Mann, »die Mauer war davor auch blau, aber Sie können sich ja denken, was davon nach zwanzig Jahren Witterung noch zu sehen war.«

Liberia: Fliegen im Sirup

Ein Mädchen machte einmal eine Entdeckung. Auf einem Holztisch im Freien hatte es beim Essen etwas Fruchtsirup verschüttet. Der zähflüssige Sirup hatte sich in einer winzigen Mulde gesammelt und zog im Nu eine Fliege an, die das Mädchen genau beobachtete.

Die Fliege kostete vom Muldenrand den Sirup mit ihrem Rüssel. Offenbar schmeckte ihr das, denn sie ging noch näher heran und saugte weiter an der süßen Quelle. Bald stand sie mit ihren Vorderfüßen mitten darin. Als sie schließlich gesättigt war, zog sie ihren Saugrüssel ein und wollte fortfliegen. Ihre Flügel summten, doch sie hob nicht ab, weil ihre Beine im klebrigen Sirup feststeckten. Plötzlich gefangen, summte sie so kräftig wie möglich, wodurch aber auch ihre Flügel am Sirup verklebten. Sie krabbelte und zappelte, strengte sich an und stieg dadurch immer tiefer in die Mulde hinein. Es dauerte nur kurz, da schwamm sie ganz im Sirup, konnte sich nicht mehr bewegen und ging darin unter. Die verlockende Futterquelle war ihr Grab geworden.

Doch damit nicht genug. Das Mädchen saß ganz still dabei und sah gebannt, wie nun eine zweite, dann eine dritte, und endlich noch ein halbes Dutzend anderer Fliegen auf genau die gleiche Art und Weise jämmerlich im Sirup ersoffen. Sie alle versprachen sich viel von der Süßigkeit, sie alle begannen erst zaghaft daran zu nippen, verloren dann Schritt für Schritt ihre Vorsicht, wateten in den Sirup wie in einen Sumpf hinein und bemerkten zu spät, dass dies eine tödliche Falle war. Ihre Flügelschläge und ihre strampelnden Beinchen zogen sie schnell noch weiter hinein ins Verderben. Am Ende waren es genau diese verzweifelten Befreiungsversuche, die sie umbrachten.

Das Mädchen staunte über seine Entdeckung, doch jetzt kam die zehnte Fliege und die machte alles ganz anders. Auch sie hatte der süßliche Sirupduft herbeigelockt und bald stand sie mit den Beinen mitten in der Tränke. Sie war erst genauso unachtsam wie die anderen. Als sie sich satt getrunken hatte und unbeeindruckt von ihren tot oder halbtot umherschwimmenden Schwestern wieder wegfliegen wollte, blieben auch sofort ihre zarten Flügel am Sirup kleben. Nun aber, als sie sich kaum noch regen konnte, stellte sie plötzlich ihre Bewegungen ein. Sie verharrte an Ort und Stelle und strampelte nicht herum wie ihre Vorgängerinnen. Sie kämpfte nicht mehr um ihre Befreiung, drehte nur selten einmal ihren kleinen Fliegenkopf etwas nach links oder rechts. Das waren aber auch ihre einzigen Lebenszeichen.

Das Mädchen wartete lange. Schließlich ging es sogar weg und als es wiederkam, waren weitere Fliegen Opfer der Falle geworden, nur die eine Fliege lebte noch immer. Als Einzige, die nicht weiter um ihre Befreiung gerungen hatte, als es aussichtslos wurde, ertrank sie nicht in dem Sirup. Bald begann es heftig zu regnen. Der Regen wusch den Sirup davon und die Fliege schaffte es, aus der Mulde herauszukrabbeln. Völlig durchnässt und noch unfähig zu fliegen, kroch sie unter den Tisch ins Trockne.

Sierra Leone: Festtag am Heiligenberg

Am Heiligenberg wird ein Fest gefeiert! Wie ein Lauffeuer verbreitete sich die Nachricht im Land. Es gäbe Speis und Trank ohne Ende, Musik und Tanz bis tief in die Nacht. Augenblicklich ließen wir alles stehen und liegen und reisten, so schnell es ging, hin. Aus allen Himmelsrichtungen strömten die Massen herbei in den buntesten Trachten und schrillsten Farben, in Dunkelblau und schillernd Grün, in Zimtbraun und Zitronengelb. Jung und Alt, Groß und Klein, Dick und Dünn – alles war vertreten in wirrem Durcheinander. Es war ein Rausch, ein brausender Reigen, ein Jubel und Trubel, ein Toben und Tosen, Lärmen und Schwärmen, hin und her, auf und nieder, vor, zurück, über- und untereinander, ein Necken und Werben, Rangeln und Raufen, Fressen und Saufen!

Das Fest war voll im Gange, als wir den Berg erreichten. Wir tauchten hinein in den wogenden Rummel, warfen uns forsch ins Getümmel und hinterdrein kamen noch mehr, von überall her immer noch mehr. Sie schossen heran, sie schoben uns vorwärts, drängten uns seitwärts, pressten uns nieder zu Boden. Wir rafften uns auf, von Speisen besudelt, von Abfall beschmiert. Wir kämpften uns durch, zogen, drückten und stießen und wurden gezogen, gedrückt und gestoßen. Alle strebten zur Spitze hinan, zum heiligen Zentrum des Berges, wo der allseits steigende Duft des Gelages sich noch übersteigert zu einer betörenden Wolke, in die das Wirrwarr der tausend vereinigten Stimmen von unten, von ringsumher wie ein einziges Sausen und Summen, wie ein stürmisches Meer heraufbrandet, sodass dem, der ganz oben steht, Hören und Sehen vergeht, bis er taumelt und fällt, loslässt, sich hingibt und urplötzlich schwebt wie im Himmel.

Wer das nie erlebt hat, der hat nie gelebt. Und jetzt war ich an der Reihe. Ein jeder kann nur Gast sein da oben, einen Augenblick nur – schon reißt es ihn fort. Aber ich war der Nächste auf der Spitze des Berges, der schweben durfte über der Menge. Ich war so aufgewühlt und unbeherrscht, so mitgerissen von heißester Ekstase, dass ich fast abgestürzt und überrannt worden wäre. Doch fand ich Halt, krabbelte zurück und dann stand ich, wo ich stand, unverrückbar wie ein Fels in der Brandung. Ich – ich allein – war der Nächste! Was für ein Wahnsinn! Eben wurde mein Vorgänger von der Kuppe geschwemmt. Dutzende Gliedmaßen, Arme und Beine nicht auseinanderzuhalten, trugen den völlig Berauschten über die Köpfe der Gipfelstürmer davon, hoben und zerrten ihn abwärts, spülten ihn fort. Der Platz war nun leer, der Thron war frei für mich, für mich!

Auf einmal aber verdunkelte sich der Himmel. Genau in diesem, in meinem Moment breitete sich ein Schatten über das Land. Die Erde erzitterte, der Heiligenberg erbebte. Panik brach aus. Alle schlugen Alarm, flohen in Windeseile vom Berg und stoben entsetzt auseinander. Nur ich allein blieb obenauf zurück, von allen verlassen und keiner Regung fähig. Wie gebannt sah ich hinauf zu dem Riesenschatten, der die Sonne verbarg, und konnte das Unglück nicht fassen. So mächtig war das Dunkel über mir, so erschlagend massig, dass ich mir winzig klein vorkam. Selbst der Berg verlor an Größe und schrumpfte zusammen. Er schien bloß noch ein Haufen Dreck, ein Batzen Schlamm zu sein, woran meine Füße klebten. Ich konnte mich kaum rühren, stak fest und wollte doch wie die anderen nur noch entfliehen.

Aber da regte sich der Schatten. Ein wuchtiges Bein hob sich über mich empor. Ich sah noch von unten den Huf daran, schlug panisch mit den Flügeln, doch schon senkte es sich und stampfte den Haufen klatschend zu Brei.

Guinea: Hilfe

Drei Männer erblickten vom Ufer eines Flusses einen Jungen, der vergnügt darin badete. Auf einmal zog aber die Strömung den Schwimmer stärker mit sich fort und er winkte mit den Armen.

»Meine Zehe krampft«, rief er herüber.

Da rief einer vom Ufer zurück: »Dann winke nicht, sondern schwimm!«

»Mach ganz ruhige Züge! So hier«, rief der zweite und führte kreisende Armbewegungen in der Luft aus.

Der dritte Mann hatte indessen sein Hemd abgelegt und stieg soeben in den Fluss.

Guinea-Bissau: Höhenluft

Im Sumpfland lebte eine Fischreiherkolonie. Die Luft war hier stickig und schwül, weshalb eines Tages ein Reiher hinauf zum höchsten Grat des nächsten Berges flog, um dort die klare, reine Höhenluft zu atmen. Wieder zurück im Sumpf, versuchte er die anderen zu überreden, es ihm gleich zu tun, doch weil sie nicht wollten, hielt er sie für dumm und sprach: »Ihr ahnt ja nicht, was euch entgeht! Aber bleibt von mir aus ewig hier unten in eurer

Dreckbrühe hocken. Ich werde morgen gleich wieder die Höhenluft genießen.«

Da zog ein alter Reiher nebenan seinen langen Hals ein und sagte: »Wenn du deinen Schnabel aufsperrst, riecht es immer noch nach altem Fisch. Viel scheinst du wahrlich nicht von deiner frischen Höhenluft mit heruntergebracht zu haben.«

Senegal: Beim Wasserholen

Vor Antritt seiner Handelsreise begleitete ein besorgter Kaufmann seine älteste Tochter zum Wasserholen. In seiner Abwesenheit sollte sie das Haus hüten. Während sie die Eimer trug, lief er also nebenher und instruierte sie unablässig, wie sie künftig Vorrat halten, ihre Geschwister erziehen und die Haustiere versorgen solle, wie sie Beamte begrüßen, Gäste bewirten und Strauchdiebe verjagen könne und wie sie im Falle eines Brandes oder gar seines Todes verfahren müsse. Als sie das Haus wieder erreichten, stellte das Mädchen die vollen Wassereimer ab.

»Hast du dir auch alles gemerkt?«, fragte ihr Vater.

Doch anstatt zu antworten nahm seine Tochter einen der schweren Eimer und goss das ganze Wasser in einem Schwall über eine Pflanze am trockenen Boden.

»Was tust du da?«, fragte der Kaufmann erschrocken.

»Ich begieße eine Blume«, sagte sie.

»Aber du verschwendest das wertvolle Wasser. Es läuft ja alles fort und verdunstet in der Sonne.«

»Lieber Vater«, sprach das Mädchen mit einem müden Lächeln, »du siehst also ein, dass das ganze Wasser der Pflanze wenig nützt? Ich bin aber genauso eine Wüstenblume. Nur Tropfen kann ich aufnehmen und dennoch redest du wie ein Wasserfall auf mich ein und verschwendest so viele Worte.«

Gambia: Der Fisch in der Pfütze

Ein Fisch saß fest in einer Pfütze. Als er um Hilfe rief, kam ein Vogel herbei und sagte:»Komm erst einmal heraus aus deinem Schmutzwasser! Die frische Luft wird dir gut tun.«

Also sprang der Fisch an Land.

»Und merkst du schon, wie schön es hier ist?«, fragte der Vogel.

Der Fisch aber schnappte vergebens nach Luft.

»Du musst auch kräftig mit deinen Flügeln schlagen!«, riet der Vogel.»Damit hebst du ab.«

Der Fisch patschte aber bloß wie wild mit den Flossen auf dem Boden herum. Geradeso gelang es ihm, zurück in die Pfütze zu tauchen.

»Komischer Vogel – hat so große Flügel und weiß sie doch nicht zu gebrauchen«, dachte der Vogel und flog davon.

Kap Verde: Ein Schwein mit drei Beinen?

Ein dreijähriges Mädchen saß mit seiner Mutter im Wartezimmer beim Arzt. Als es sich zur stillen Beschäftigung Papier und Stift nahm, schaute eine ältere Frau interessiert herüber. Das Mädchen malte nun einen großen Kreis, unten drei Striche daran, vorn einen Kopf mit Auge und Hängeohr und zum Schluss ganz hinten einen Ringelschwanz.

»Hast du ein schönes Schwein gemalt?«, fragte die ältere Frau freundlich.

Das Mädchen nickte stolz.

»Aber schau einmal«, fuhr die Frau dann fort, »wieso hat denn dein Schwein nur drei Beine?«

Da sagte das Mädchen, als ob sich das von selbst verstünde: »Die drei anderen sind doch auf der anderen Seite!«

Mauretanien: Sorgen eines alten Imams

Von einem alten Imam aus Sahil wird Folgendes berichtet: Er hatte seit Tagen sein Haus nicht verlassen und als die Leute nun kamen, um sich nach seinem Befinden zu erkundigen, erfuhren sie von seiner Schwester, dass ihm der Arzt strikte Ruhe verordnet habe und er ohnehin fast den ganzen Tag schliefe. Einige Männer traten auch ehrerbietig an sein Lager und fragten persönlich, wie es ihm ginge, worauf der Alte aber sagte, das sei doch nur Müdigkeit.

Ein paar Tage später sahen die Leute erneut nach dem Rechten und erschraken sogleich, denn die Augen ihres Imams waren mittlerweile gelb angelaufen.

»Was ist denn mit seinen Augen?«, fragten sie besorgt die Schwester.

Er aber lächelte: »Zitronengelb ist eine fröhliche Farbe, nicht wahr?«

Von nun an besuchten sie ihn täglich und bald darauf hörte der Imam auf zu essen, denn alles, was er zu sich nahm, erbrach er sofort wieder.

»Wie wollt Ihr denn wieder zu Kräften kommen, wenn Ihr nichts essen könnt?«, riefen die Leute, doch der Imam winkte diesmal bloß ab.

Beim nächsten Besuch schließlich – das war an seinem letzten Abend – lag der alte Mann völlig erschöpft und dämmrig auf seiner Schlafstatt und hielt sich den Bauch, der mächtig aufgebläht war.

»Stimmt etwas nicht? Was ist denn mit ihm?«, flüsterten die Besucher ängstlich und zögerten näher zu treten.

»Er meinte, er hätte nur Bauchschmerzen«, sagte seine Schwester, »und ich solle den Arzt nicht bemühen. Er ist aber schon unterwegs hierher.«

Und als sich nun ein betretenes Schweigen über die Runde breitete, schlug der alte Imam doch noch einmal die Augen auf und sprach leise, aber deutlich:»Warum seht ihr nur alle in letzter Zeit immer so bedrückt aus? Habt ihr denn kein Vertrauen mehr? Langsam fange ich noch an, mir wirklich Sorgen um euch zu machen.«

Marokko: Brücken

Es war einmal ein Dorf an einer Meerenge. An dem Ufer des Meeres, wo das Dorf stand, wuchs und gedieh alles, was die Bewohner zum Überleben brauchten. Jeden Tag hatte man genug zu essen und dennoch wurden einige nicht davon satt. Zwar füllten auch sie ihre Bäuche, aber ihr Geist verlangte nach mehr.

Eines Tages überwältigte einen dieser Männer der Hunger seines Geistes. Von anderen für verrückt erklärt, durchschwamm er die Meeresenge und erstmalig betrat ein menschlicher Fuß das gegenüberliegende Ufer. Was der Entdecker dort fand, musste gewaltig sein und von unvorstellbarer Schönheit zeugen, denn als er ins Dorf zurückkehrte und den Mitbewohnern berichtete, was er erfahren hatte, brachte er eine Lawine ins Rollen.

In den nächsten Jahren folgten ihm zunächst zwei, drei wagemutige Freunde, dann seine Nachbarn, seine Gäste, seine Bekannten und die Bekannten der Bekannten. Die gute Nachricht vom verheißungsvollen anderen Ufer breitete sich wie ein Lauffeuer aus. Bald wusste das ganze Umland davon und endlich schifften auch Frauen, Kinder und Alte auf ersten Kähnen hinüber.

Was sie alle dort sahen, ist nur ungefähr bekannt. Fest steht, dass jeder etwas anderes, etwas Einmaliges sah, dass einige es Erfüllung priesen, dass viele die Reise wiederholten, dass sie Feste zu Ehren des anderen Ufers gaben und dass mancher Sonderling sogar hüben auf Nahrung verzichtete und seinen Bauch entleerte, bloß um leichter über die Meerenge zu gelangen und drüben seinen Geist zu füllen.

Der Mann, der das Meer als Erster überquert hatte, beschaute mittlerweile aus der Ferne den von ihm losgebrochenen Trubel. Er war längst ein Großvater, und das Dorf eine Stadt geworden, da baute man die erste Brücke. Es sollten weitere folgen, denn den Wallfahrern war es doch zu umständlich, sich auf Dauer den wankenden Launen des Meeres zu überlassen, das eigentlich nur ein Hindernis war.

Kluge Köpfe entwarfen also Baupläne, Handwerker errichteten Grundpfeiler und konstruierten ein festes Gerüst überm Wasser, worauf nunmehr auf geebnetem Wege die Leute die Meerenge überschritten – manche bis zu zehnmal täglich. Bald entstanden sogar Brücken, zwischen deren Erbauern und Wärtern es zum Wettstreit kam, welche Brücke die stabilste sei.

In Zukunft war der Pilgerstrom also kanalisiert. Die Massen kreuzten nicht mehr irgendwo das launische Meer, sondern passierten wohlgeordnet die sicheren Brücken, um das heilige Ufer zu erreichen. Als solch ein Pilgertrupp eines Morgens von oben herab den alten Entdecker am Strand beobachtete, wie er sich seiner Kleidung entledigte und offenbar wieder hinüberzuschwimmen gedachte, da verlachten ihn die Leute als altersstarren Dickkopf.

Spanien: Beim Unkrautzupfen

Der Sohn eines Grafen hörte einst von dem entsagungsreichen Leben der Mönche in den Klöstern und wollte es aus reiner Neugier, nicht allzu lange natürlich, aber doch für ein paar Monate auch einmal damit probieren. Er war sehr von sich selbst überzeugt, also ritt er zum berühmtesten Kloster der Gegend und verlangte dort den Abt persönlich.

Als der Ehrwürdige aus einem Seitentor, das zum Garten führte, auf ihn zukam, stieg der Junge von seinem Ross und rief: »Hochverehrter Bruder im Geiste, es ist mir eine außerordentliche Freude als ältester Sohn des ...«

»Bitte kein Vorgeplänkel«, unterbrach ihn jedoch der alte Abt und hob seine erdverschmierten Hände. »Wir zupfen soeben das Unkraut und es scheint hier kein Ende damit zu nehmen. Sprich ungeschminkt, was du willst!«

Der Junge brauchte einen Atemzug, um die zurechtgelegten Höflichkeiten zu überspringen.

»Ich will … dein Novize sein«, sagte er dann.

»Mein Novize?«, fragte der Abt scharf. »Dann antworte! Hast du jemals auch nur im Entferntesten daran gedacht, dich durch einen Diebstahl heimtückisch zu bereichern?«

»Nein«, sagte der Junge rasch, aber verunsichert.

»Gut.« Der Abt fragte weiter und seine Stimme wurde laut. »Hast du aber jemals auch nur im Entferntesten daran gedacht, deine Wut an jemandem ungehemmt auszulassen und diesen Jemand in Stücke zu reißen?«

»Nein, niemals.«

»Wirklich nicht?«, bohrte der Abt, und als der Gefragte heftig verneinte, schrie er ihn an: »Hast du aber dafür jemals auch nur im Entferntesten daran gedacht, dich hemmungslos an einem geilen Weib zu vergehen und all deine innersten Gelüste auszutoben? Antworte! Schnell, schnell!«

»Nein, um Gottes willen, das habe ich nie!«, beteuerte der Junge.

»Auch nicht?«, sagte der Abt. Sein Gesicht hellte sich plötzlich auf. »Das ist gut, das ist sehr gut. Dann erübrigt sich ja der Rest.«

Auch der Grafensohn freute sich jetzt. »Dann darf ich also …?«

»Ja«, unterbrach ihn der Abt aufs Neue, »du darfst dir drinnen ein Stück Brot geben lassen und dich nachher empfehlen. Ich brauche nämlich Menschen hier zur Arbeit. Die Engel einzusetzen bin ich nicht befugt. Also dann, gute Weiterreise!«

Damit ließ er den Jungen stehen und verschwand im Klostergarten.

Portugal: Folget dem Herrn!

»Das kann ich nicht glauben!«, rief er erschüttert. »Das kann ich einfach nicht verstehen. Wieso bist du denn nach all den Jahren aus der Kirche ausgetreten?«

»Wieso bist du denn in die Kirche eingetreten?«, fragte sie zurück.

»Na, um wahrhaftig zu leben«, sagte er, »um unserem Herrn auf dem Weg zu folgen, den er uns vorgelebt hat!«

»Gut, dann verstehen wir uns doch«, schloss sie. »Genau das will ich ja auch.«

Andorra: Die Sitzwarte

Ein Vogelliebhaber legte einst einen abwechslungsreichen Garten an, in dem alle Vögel seiner Heimat regelmäßig Futter, Nist- und Ruheplätze fanden. Allein der Adler, den er am liebsten aus der Nähe bewundert hätte, der kreiste nur immer weit oben als winziger Punkt am Himmel und landete nie auf dem Grundstück. Das grämte den Vogelfreund, denn er hatte die gewöhnlichen Vögel zur Genüge betrachtet und wünschte einzig noch den Adler herbei.

Somit baute er ihm eine mächtige Sitzwarte aus bestem Holz am besten Aussichtspunkt des Gartens. Von nun an wartete der Mann monatelang ununterbrochen, dass der Adler darauf Platz und endlich seinen Garten von nahem in Augenschein nähme. Er wollte ihn dann genau beobachten, vielleicht sogar zeichnen und sicherlich seinen Freunden davon erzählen.

Der Adler ließ sich jedoch nicht ködern. Eines Tages fragte ihn seine Frau, warum er noch nie auf der schönen Sitzwarte gesessen habe, die doch so wunderbar für große Greifvögel geeignet sei.

Da sprach der Adler unbeeindruckt: »Hätte dieser Mensch die Sitzwarte tatsächlich für mich errichtet, wollte ich mich schon längst darauf niedergelassen haben. Doch trug sich mir zu, sobald ich mich darauf setze, würde er sofort bei seinen Freunden damit prahlen, den König der Lüfte in seinen Garten gelockt zu haben. Er hat die Sitzwarte also nur für sich selbst gebaut. Deshalb lasse ich ihn nun dort sitzen und warten.«

Frankreich: Das Testament

Auf der Teufelsinsel, jener berüchtigten Sträflingskolonie vor der südamerikanischen Küste, saß einmal ein wegen Mordes angeklagter Mann in Einzelhaft. Er beteuerte seine Unschuld, doch das Gericht vertagte die Verhandlung immer wieder, sodass sich der Prozess endlos hinzog. Um nicht mürbe zu werden in der dunklen Zelle und um seine Sprache nicht zu verlernen, versuchte der Mann anfangs mit dem Wärter zu reden. Der ließ sich jedoch nicht darauf ein und gebot ihm Ruhe.

Also begann der Mann, sich in Gedanken mit sich selbst zu unterhalten. Er erzählte seine Erinnerungen, dachte sich Episoden und Fabeln aus, feilte an seiner Wortwahl und reimte sogar Verse. Nach einiger Zeit fühlte er sich als echter, gereifter Dichter und wagte es mehrmals, den Wärter um Schreibutensilien zu bitten. Dieser drohte aber mit dem Entzug des Essens, wenn der Häftling nicht endlich schweigen würde.

So vergingen Jahre. Der Mann dichtete in Einsamkeit, trug so viel gewissenhaft ausgefeiltes Material zusammen, um damit ganze Bände zu füllen, und was er an Hoffnung auf Freispruch verlor, das gewann er an Vertrauen in den Gehalt seines Werkes. Dennoch war er verzweifelter als zuvor, denn was er der Nachwelt und vor allem den jungen Dichtern schriftlich hinterlassen und mit auf den Weg geben wollte, war ihm wichtiger geworden als sein eigenes Leben. Er bräuchte Monate, um nur das Bedeutendste davon zu notieren.

Da wurde eines schicksalhaften Tages seine Zellentür aufgestoßen und der Wärter trat ein. »Hier«, sagte er und reichte dem Mann

Tinte, Feder und Papier. »Ich lasse den Schieber offen, damit Licht einfällt. Zum nächsten Vollmond wirst du gehängt.«

Nachdem der Häftling dann hingerichtet worden war, holte der Wärter die Papierbögen aus der Zelle. Er sah sie gelangweilt durch, denn sie waren allesamt leer. Nur auf dem letzten las er diesen einzigen Satz:

»Ich hoffe, ihr Menschen fangt hiermit etwas Gutes an.«

Darunter stand das Alphabet.

Monaco: Das erste Schlachtenbild

Ein Schlachtenmaler dokumentierte mit seinen Gemälden den Aufstieg und Niedergang großer Feldherren. Eines Tages beim Spaziergang über die Parkwiesen sagte sein Sohn zu ihm:

»Auch ich möchte lernen, solche Szenen zu malen, wo Soldaten in den Krieg ziehen.«

Sein Vater nickte und kniete nieder auf die Wiese. »Dann zeichne mir diesen Grashalm«, forderte er.

Sein Sohn gehorchte. »Und nun?«, fragte er danach.

»Nun zeichne mir jenen Grashalm.«

Verwundert gehorchte sein Sohn erneut. Als er auf diese Weise zahlreiche Halme abgezeichnet hatte, verlor er jedoch die Geduld.

»Vater, was soll das alles?«, rief er. »Ich wollte nicht lernen, wie man Wiesen malt, sondern Soldaten, die in den Krieg ziehen.«

»Aber ja«, erwiderte der Maler, »wir sind fast fertig. Jetzt zeige ich dir, wie man eine Sense ins Bild fügt.«

Luxemburg: Wo ist der Sinn?

Ein jähzorniger König sah sich bei Hofe ein Schauspiel an, das er nicht verstand. Die anderen Zuschauer waren jedoch begeistert und lobten:

»Welch tiefsinniges Stück!«

»O, wie sinnreich!«

»Und so besinnlich!«

Da riss beim König der Geduldsfaden. »Was wird hier dauernd von Sinn gefaselt?«, rief er. »Wo ist denn euer Sinn? Man zeige ihn mir! Ich verlange, ihn sofort zu sehen! Räumt die Bühne, Schauspieler! Macht Platz für mein Gefolge! Ich will, dass jemand nach vorn geht und mir den Sinn erkenntlich macht.«

Plötzlich war es totenstill im Saal, denn jeder fürchtete, sich bloßzustellen und den königlichen Jähzorn am eigenen Leib zu spüren.

»Nun, wer zeigt mir also den Sinn?«, fragte der König. »Oder ist etwa euer Sinn so flüchtig wie euer Beifall?«

In dem Moment trat der Hofnarr auf die Bühne, verbeugte sich, sodass die Schellen seiner Zipfelkappe klimperten, und sagte salbungsvoll: »Allerdurchlauchtigste Majestät, bitte lasst mich, den niedrigsten Eurer ergebenen Diener, Euch zur Erkennung des Sinnes in der Welt verhelfen!«

Der König winkte zustimmend mit der Hand, woraufhin der Narr einen wilden, barbarischen Tanz aufführte. Er machte einen Katzenbuckel, hüpfte kreuz und quer über die Bretter, stieß dazu ein viehisches Grunzen aus, drehte sich um die eigene Achse und sprang schließlich schreiend und armefuchtelnd vor die Füße der erschrockenen Damen in der ersten Reihe, wo er lautlos liegen blieb.

»Bist du toll?«, zürnte der König. »Treibst du Schabernack mit mir? Gestehe, was dieser Unsinn soll!«

»Aber allergnädigste Hoheit«, sagte der Narr und erhob sich, »Ihr begehrtet doch zu wissen, wo der Sinn ist. Nun, Euer Sinn ist eben dort, wo nicht der Unsinn ist. Und wenn das hier Eurer weisen Ansicht nach vollkommener Unsinn war, braucht Ihr euch folglich bloß von mir abzuwenden, schon seht Ihr überall Sinn.«

Belgien: Das Sonnenblumenbeet

In einer Gartensiedlung planten drei Gärtner, schöne Sonnenblumen zu züchten. Jeder legte also in seinem Garten ein Beet an, grub die Erde um, streute Dünger und Samen aus. Bald keimten auch die Sonnenblumen. Sie schoben ihre zartgrünen Stängel ins Licht, entrollten erste Blättchen und gediehen unter sorgsamer Hege.

Eines Tages besiedelte jedoch ein anderes, fremdartiges Gewächs ebenfalls die Beete. Zunächst breitete es sich beinahe unmerklich, nur vereinzelt und langsam zwischen den Reihen der kräftigeren Blumentriebe aus. Da und dort verschwand es sogar wieder, doch tauchte es stets von neuem wie aus dem Nichts an zuvor unbesiedelten Stellen auf.

Der erste Gärtner kümmerte sich nicht darum. Er sah wohl, dass ein andersartiges Kraut zwischen seinen Lieblingen stand, doch glaubte er, die Sonnenblumen würden allein damit fertig werden. Alsbald hatte die neue Pflanze aber sein ganzes Beet mit Wurzelwerk durchzogen. Von nun an schoss sie überall rasant in die Höhe. Die Sonnenblumen welkten, sie wurden geradezu ausgesaugt. Schließlich gingen sie überschattet und überwuchert zugrunde.

Der zweite Gärtner erkannte die Gefahr rechtzeitig. Er hatte bereits von dem Unkraut gehört und ging zielstrebig dagegen vor. Allerdings schnitt er nur die sichtbaren, oberirdischen Pflanzenteile ab. Er dachte, das würde dem Eindringling schon den Garaus machen. Die unterirdischen Wurzeln wucherten jedoch weiter und entzogen seinen Blumen das Wasser. Zu spät bemerkte der Gärtner seine Halbherzigkeit. Seine Sonnenblumen blieben klein, nur wenige brachten es zu einer leidlichen Blüte.

Der dritte Gärtner nun hegte sein Beet am sorgfältigsten. Wo auch nur das kleinste Unkraut zwischen seinen Blumen hervorkam, riss und grub er es mitsamt den Wurzeln aus. Sein Beet wurde nie von einem fremden Geflecht durchwurzelt. Seine Blumen büßten kein Wasser ein. Sie überragten an Höhe lange ihn selbst und bildeten endlich goldgelb leuchtende, kraftvolle Blüten.

An seinem Gartenzaun blieben denn auch die Menschen oft stehen, manche neidvoll, doch die Mehrheit voll Bewunderung für die Sonnenblumen.

»Was für Prachtexemplare!«, staunte soeben eine Gruppe von Leuten aus der Siedlung.

»Solche will ich auch in unserem Garten haben«, rief eine Frau.

Ein Wanderer, der dies von ferne hörte, hielt daraufhin inne auf seinem Weg, gesellte sich kurz herzu und blickte gleichfalls über den Zaun. Gerade kniete der Gärtner wieder am Beetrand und rupfte Unkraut aus.

»Wie haben Sie nur diese Sonnenblumen herangezüchtet?«, fragte ihn einer der Bewunderer.

»Es ist Arbeit«, entgegnete der Gärtner und hob das herausgerissene Pflänzchen hoch, »fortwährende, harte Arbeit wegen des Unkrauts.«

Da zog der Wanderer seinen Hut zum Abschied, grüßte in die Runde und rief, bevor er weiterging: »Beginnt denn aber all die Arbeit nicht damit, ein Beet anzulegen und überhaupt etwas Schönes züchten zu wollen?«

Niederlande: Krisis des Malers

Ein Maler steckte in einer Schaffenskrise. Noch jung an Jahren war er dennoch bereits berühmt für seine Gemälde, die einem, wie seine Fürsprecher schworen, genialischen Geiste entsprangen. Natürlich hatte er Perioden durchlebt, in denen sein Fluss an Ideen auch stockte. Für höchstens drei Tage ruhten dann Kohle, Bleistift und Pinsel. Danach allerdings kehrte immer der Arbeitsrausch zurück. Als Auslöser genügte schon der seltene Einfallswinkel des Lichts durch ein Fenster oder die Physiognomie einer flanierenden Dame mit Pudel.

Diesmal jedoch war es anders. Die Farben und Kontraste hatten ihren Zauber verloren. Die ganze Welt schien grau und öd. Er hatte sie tausendfältig gezeichnet. Wozu auch nur einen weiteren Bogen verschwenden?

Seit Wochen kam er nicht über diese Frage hinaus, bis er endlich gestand, sich damit selbst zu belügen. Es war keine Sinnkrise, in der er festsaß, es war eine Schaffenskrise, das hieß, er wollte arbeiten und er sah Sinn in seiner Arbeit, ja, er hätte sogar eine graue und öde Welt gern porträtiert – allein er konnte es nicht. Ihm fehlte die Kraft. Seine Fantasie war versiegt. Wer aber ohne Fantasie Bilder malen will, der sucht Kinder zu zeugen im Stadium der Impotenz.

Statt sich auszuschlafen, durchzechte der Maler die Nächte beim Wein. Einmal holte er eine Prostituierte aufs Zimmer, versagte im Bett und klagte ihr wimmernd sein Leid:

»Meine Fee«, lallte er, weil ihr langes Haar wie das einer Märchengestalt auf ihr weißes Negligé fiel. »Wir Maler zerbrechen so leicht wie unsere Pinsel. Oh wenn ich bloß wüsste, dass ich irgendwann wieder malen werde!«

Da zog ihn die Fee durch einen Seidenvorhang hinüber ins Atelier. Rings an den Wänden hingen Gemälde, die der Maler nie zuvor gesehen hatte. Verblüfft blieb er vorm erstbesten stehen, erkannte die Farbgebung, die strenge Führung der Linien und den unnachahmlich sparsamen Stil – es war sein eigener. Nur das Bild hatte er selbst nicht gemalt, dies nicht und kein weiteres in diesem Raum, der nur der Anfang war einer weit verzweigten Galerie.

Plötzlich traf ihn ein Geistesblitz: Er schaute auf die Ausstellung seines Lebens. Hier waren nacheinander alle Werke vereinigt, die er künftig noch schaffen würde. Überwältigt vom schieren Ausmaß der Säle und Korridore, in denen abertausende Rahmen prangten, kniete er nieder, suchte nach Halt und fasste die Hand seiner Fee.

»Du hast das ermöglicht«, hauchte er. »Dieser Ausblick in meine Zukunft lässt mich gesunden. Nun, da ich weiß, dass mein Quell nie vertrocknet, werde ich morgen mit Frische beginnen. Sage nur, wem soll ich dafür danken? Nenne mir deinen Namen!«

Und lächelnd sagte die Fee: »Fantasie.«

Deutschland: Wo man übernachten kann

Nach einem Tagesmarsch trafen zwei junge Wanderer am Feldweg einen kleinen alten Mann, der sie aus munteren Augen anblinzelte.

»Jungens«, lachte er sie an, »ihr seht mir schon recht wandermüde aus, aber sagt einmal, wohin soll's denn gehen?«

Da kamen sie kurz ins Gespräch und der Alte hatte auch selber viel zu erzählen von weiten Wanderungen. Seine längste und entbehrungsreichste Reise war seine Flucht vom Kriegsgefangenenlager in Sibirien und sein fünf Jahre langer Heimweg zu Fuß nach Deutschland gewesen.

Die jungen Männer staunten, als sie das hörten, doch waren sie bereits zu müde, um Genaueres erfragen zu wollen, und so sagten sie bald: »Hab Dank für den freundlichen Empfang, aber sag uns einmal, wo kann man denn hier übernachten?«

»Wo ihr schlafen könnt?«, rief er laut, und jetzt holte der Alte weit mit den Armen aus und seine Augen blitzten auf. »*Überall* könnt ihr schlafen!«

Dänemark: Zwanzig Wörter für Schnee

Als die große, zumeist von Eis und Schnee bedeckte Insel Grönland noch kein gleichberechtigter Teil vom Staate Dänemark war, reiste einmal ein Ureinwohner Grönlands den weiten Weg bis nach Kopenhagen, der Hauptstadt Dänemarks, um sich dort für die Unabhängigkeit seines Heimatlandes einzusetzen. Wohl war dieser von Grund auf ehrliche und bescheidene Mann in Grönland bekannt und beliebt, in Dänemark jedoch war er ein Niemand. Keiner kannte ihn und auch seine Unabhängigkeitserklärung war bloß ein zusammengefaltetes Papierblatt in seiner Felltasche, das er handschriftlich selbst ausgefertigt und im Namen seines Volkes unterzeichnet hatte. All dies machte es ihm natürlich ungemein schwer, von den Dänen ernst genommen zu werden. Überall, wo er seine Erklärung einzureichen gedachte – das war bei verschiedenen Rechtsanwälten, bei Zeitungsredakteuren, beim Parlament und sogar beim Polizeipräsidium – überall glaubte man denn auch, dieser Provinzler erlaube sich einen schlechten Scherz und als der arme Kerl dann doch noch energischer für sein Gesuch eintrat, da wies man ihn empört hinaus und schalt ihn Dummkopf, Esel, Rindvieh, Vollidiot, Hornochse, Blödmann und vieles mehr.

Da wurde es unserem Grönländer schließlich zu viel. Er nahm sein Schriftstück und ging damit direkt zum Königshaus, um dort beim König von Dänemark höchstpersönlich sein Anliegen vorzutragen. Der Wachhabende allerdings, ein dienstbeflissener Beamter, der rasch bemerkte, mit welch eiserner Beharrlichkeit sich der Fremde Gehör vor der höchsten Instanz verschaffen wollte, ließ ihn gar nicht erst zum Tor herein, denn er ahnte wohlweislich, wie unangenehm es den König überraschen würde, derart unvorbereitet zur heiklen Grönlandfrage Stellung nehmen zu müssen. Um nun dem weit gereisten, mittlerweile wirklich verärgerten Grönländer aber nicht gleich mit der Garde und dem Rauswurf zu drohen, versuchte er ihn in ein friedlicheres Gespräch zu verwickeln.

»Sie haben ganz Recht«, sagte er zu ihm. »Grönland ist schon ein besonderes Land. Man hört ja so viel Faszinierendes davon. Stimmt es wirklich, dass ihr Einheimischen dort zwanzig verschiedene Wörter nur für Schnee benutzt?«

»Na und, was ist daran schon besonders?«, rief der Grönländer immer noch gereizt. »Ihr benutzt dafür zwanzig verschiedene Wörter für Dummkopf.«

»Für Dummkopf?«, fragte der Wachmann.

»Ja, zum Beispiel Esel, Rindvieh, Vollidiot, Hornochse, Blödmann …«

»Hm«, sagte der Wachmann bedächtig, »so herum habe ich das noch nie betrachtet. Woran mag das nur liegen?«

Der Grönländer, der dieses Ablenkungsmanöver genau durchschaute, begriff nun, dass es vorerst zwecklos war, hier weiterzukämpfen und ließ es dabei bewenden. Er winkte ab, steckte sein Papier zurück in die Tasche und sagte nur noch zum Abschied:

»Woran das liegt, ist doch klar. Offenbar gibt es hierzulande eben genauso häufig Dummköpfe wie bei uns in Grönland Schnee.«

Großbritannien: Loslassen

In einer Großstadt fand ein öffentliches Seminar zum Thema Loslassen statt. Davon hörte auch eine Frau, die sich seit geraumer Zeit schon damit befasste und die bereits ahnte, dass sich hinter dem unscheinbaren Wort Loslassen etwas unsagbar Wertvolles verbarg. Sie beschloss also, am Seminar teilzunehmen. Voller Vorfreude erzählte sie zu Hause gleich ihrem Mann davon, der sich mit ihr freute und am betreffenden Tag auch allein auf die Kinder aufpassen wollte.

Nun richteten sie alles so ein, dass die Frau sich frei nehmen konnte. Am Morgen vor dem Seminar aber, als ihr Mann sie fragte, wann sie denn voraussichtlich wiederkommen würde, sagte sie auf einmal: »Ich werde doch nicht zum Seminar gehen. Ich bleibe hier. Weißt du, ich hätte zwar unheimlich gern teilgenommen, aber es ist mir einfach zu teuer.«

Sie nannte auch den Preis dafür, worauf der Mann im Stillen dachte, dass der ja wirklich unverschämt hoch sei und warum ausgerechnet solche wichtigen Sachen immer von Geldschneiderei überschattet wären.

»Aber hast du dir das gut überlegt?«, sagte er trotzdem. »Du hast dich doch so sehr darauf gefreut. Und am Geld soll es jetzt nicht scheitern.«

»Danke«, sprach sie da und lächelte, »aber ich habe mich bereits umentschieden. Und anstatt nur vom Loslassen zu hören, setze ich das Seminar lieber gleich in die Praxis um und lasse davon los.«

Irland: Auf einer Schafweide

Die junge Gräfin von Cork rastete einmal mit ihrer Gesellschaft auf einer Schafweide. Als die Lady sich als einzige nicht zu fein war, durch die weidende Schafherde zum Lagerfeuer des Schäfers zu gehen, um sich mit ihm zu unterhalten, da belustigten sich ihre Begleiter darüber.

»Frau Gräfin mag wohl noch einen Leithammel jagen?«, rief einer der Hofherren und die anderen lachten dazu.

Die Gräfin ließ sich davon nicht stören. Lächelnd sagte sie zu dem Mann am Feuer: »Ich bewundere euch Schafhirten, wie ihr es ein Leben lang aushaltet zwischen dem lauten Geblöke und dem penetranten Geruch eurer Schafe.«

»Und ich«, erwiderte der Schäfer, »bewundere meine Gräfin dafür, wie sie es ein Leben lang aushält zwischen ihren blökenden Hammeln, die wohl nicht weniger Mist von sich geben.«

Island: Der grüne Polarstern

»Und jeder darf am Ende seinen Polarstern behalten«, sagte die Frau und begann, die bunten Kartonbögen auszuteilen.

Es wurde kurz lebhaft. Alle Kinder begehrten ihre Lieblingsfarbe, doch alsbald schnitten sie eifrig los und es wurde ruhiger im Raum. Scheren fraßen sich durch dickes Papier.

»Mein Stern, mein erster Stern!«, jubelte in Kürze ein Mädchen. Es hielt seinen grünen Stern, so weit es ging, von sich weg und drückte ihn dann an die Brust.

»Sehr schön«, sagte die Frau, »aber du hättest dir etwas mehr Zeit lassen können. Sieh einmal, hier stehen überall noch Kanten über. Dein Stern ist ziemlich schief.«

Allmählich wurden auch andere fertig. Die Frau ging lobend herum. Manches Kind zeigte seinen eigenen Stern den anderen. Dann räumten sie die Schnipsel weg und gaben die Scheren ab. Als sie ganz am Ende alle mit ihren ordentlich ausgeschnittenen Papiersternen schwatzend den Raum verließen, lag nur auf dem einen Platz …

»Du hast deinen Stern vergessen«, rief die Frau dem Mädchen hinterher. »Jetzt sieht er wunderschön aus.«

Das Mädchen drehte sich kurz um. »Das ist nicht mein Stern«, sagte es.

Dann rannte es weg.

Norwegen: Das gebrochene Bein

Auf den Inseln im Nordmeer lebte ein Mann, der durch waghalsige Unternehmungen bis zum Festland hin bekannt ist. Nach einem monatelangen Alleingang über Eis und Gletscher befragte ihn eine Frau von der Tagespresse über die klirrende Kälte da draußen, über klaffende Gletscherspalten und wilde, bedrohliche

Eisbären. Er erzählte hingegen nur, wie klar die Luft dort sei und wie herrlich die Ruhe in unberührter Wildnis.

Die Frau verstand einfach nicht, wie man in solch einer lebensfeindlichen Gegend so sorglos überleben konnte. »Aber was ist denn«, rief sie schließlich erregt, »wenn Sie sich irgendwo in der Eiswüste ein Bein brechen?«

»O«, sagte der Mann darauf, »ein halbes gefrorenes Bein? Das gäbe Proviant für drei oder vier ganze Tage!«

Schweden: Ein Wunsch frei

In den Wäldern des Nordens rettete einmal ein alter Mann einer guten Fee das Leben. Die Fee wollte ihm ihren Dank erweisen und eröffnete ihm, dass er jetzt einen Wunsch bei ihr frei hätte. Er durfte sich wünschen, was er wollte, und sie würde ihm diesen einen Wunsch im Handumdrehen erfüllen. Nun führte der alte Hinterwäldler aber ein derart anspruchsloses und rundum zufriedenes Leben, dass es ihm auch nicht an der kleinsten Kleinigkeit fehlte.

»Mir fällt nichts ein«, sagte er darum zur Fee.

»Warte nur«, erwiderte sie lächelnd. »Ich besuche dich morgen wieder an deinem Gartenhaus. Bis dahin wirst du sicher einen Wunsch haben.«

So verschwand sie und ließ den Mann allein, der nun natürlich anfing, hin und her zu überlegen, was er sich Sinnvolles wünschen könnte.

Als die Fee am nächsten Tag wieder bei ihm auftauchte, sagte er jedoch: »Tut mir Leid, ich weiß immer noch nicht, was ich mir wünschen soll.«

Ein paar Tage verstrichen so ergebnislos. Der Mann dachte angestrengt nach, was er denn hier draußen vielleicht entbehrte oder für sein Gartenhäuschen gebrauchen könnte, oder gar ob sonst in der Welt irgendetwas zu verbessern sei. Doch ihm kam einfach nichts in den Sinn. Tag um Tag entschuldigte er sich also bei der Fee dafür, dass er wieder keinen Einfall gehabt hätte und sie schon wieder umsonst erschienen sei. Die Fee verlor allerdings auch nicht ihre Geduld und kehrte jeden Morgen zurück, weshalb der Mann immer mehr in Verlegenheit geriet. Ganze Tage und halbe Nächte vergrübelte er bald, nur um sich einen halbwegs passablen Wunsch auszudenken. Der arme Alte hatte seine liebe Not damit und raufte sich manch graues Haar dabei aus.

Als die Fee schließlich eines Morgens erneut vor ihm stand und freundlich nachfragte, ob ihm denn bis heute ein Wunsch gekommen sei, räusperte sich der Alte und sagte gedehnt: »Nun ja, vielleicht schon. Letzte Nacht ist mir da was eingefallen.«

»Schön«, sprach die Fee, »und wie lautet dein Wunsch? Ich werde ihn dir sofort erfüllen.«

Der Alte kratzte sich am Kinn. »Also, es hat mich wirklich gefreut, deine Bekanntschaft gemacht zu haben«, sagte er, »aber würdest du mich in Zukunft bitte in Ruhe lassen?«

Finnland: Gedichtstunde

Eine Lehrerin bemühte sich vergebens, die Aufmerksamkeit der Klasse zu gewinnen. Ausgerechnet ihr schlauester Schüler zeigte sich zum wiederholten Male respektlos, indem er die anderen mit Witzeleien vom Unterricht ablenkte und durch ständiges Zwischenreden störte.

»Wie ihr wollt«, sagte die Lehrerin endlich, »es geht nicht anders. Ihr seid mir zu unruhig. Wir hören also jetzt gleich die Gedichte, die ihr bis heute auswendig lernen solltet – und das werde ich benoten.«

Augenblicklich war es still im Raum. Die Lehrerin bedeutete dem Unruhestifter, als erster das Gedicht aufzusagen, was ihm auch tadellos gelang, währenddessen seine Mitschüler aufmerksam lauschten. Danach traten andere einzeln vor, denen die Aufgabe schwerer fiel.

Sie sprachen ängstlich leise und gerieten oft nach wenigen Worten ins Stocken, was der Klassenbeste zum Anlass für weitere Albernheiten nahm. Am Stundenende fragte er auch zuerst nach der Benotung.

»Außer dich«, antwortete die Lehrerin, »habe ich alle mit Gut bewertet. Du aber hast die schlechteste Note bekommen.«

»Wieso?«, empörte sich der Schüler sogleich. »Ich habe fehlerfrei vorgetragen.«

»Das schon«, sprach die Lehrerin, »doch habe ich nicht gesagt, dass ich den Vortrag des Gedichtes benote, sondern das Zuhören dabei. Und darin warst du heute miserabel.«

Estland: Die Spinne auf der Pappel

Als eines Tages im Herbst ein starker Wind aufkam, rief eine Spinnenmutter ihren Nachwuchs am Fuße einer großen Zitterpappel zusammen.

»Es ist Zeit«, sagte sie. »Der Winter kommt bald, doch jede von euch ist reif genug, um einen Zweig der Pappel zu ersteigen und ihren Spinnfaden dort in den Wind auszurollen. Lasst euch von ihm forttragen und findet euren eigenen Weg! Auch ich habe diese Reise hinter mir. So war es immer und so soll es bleiben!«

Damit nahm sie Abschied von ihren zahllosen Spinnenkindern und verbarg sich in der Borke. Die Jungspinnen aber übermannte die Reiselust. Nur mit Mühe hatten sie sich in den vergangenen Tagen noch von der Mutter zurückhalten lassen, denn jede hatte bereits die Pappel gründlich gemustert und sich den persönlich besten Zweig für den eigenen Abflug auserkoren. Der Wind sei aber noch ungünstig, hatte Mutter inständig gewarnt. Niemand dürfe vorzeitig aufbrechen.

Heute endlich war es so weit! Als freudig erregte Traube kribbelten und krabbelten alle Spinnen den Pappelstamm hinauf.

Vorneweg lief die jüngste von allen. Sie hörte, wie die anderen hinter ihr die verschiedenen Ziele und anvisierten Wegstrecken besprachen, wie sie miteinander immer wieder über das Abwickeln des Spinnfadens im rechten Augenblick beratschlagten, wie sie sich gegenseitig ermutigten, dann beim Loslassen des Zweiges auch nicht zu zögern, wie sie stürmisch den Wind begrüßten, wenn er durch das Blattwerk rauschte, und wie sich bereits die eine oder andere Spinne an einer der etlichen Gabelungen von der Schar verabschiedete und abbog. Der jüngsten Spinne erschienen jedoch die Ansichten der Geschwister ungenügend und beschränkt.

»Warum wollt ihr schon hier unten eure Fäden in den Wind spinnen?«, rief sie zurück. »Ihr habt doch noch nichts von der Welt gesehen. Ich klettre auf den höchsten Pappelzweig, wo noch niemand vorher war. Da soll kein Blatt mich mehr am Ausblick hindern! Ich werde weiter ins Land sehen, als ihr alle zusammen.«

So eilte sie den Stamm hinan, an jeder Astgabel den steileren Abzweig erwählend. Unterdessen zerstreute sich unter ihr die Menge. Überall, wo sich der Weg verzweigte, spalteten sich Gruppen vom Hauptstrom ab, und überall, wo weiter außen die dünnen Verästelungen auseinanderliefen, da trennten sich Freunde von Freunden. Nicht erst in der Fremde, bereits hier unter dem heimatlichen Wipfel beschritt eine jede Spinne ihren eigenen Weg. Jede folgte dem eigenen Drang und den Weisungen der Mutter, anfangs alle zusammen in großer Heerschar, später in vereinzelten Grüppchen, schließlich in Paaren und endlich allein.

Bald erreichten sie die äußersten exponierten Zweige, wo der Herbstwind am kräftigsten blies. Noch suchten ihre Beinchen Halt, noch umklammerten sie das Zuhause, noch zauderten sie einen Moment aus Ungewissheit, was vor ihnen lag, doch in Kürze siegte die Neugier. Die Spinnen reckten ihren Hinterleib in den Luftstrom und spannen ihre haarfeinen Fädchen ab, bis sich der Zug daran derart verstärkte, dass sie die Umklammerung lösen mussten und fortgeweht wurden. Der Wind trug sie empor, weit und weiter, hoch und höher – und was niemand vorausgeahnt hatte, er hob sie über die Höhe der Pappel hinaus in Sphären, wo sich jede Spur von ihnen verlor.

Nur der jüngsten Spinne entging dies. Trotz ihrer acht Augen hatte sie keine Augen für das Schicksal und die Aussicht der anderen. Sie war allein auf der Pappel verblieben und erklomm nach gewaltiger Anstrengung die ersehnte Krone.

»Das hat sich gelohnt!«, dachte sie am Ausguck. »Hier war noch keiner zuvor. Solchen Weitblick hat noch niemand genossen. Ich werde allen davon erzählen!«

Nachdem sie sich satt gesehen hatte, fügte sie sich in den Ablauf der Dinge und entrollte stolz über alle Maßen ihren Spinnfaden. Wie erschrak sie jedoch, als dieser nicht wie erwartet straff in die Lüfte wies, sondern schlaff nach unten hing und sich im Geäst verfing! Der Wind hatte unvermittelt nachgelassen, ihm fehlte die Kraft, die Gunst war vorüber und die junge Spinne äugte hilflos ins Land, denn sie saß fest auf dem obersten Zweiglein der Pappel.

Lettland: Die Geschichtenverkäuferin

Ein Literat schlenderte durch den alten Rigaer Fischereihafen, um sich Inspirationen einzuholen. Seit geraumer Zeit war er ratlos. Ihm kamen nicht mehr die spritzigen Ideen, für die er bei den Lesern seiner Kolumne beliebt war. Er trank auch wieder Schnaps, denn die Zeitungsredaktion drohte mit dem Absetzen seiner Spalte. Sogar Gott, an den er nicht ernsthaft glaubte, hatte er um Hilfe gebeten. Wenigstens bis zur Pensionierung sollte der ihn noch mit Eingebungen versorgen. Gedankenverloren setzte sich der Mann auf eine Bank am Hafenbecken. Neben ihm warf ein altes Mütterchen Brot zu den Möwen.

Plötzlich rannten ein paar Straßenjungen herbei und riefen:»Wir hätten gern eine Geschichte!«

Jemand gab eine Geldmünze in einen Becher zu den Füßen der Frau, die die Kinder einlud, vor ihr im Halbkreis Platz zu nehmen.

»Hat es sich schon herumgesprochen«, fragte sie in die Runde, »dass ich Geschichten feilbiete? So hört gut zu, was ich euch heute zu erzählen habe …«

Der Literat war hellwach. Er traute seinen Ohren kaum, jubelte insgeheim und tat ansonsten so, als wäre er Luft. Als das Mütterchen mit der Geschichte am Ende war und die Kinder sich zerstreuten, stürmte er nach Hause. Das Gehörte war derart originell gewesen, dass er es Wort für Wort auf sein Schreibpapier kopierte und noch am selben Tag zur Zeitung brachte. Dort klopfte man ihm anerkennend auf die Schulter.

In den folgenden Wochen lief der Literat jeden Morgen zum Hafen, wo das Mütterchen ständig neue Geschichten vortrug. Er mischte sich aber nie unter die Zuhörer, sondern lauschte im Rücken der Frau und zahlte auch nie einen Lats in den Becher. Bald trafen Leserbriefe bei der Redaktion ein, die voller Lob waren über den genialen Autor der Kurzgeschichten und Märchen. Man gratulierte dem Literaten und sprach ihm eine Lohnerhöhung zu.

Dennoch war er unzufrieden. Während seine Kolumne aufblühte, verdorrte seine Kreativität. Den Erfolg verdankte er nicht sich selbst, sondern einer bettelarmen Greisin, die ein Kopftuch trug, um nicht von Möwen beschmutzt zu werden. Wieder und wieder griff er zum Alkohol, denn ihn plagte ein schlechtes Gewissen, wenn er nüchtern seine Abhängigkeit betrachtete.

Eines Nachts torkelte er betrunken aus einer Spelunke an den Kais hinüber zu der verhängnisvollen Bank, wo alles begonnen hatte. Er sandte ein Klagelied hinauf zu den Sternen, nahm einen Schluck aus der Flasche und wurde zornig, denn sie war leer.

»Du hast mich zerstört«, lallte er und trat gegen die Bank. »Ich verfluche dich, Mütterchen! Und du hast mich reingelegt!«, schrie er gegen den Himmel. »Ich verfluche dich, Gott!«

Er schleuderte die Schnapsflasche nach oben, doch sie fiel ins Hafenbecken.

»Nein!«, jammerte der Mann und wankte hinterher.

Er spürte kaum, wie sich seine Lunge mit Wasser füllte. Erst in der Hölle fand er zu sich zurück, wo ihm der Teufel entgegengrinste:

»Sieh an, sieh an, der Gedankendieb! Ich wusste immer, auf dich ist Verlass und wir würden uns wiedersehen.«

Der Literat erstarrte, denn er erkannte die Stimme des alten Mütterchens.

Litauen: Fünf Maler im Nebel

Fünf befreundete Maler gingen einmal durch dichten Herbstnebel.

»Überall nur trüber Nebel!«, beklagte nach einer Weile der Traurige von ihnen.

»Aber darüber wölbt sich dennoch das Blau des Himmels«, entgegnete der Hoffnungsvolle.

»Und noch weiter oben nichts als schwarze gähnende Leere«, warf der Ängstliche ein.

»Ja«, lächelte nun der Vierte im Bunde, der Gläubige, »aber in allem wohnt Gott.«

Weil der Fünfte schweigend weiterging, fragten sie ihn: »Wie siehst du das?«

Da sagte er, indem er nacheinander mit dem Finger auf sie zeigte:

»Du malst grau, du malst blau, du schwarz und du weiß.«

»Und wie malst du?«, wollten sie wissen.

»Ich gehe spazieren«, sagte er, »und habe den Pinsel beiseite gelegt.«

Weißrussland: Am Fenster zum Wald

»Brüderchen«, fragte sie, bevor sie ausging, »was machst du dort eigentlich die ganze Zeit?«

Seine Augen strahlten. Wie entrückt, wie in schönste Träume versunken, so kauerte der Junge reglos mit seinem Halblächeln auf den Lippen in der Ecke am Fenster.

»Ich sehe den Wald«, sagte er, ohne den Kopf zu wenden.

Seine Schwester blickte flüchtig hinaus. Der Winterwald begann gleich hinterm Haus und zog sich über den Hang.

»Wir gehen jetzt in die Stadt!«, rief sie freudig. Dann zeigte sie kurz aus dem Fenster: »Aber da, was ist da schon los? Mal Wind von vorn, mal Wind von hinten, mal machen ein paar Vögel Geschrei.«

»Ja«, sagte er leise, »genau wie im Wald.«

Ukraine: Der Bettler

Ein Kaufmannssohn haderte mit seiner Herkunft. Er warf seinen Eltern vor, geizig zu sein und die Menschen nur nach dem Beutel und nicht nach dem Herzen zu beurteilen. Von dem Taschengeld, das er vom Vater zugeteilt bekam, aß er sich satt für den Tag, doch den Rest warf er in den Fluss, damit er selbstzufrieden denken konnte, dass er frei von Geldgier und auf Geld nicht angewiesen sei.

Danach holte er aus einem Versteck am Ufer des Flusses schmutzige Lumpen hervor und wechselte seine Kleider. Nun, da er aussah wie ein Bettler, fühlte er sich wohler als zuvor als Kaufmannssohn. Er ging dann hinüber zur Stadtmauer, wo er im Sommer einen armen Schlucker zum Freund gewonnen hatte. Dort saßen sie dann den Tag lang und lachten gern die feinen Bürger aus, wenn sie im Sonntagsstaat an ihnen vorbeistolzierten. Abends jedoch schlich der Kaufmannssohn stets allein zurück ans Flussufer und kehrte bald in seinen reinlichen Kleidern heim für die Nacht zu seinen Eltern.

Als er aber eines Wintermorgens wieder sein Restgeld fortgeworfen und sich als Bettler verkleidet hatte, da war sein Freund, der wirklich bettelarm war, verschwunden. Er rief nach ihm und suchte ihn lange. Schließlich fand er ihn in einer luftigen Nische der Stadtmauer, wo er zusammengerollt unter einer hauchdünnen Schneedecke lag und erfroren war.

Moldau: Froschsuche

Eine dreiköpfige Familie machte einen Ausflug ins Grüne. Unbedingt wollte der Vater seiner dreijährigen Tochter zeigen, wie schön und abenteuerlich es sei, draußen vor den Toren der Stadt unterwegs zu sein. Schon im Vorfeld hatte er ihr vorgeschwärmt, wie spannend es wäre, zum Beispiel einen echten Frosch in seinem natürlichen Zuhause aufzustöbern. Als die Familie nun an ein Flussufer kam, überlegte der Mann, wie sie es am besten anstellen sollten, hier einen Frosch zu entdecken. Das kleine Mädchen lief jedoch gleich voraus und rief hellauf begeistert: »Komm, Papa! Wir suchen jetzt drei Frösche, vielleicht finden wir dann einen.«

War das nicht herzerfrischend? Die Eltern lachten jedenfalls. Sie erzählten diese Begebenheit später auch Bekannten weiter und der Vater der Kleinen schrieb sie sogar auf.

»Ja, Kinder sind wirklich großartig und so weise«, dachte er manchmal im Stillen. »Nur wir Erwachsenen übersehen das leicht. Wir bemerken kaum, dass unsere Kinder uns fast unentwegt erleuchten.«

Bei dieser Froschsuche war ihm das besonders deutlich geworden. Im Grunde war es doch nur darum gegangen, einen schönen Tag miteinander zu verbringen. Und der Tag war bereits schön gewesen! Er selbst aber hatte mit der Zielsetzung, auf jeden Fall einen Frosch finden zu wollen, den Erfolg des Tages in die Zukunft verlagert. Der Ausflug war nicht mehr Selbstzweck, er diente jetzt einem Ziel. Fast unmerklich hatte sich so eine Erwartungshaltung seiner bemächtigt. Diese Erwartung redete ihm ein: Finde einen lebenden Frosch, erst dann wird der Ausflug vollkommen sein. Das lief zwar vor allem verborgen in seinem Kopf ab, doch er kannte den Mechanismus bereits, der dahinter steckte. Er führte schnell zu bitterernster Zielstrebigkeit und sichtbar angestrengtem Tun – und das an einem unbeschwerten Tag im Freien, wo man die Seele doch baumeln lassen konnte.

Beinahe wollte auch schon der Ernst, der Planer und Macher in ihm die Oberhand gewinnen, doch zum Glück hatte er noch seine Tochter dabeigehabt! Sie hatte sich nicht von seinen Überlegungen anstecken lassen. Sie war einfach freudig drauflosspaziert. Bei ihr war die pure Freude die Triebkraft geblieben und nicht ein gedachtes Ergebnis. Sie war im Hier und Jetzt verankert gewesen und nicht wie er im Wenn und Dann versponnen. Sein Verstand war damals kurz davor gewesen, ihn total davon zu überzeugen, dass er, um wieder Freude empfinden zu können, vorher erst einen Frosch finden und den anderen vorzeigen musste. Hingegen war bei seiner Tochter der Quell echter, tief empfundener Freude aus ihr heraus bereits ins Suchen hineingeflossen. Sie war nicht wie er abhängig vom Ziel gewesen, sie war bereits im Ziel. Sie badete ja schon in Freude.

Von Fröschen erzählen konnte er also wahrlich mehr als sie, denn er wusste natürlich mehr darüber. In Sachen Lebensfreude war es jedoch umgekehrt. Da konnte er viel von ihr lernen. Und wer weiß, vielleicht verstand ja der Verstand tatsächlich weit weniger von Freude als ein Kleinkind?

Rumänien: Der Hütehund

Um die vorletzte Jahrhundertwende war einmal über das Vorgebirge im Osten ein äußerst strenger Winter hereingebrochen. Die wenigen Menschen, die hier vereinzelt im Hinterland lebten, waren arme Hirten, die ihre Schaf- und Ziegenherden, sobald es im Frühjahr die Witterung zuließ, auf die saftigen Gebirgsweiden der Hochtäler trieben. Jetzt aber hatte sie der Frost ins Tiefland gedrängt und es wehte von den schneeweißen Gipfeln bereits seit Wochen ein schneidend kalter Eishauch herab, der jedes Lebewesen in seine Behausung vertrieb, denn sobald man draußen nur Luft holte, stach es einem wie mit Nadeln in Lunge und Brust.

Unter dem Schutzdach des Anwesens einer Hirtenfamilie gebar nun mitten in diesem langen Winter im hintersten Winkel eines Heuschobers die stärkste Hündin des alten Schafhirten ein einziges Jungtier. Unsichtbare Kämpfe mussten vor der Geburt in ihr stattgefunden haben und dauerten nachher noch an, denn die Hundemutter, die sich zunächst mit aller Zärtlichkeit um ihren Nachwuchs sorgte, ihn beleckte, wärmte und nährte, ermattete alsbald unter der Hege ihres kleinen Rüden. Sie zehrte zunehmend aus, lag tagelang fast regungslos im Heu, nur flach und leise atmend mit zugekniffenen Augen. Sie beschnüffelte auch den Kleinen kaum, gab schließlich keine Milch mehr und bevor noch der Frühling seinen verspäteten Einzug hielt und endlich die ersten Lerchen durchs Tal schwirrten, verstarb sie in einer der letzten Winternächte an Schwäche und Entkräftung.

Als der Hirte – ein breitschultriger, nicht etwa herzloser Mann, dessen Blick aber die Natur vor allem auf das Notwendige gerichtet hatte – als der am Morgen nach ihr sah, da war die Hündin bereits steif. Kurzatmig zitternd schmiegte sich der Welpe an ihren eingesunkenen Bauch. Wie viele Stunden er so bereits an seiner leblosen Mutter kauerte, war schwer zu sagen. Sogar den Alten berührte es, wie das kleine weißfellige Bündel dort bebte, trinken wollte und nichts fand als trockene, erkaltete Zitzen.

Der Hirte stieß einen Fluch aus. Es war so kalt, dass selbst hier drinnen sein Atem dampfte. Er gab den Welpen auf und hätte ihn gegen die Wand geworfen, um sein Leiden zu beenden. Zu dieser Zeit weilte aber auch die Enkelin hier bei den Großeltern und da sie aus der Stadt kam und ein Herz für Tiere besaß, protestierte sie gegen Großvaters hinterwäldlerische Methoden und nahm sich des Hundebabys an. Sie zog es von Hand auf und ging dabei ganz in ihrer Rolle als Ersatzmutter auf. Die beiden waren unzertrennlich. Kaum eine Stunde verbrachte sie ohne ihren Schützling, fütterte ihn, wusch ihm die Pfötchen, liebkoste ihn und mit Einbruch der Nacht nahm sie ihn zu sich ans Bett in einem mit Moos ausgekleideten Weidenkorb, nur um ihn am nächsten Morgen zumeist gleich neben sich eingekuschelt unter der Decke auf dem weichen Schaffell zu finden.

Mit der ersten Erkundung blühender Almwiesen, unter Spiel und Spaß zwischen Schafen und anderen Hundejungen gingen der Frühling und der halbe Sommer dahin. Vieles hatte sich für den Kleinen zum Guten gewendet. Tatsächlich kam es dem alten Hirten so vor, als sei die Kraft und Zähigkeit von drei oder vier Welpen eines normalen Wurfes in ihm allein zusammengeflossen. Er wuchs schneller, rannte schneller und begriff schneller als all seine älteren Geschwister in vergleichbarem Alter. Nicht zu übersehen waren allerdings auch die Folgen des frühen Todes seiner leiblichen Mutter, wobei nicht allein der Schock der Todesnacht, also die jähe Trennung von der mütterlichen Wärme sein weiteres Hundeleben einschneidend prägte. Auch die Inschutznahme und Aufzucht des Waisen durch das Menschenkind beeinflussten sein Schicksal sicher massiv und sonderten ihn beizeiten von seinesgleichen ab. Seine ganze Beziehung und Bindungsfähigkeit zu den anderen Vertretern seiner Art war, wenn auch nicht komplett gestört, so doch höchst sonderbar und atypisch.

Hunden gegenüber trat er jedenfalls von frühestem Alter an kühn und willensstark, forsch und hart durchgreifend auf. Zu Beginn mutete dies freilich arg übertrieben und für Menschen sogar belustigend an, wenn er zum Beispiel einem ausgewachsenen Leithund einen blutigen Knochen vor der Schnauze wegschnappte und sich in drolliger Pose knurrend vor den Leckerbissen stellte, als der Ältere ihn zurückforderte. Rasch wuchs aber dieser dreiste Schoßhund zu einem kräftigen Jungblut und schließlich zu einem selten schönen Hütehund heran, der immer weniger ebenbürtige Raufgegner fand und der sowieso die ganze bestehende Rangordnung unter den hiesigen dutzenden Hunden außen zu umgehen schien. Zwischen Artgenossen wirkte er stets erhaben, aber niemals aufgebläht oder eitel. Er zählte zu ihnen und war dennoch nicht wie sie. Er war ganz klar zum Führer geboren, nicht aber wie ein Königssohn unter Landvolk, eher wie ein geheimnisvoller Fremdling und überlegener Krieger, der kam und ging, wie er wollte, und der nirgendwo wirklich zu Hause war.

Als gegen Ende seines ersten Sommers die Enkelin des alten Hirten zurück in die Stadt zog und damit das einzige zärtliche Verhältnis, das er jemals länger gepflegt und genossen hatte, für immer erlosch, war er tagelang wie verstört durch die umgrenzenden Wälder gestreunt. Zum zweiten Mal war nun sein Urvertrauen ins Leben erschüttert worden, was er auch diesmal überstand, doch hatte sich zwischen ihm und den Hunden als auch zwischen ihm und den Menschen bereits eine Kluft aufgetan. Den Hirten gegenüber verhielt er sich fortan distanziert. Er floh sie nicht, aber er mied sie und scherte sich weder um ihre Befehle und Pfiffe noch um ihre Werbungen und Annäherungsversuche. Beim Hüten der Schafe gehorchte er einzig seinem Instinkt und wenn sich die anderen Hunde einmal nach getaner Arbeit abends ums Feuer zu den Männern gesellten und streicheln ließen, lag er zumeist abseits im Halbdunkel oder pirschte noch immer um die ruhenden Schafe herum wie ein unermüdlicher Wächter.

Er gehörte zu niemandem. Er war ein Einzelgänger, der sich nicht unterordnen konnte, der aber auch nicht um Vormachtstellung kämpfte. Wenn sich andere Rüden um läufige Weibchen balgten, hielt er sich fern. Niemals lief er einer Hündin nach oder machte Anstalten, jemandem zu gefallen. Die Menschen hätten ihn wohl als Sturkopf verjagt und die Hunde als Sonderling ausgestoßen, wenn er nicht diese außergewöhnliche Begabung als Hütehund besessen hätte. Gewissermaßen wurde er so von allen geachtet, aber von keinem geliebt.

Drei Jahre später war er bereits der jüngste Rudelführer im Tal. Dank ihm verbuchte der alte Hirte weniger Verluste an Schafen als je zuvor. Dieser Hund spürte genau den Unterschied zwischen einer sorglos grasenden Herde und jener nervösen, unterschwelligen Unruhe unter den Tieren, wenn eines von ihnen fehlte und sich verlaufen hatte. Rastlos nahm er dann die Spur auf, dirigierte die anderen Hunde zu den besten Wachplätzen und drang mit seinen verlässlichsten Mitstreitern in die umliegenden Waldgebiete, um das Schaf vor der Dunkelheit wieder zu finden.

Der Hütehund führte ein strenges Regime. Kaum einmal sah man ihn einen anderen Hund freudig mit dem Schwanz wedelnd begrüßen. Wer aber beim Schafhüten gleiche Fehler zweimal beging, den verstieß er mit Bissen auf Tage aus dem Dienst. Beinah hatte es den Anschein, als müsste jeder Untergebene wissen, wie ein Schaf denkt und dass es als Herdentier allein verloren war. Ein verlaufenes Schaf war ein gefundenes Fressen. Es irrte kopflos umher und würde nicht einmal im Schnee seine eigenen Stapfen zurückverfolgen. Wenn man es bis zur Dämmerung nicht fand, dann fanden es nur noch die Wölfe.

Die Zahl dieser Einbußen wurde kleiner und kleiner und dennoch blieben die Wölfe regelmäßig erfolgreich. Sie ruhten meist tagsüber und wachten des Nachts. Die Hunde dagegen waren nachts oft übermüdet, weil sie den ganzen Tag bereits gehütet hatten. Die aufgestellten Nachtwachen genügten oft nicht. Der Hütehund wollte deshalb instinktiv auch Vorposten von der Herde weg in den Wald versetzen, doch brachte niemand als er die Verwegenheit auf, im Dunkel der anschleichenden Wölfe zu harren und sie im Rücken anzugreifen.

Nacht für Nacht streifte der Hütehund von nun an durch die Wälder. Monatelang probte er seinen Spürsinn für Wolfsfährten, lernte das lautlose Anpirschen und erschrak so manchen Wolf durch Attacken aus dem Unterwuchs. Er blühte auf in diesem tollkühnen Amt, war wie geschaffen dazu, als leidenschaftlicher Grenzgänger zwischen Wald und Weideland zu patrouillieren. Den nötigen Eifer dafür brachte er mit, ebenso die Robustheit, den Feinsinn und den zwanghaften Fleiß. Er übte, übte und übte. Sogar sein Fell tarnte er, indem er sich in Wildschweinsuhlen wälzte, und seinen Hauptfeinden, den Wölfen, spionierte er regelrecht nach, auch wenn sie nur Rehwild und Hirsch attackierten. Ohne Zweifel war er also im Hüten der Herden bereits ein Ausnahmetalent, doch wahre Meisterschaft erlangte der Hütehund im Auskundschaften und Verteidigen von deckungsreichem Terrain.

Leidenschaft schafft aber auch Leiden und Leiden wiederum schafft Leidenschaft. Was damals den Hirten wohl nämlich bis zum bitteren Ende, bis sie ihn totschlugen mit ihren Knüppeln, entging, das war die Tatsache, dass dieser Hund im Herzen litt und immerfort geschunden blieb. Er brachte es weniger aufgrund von ererbten und erlernten Stärken zu Höchstleistungen, sondern vor allem auch, weil Schmerz ihn dazu antrieb. Sein Los war es von Beginn an gewesen, sich als Außenseiter behaupten zu müssen. Dass er daran nicht zerbrochen war, hatte ihn zwar unempfindlicher gegenüber Schmerz gemacht, doch der Schmerz ging dadurch nicht weg, er fraß sich nur tiefer hinein. Dieser Hund hütete einerseits treu und brav die Schafe, etwas zog ihn immer wieder hin zu dieser Friedfertigkeit, zum Sichanschmiegen, zu einem Dasein voll scheinbarer Sanftheit und Ordnung. Er sehnte sich heimlich nach Liebe, Schutz und Idylle. Andererseits misstraute er dieser Verlockung und

Weichheit, manchmal hasste er sie, denn war es nicht gerade diese Schutzbedürftigkeit gewesen, diese Sehnsucht nach Geborgenheit und Mutterschoß, die ihn so schwer enttäuscht und verwundet zurückgelassen hatte in seinen frühesten Tagen? Wie aus dem Nichts flammten die Schmerzen seiner verdeckten, nie verheilten seelischen Wunden immer wieder auf. Sie wirkten die ganze Zeit nach und wenn sie richtig bohrten, dann trieben ihn innere Stürme weg von den Weiden hin zur Wildnis, dann spielte er Wolf, suchte den Zweikampf, suchte nach Rache und schmeckte die Blutgier. Schaf und Wolf waren wie zwei Teile seiner Seele, die oft durcheinander gerieten und leidvoll stritten. Verweilte er auf der einen Seite, entbehrte er bald die andere. Meist hielt er es zu dieser Zeit nie lang auf der Schafweide aus, doch er war auch nie lang bei den Wölfen im Wald. Das Sanfte und das Raue zog ihn genauso stark an, wie es ihn abstieß, und am wenigsten Schmerzen erlitt er bei diesem Reibungsprozess, wenn er fortlaufend zwischen Wald und Weide pendelte – eben als Kundschafter und ewiger Späher. So war er in ständigem Zwiespalt gefangen, in steter Unruhe hin und her gerissen zwischen für ihn gespaltenen, unvereinbaren Welten. Niemand verstand ihn, niemand konnte mit ihm mitfühlen, denn alle Beteiligten, ob Mensch oder Tier, waren doch irgendwo eindeutig zugehörig und verwurzelt. Er aber war ein Heimatloser, der ein Zuhause vermisste und das nicht einmal wusste.

Immer seltener zog er sich zum Ruhen auf die Weide zu seinen Brüdern zurück, die ja doch nicht seine Brüder waren. Immer länger lebte er auf sich gestellt im Urwald. Er wurde aber nie nachlässiger beim Hüten. Er umkreiste die Herden und Weidegründe so wie die anderen Hunde, nur eben in größeren Kreisen und im Schatten der Bäume. An Kraft und Ausdauer maß er sich bereits mit den stärksten Wölfen, doch das reichte nicht, um die Schafherde vollauf zu schützen. In einer stürmischen Regennacht, in der sich Hirten und Hunde schlecht organisieren konnten, verloren sie ein halbes Dutzend Schafe an die Räuber. Warum es immer wieder zu derlei Rückschlägen kam, lag schlichtweg daran, dass die Wölfe keinen Feind hatten. Nach Belieben konnten sie die Schafe anfallen. Die Hunde wehrten sie meistens zwar ab, mehr aber auch nicht. Ausgeruht kamen die Wölfe zurück, bis sie irgendwann ein Opfer erjagten. Um dem ein Ende zu setzen, müsste man die Wölfe mehr als nur verscheuchen, man müsste sie selber erbeuten. Konnte man nicht diesen zähen, eigenwilligen Hütehund gezielt darauf abrichten? Offensichtlich war er doch bestrebt, die Schafe bestmöglich abzusichern, und war denn nicht der beste Beschützer einer Schafherde jemand, der dessen Plage selber plagte, der die Wölfe einschüchtern, treiben, versprengen und erlegen konnte?

Der alte Schafhirte grübelte, was sonst gar nicht seine Art war, erstmals über solchen Fragen. Dunstig und trüb hing die Wolkendecke über ihm. Er saß auf einem Stubben am Nordhang der Weide und kratzte sich an seinem stoppeligen Kinn. Dann spuckte er aus, straffte die Riemen an seinen Gamaschen und stand auf. Es gab viel zu tun. Fürs Erste nahm er sich vor, nun vielleicht doch etwas wohlwollender gegen den Weißen, wie er den Hütehund anrief, zu sein und ihn öfter einmal mit guten Fleischbrocken für seine Dienste zu belohnen. Wegen seines notorischen Eigensinns mochte er ihn zwar nicht sonderlich, andererseits hätte ohne ihn die letzte Nacht gewiss in einer totalen Katastrophe geendet. Und vielleicht konnte er sich seine Unbeugsamkeit und Stärke ja durch ein kleines Plus an Zuwendung doch noch besser zunutze machen?

Am selben Abend einer dieser kühlen Spätsommertage, wo im Gebirge jederzeit mit Wintereinbrüchen zu rechnen ist, geschah jedoch dann die Sache mit dem Bären. Die Hirten hatten alle Schafe zusammengetrieben und stiegen mit ihnen über unwegsames Gelände zurück ins Tal. Die Tiere waren schwierig zu leiten und ohnehin noch aufgebracht von der schrecklichen Nacht. Unruhiger und lauter als sonst läuteten die Glocken an ihren Hälsen. Immer wieder blieben einige Schafe an steilen Wegstrecken angstvoll stehen, mussten angetrieben und zum Hauptfeld zurückgebracht werden. Vorn eilten hingegen ein paar Böcke andauernd davon und wurden ausgebremst, was unter anderem der Hütehund mit einem Hirtenjungen besorgte. Nach vielen Stunden mühsamen Steigens hatten sie es fast geschafft. Genau am Ausgang der letzten Schlucht, bevor der Weg also abflachte und sich die ersten Talwiesen öffneten, lauerten jedoch in der Abenddämmerung zwei Wölfe den erschöpften Schafen auf. Sie schossen plötzlich aus den Büschen und gingen auf die panisch auseinanderstiebende Herde los. Ein Teil davon floh in die Felsschlucht zurück und verstopfte den Weg für die anderen Hirten. Ein heilloses Durcheinander brach aus. Die Tiere blökten, meckerten und schrien, von oben fluchten die Menschen zwischen lärmendem Glockengebimmel. Der Junge stand unten allein vor den Raubtieren, hob seinen Hirtenstab und schlug blindlings drauflos. Er wurde in den Arm gebissen, konnte aber die Wölfe vertreiben. Schon hörte man von talwärts Stimmen und Rufe heraufhallen. Es kam Hilfe von den Häusern dort, doch der alte Schafhirte wetterte ununterbrochen. Mit geballten Fäusten stieß und trat er das Vieh beiseite und drängelte sich durch. Er beschimpfte selbst den Verletzten, ließ sich von ihm haarklein den Hergang schildern und blickte immer wieder wutschnaubend um sich. Als sich der Aufruhr etwas gelegt hatte, kam auf einmal keuchend und übersät mit Kratzwunden der weiße Hütehund aus dem Wald getrottet. Er sah übel mitgenommen aus und verletzt, vielleicht noch schwerer als der Junge. Er blutete am Auge, doch dem Alten war das gleich. Außer sich vor Zorn stürmte er mit dem Stock auf ihn los.

»Wo bist du gewesen, als hier die Wölfe waren? Wo bist du gewesen?«, brüllte er immer wieder und drosch ihm das Ding um die Ohren.

Der Hund brach darunter zusammen. Röchelnd blieb er liegen in seinem Blut.

Als er wieder zu sich kam, schien die Herbstsonne für ein mildes Stündchen ins Tal. Morgentau glänzte auf der Alm und weiter grundwärts wogten Nebelschleier. Es war einer dieser allerletzten freundlich geschenkten Tage im Jahr, an denen die Bergluft so klar ist, als könnte man überall hin ins Unendliche sehen.

Lange lag der Hütehund nur da und blinzelte mit geschwollenen Augen. Als er sich endlich langsam und schwerfällig erhob, versagten ihm die Beine. Er wankte zur Seite, knickte ein, fing sich wieder und hielt inne. Ein dünner Speichelfaden troff ihm von der Schnauze. Bevor er dann fort in den Wald hinkte, nahm sein verschwommener Blick noch die Umrisse einer zierlichen Menschengestalt wahr, die drüben am Ufer des Baches wie abwartend dastand. Eine ferne Ahnung stieg in ihm auf wie die blasse Erinnerung einer glücklicheren Kinderzeit. Er sah hinüber, doch er schaute durch das Wesen hindurch. Es erreichte ihn nicht mehr. Kurz versuchte er noch, einen Duft zu erhaschen, seine Nase zitterte, doch er roch nur getrocknetes Blut und drehte sich weg. Dann verschwand er im Gehölz.

Das Mädchen kam viele Tage lang zurück zu der Stelle, wartete jedoch vergebens. Am feuchten Waldboden hinter dem Gebüsch fand es die Tatzenabdrücke eines Braunbären, dazwischen Wolfs- und Hundespuren und überall ausgerissene Büschel von weißem Fell. Während der Hirtenjunge offenbar die aufgeschreckten Wölfe stellte, hatte der Hütehund unbemerkt die viel größere Gefahr bekämpft.

Er kehrte lange nicht ins Hirtental zurück. Den Winter verbrachte der Vertriebene im Bergwald eines abgelegenen Gebirgsstocks. Erst zur Krokusblüte sahen ihn die Menschen wieder und bald zeigte es sich, dass er einer raueren Bestimmung folgte. Er jagte die Jäger. Im ersten Jahr tötete er mindestens acht, im zweiten über zwanzig Wölfe. Das Überleben im Wald schärfte seinen Verstand und stählte seine Muskeln bis an die Grenzen, doch nebenher verrohte er. Sein Fell wurde aschgrau vom Schmutz. Er verlor endgültig den Kontakt zum Hunderudel und zur Schafherde, spürte einzig deren verirrte Tiere auf und trieb sie dann barsch zum Waldrand zurück, um rasch im Gestrüpp wieder unterzutauchen. Hitze, Durst und Parasiten plagten ihn im Sommer. Kälte, Hunger und Einsamkeit quälten ihn im Winter. Manchmal ersehnte er sich ein warmes Schaffell, was in seiner Höhle viel nützen würde. Er vertilgte Schnecken, Mäuse und Gewürm, bisweilen einen unerfahrenen Wolf. Einmal kam ihm bei der Verfolgung eines Leitwolfs einer seiner alten Kameraden versehentlich in die Quere. Es machte ihn rasend, den Wolf dadurch entkommen zu sehen. Vor Wut riss er dem Hund ein Ohr ab und verschlang es vor dessen Augen, um wenigstens seinen entsetzlichen Hunger etwas zu stillen.

Ausgezehrt bis auf die Knochen hauste der Hütehund wie ein Aussätziger im Tann. Selbst die Menschen begannen ihn zu fürchten. Der Wolfswürger hieß er nun in ihren Lagerfeuergeschichten. So dick aufgetragen der Name auch klang, er traf dennoch den Kern. Für den Hütehund waren die Wölfe beinah zu Schafen geworden, und er selber war zum Wolf verwildert.

Ein einziges Mal nur verschonte er sie. Bei der Nahrungssuche hatte ihm damals auf einem weiten Streifzug der Bergwind einen Schwall von Aasgeruch zugetragen, wahrscheinlich von einem wilden Huftier. Er kletterte daraufhin lange bergab, bis er endlich inmitten der schroffsten Felsspitzen eine freie Plattform erspähte, wohin ein Wolf eine Gämse geschleift hatte. Der Vollmond ging soeben groß und samtrot über den Bergen auf und im Licht erkannte der Hund, was ihn zuvor schon sein Gespür hatte ahnen lassen. Dort bei dem toten Wild hockte eine junge Wölfin. Sie fraß weder von der Gämse, noch heulte sie den Mond an, sie saß nur da, reglos still mit angelegten Ohren, und blickte in die Ferne zu der hellen Scheibe über leuchtend weiß- und rosafarbenen Gipfeln.

Dieses Bild rührte ihn so friedlich an, es stand in so krassem Gegensatz zu seinem ganzen Streben und strahlte eine solch überweltliche Ruhe aus, dass der Hütehund für einen Moment all seine Grenzen vergaß. Ohne Deckung nahm er, wo er gerade stand, genauso wie die Wölfin auf seinen Hinterläufen Platz und betrachtete die Nacht. Er wollte nichts mehr jagen, nichts mehr suchen, töten oder fressen. Seine Triebe schienen für diesen einen Augenblick nicht nur besänftigt zu sein, sondern abwesend. Er spürte sie nicht, er reagierte nicht darauf, denn sie waren nicht mehr da, um ihn zu lenken.

Eine kleine Bewegung riss ihn schließlich zurück ins Leben. Neben der Wölfin tauchten auf einmal Welpen auf. Sofort duckte er sich ans Gestein. Seine Augen verengten sich zu schmalen Schlitzen. Er hatte eine Kinderstube seiner Todfeinde entdeckt. Eine Weile blieb er noch im Verborgenen liegen. Unverwandt spähte er hinein in diese fremdartige Welt zu den tapsigen Kleinen und ihrer Mutter. Dann schlich er fort. Im Bauch nagte wieder der Hunger.

Die Wölfe wurden danach extrem vorsichtig und verzogen sich noch tiefer in den Gebirgswald. Sie jagten nunmehr in mondlosen düsteren Nächten, gruppiert zu zweien und setzten vor allem auf ihre vorzügliche Witterung. Ihr Geruchsinn war feiner und weitreichender als der eines jeden Hundes. Sie trugen den Dufthauch von zartestem Schaffleisch direkt in der Nase, seinen Geschmack direkt am Gaumen mit und witterten verstreute ängstliche Lämmer meilenweit. Um die Schafe vollends zu sichern, um in der Not als erster bei ihnen zu sein, musste der Hütehund sie eigentlich wie ein Wolf riechen können.

Nur wenige Tage später war Neuschnee gefallen. Am Abend blökte unweit ein Schaf um Hilfe. Es steckte fest in einer Schneeverwehung am Rande der Lichtung und hatte beide Vorderläufe gebrochen. Zwei dürre, junge Wölfe gierten bereits nach der wehrlosen Beute. Sie sprangen herzu mit lechzenden Mäulern, hielten aber abrupt in ihren Sätzen inne, als sie plötzlich das Zähne fletschende Untier gewahrten, das wie tollwütig gegenüber aus dem Brombeerdickicht preschte und über das Schaf hinweg auf sie zu schnellte. Die Wölfe zauderten nicht, sie ergriffen die Flucht. Der Hütehund kehrte um. Seine Flanken bebten, scharf zeichneten sich die Rippen ab. Er sah das erbärmliche Schaf – es war ohnehin verloren. Vor Angst war es völlig erstarrt unter dem kalten Wahnblick seiner hungrigen Pupillen.

Von ferne drang das Geheul der anderen Hunde heran. Sie jagten die verschneite Lichtung hinauf, woher sie das Schaf hatten rufen hören. Die Meute bog um die letzte Baumgruppe, da bot sich ihr ein grausiges Bild. Das Schaf war zerrissen. Die offene Bauchhöhle dampfte im Schnee. Ihr alter Gebieter, der große Hütehund, stand bei den Überresten. In gieriger Hast mussten die Räuber so viel wie in der kurzen Zeit nur möglich an Innereien aus dem Schafsleib herausgerissen und heruntergewürgt haben. Einige Hunde stürzten augenblicklich den Wölfen nach. Die anderen schnüffelten jedoch erregt umher, hechelten heiß und heulten plötzlich auf, denn keinerlei Blutspur führte weg von dem Schauplatz hin zu dem Fluchtweg der Wölfe und nur die Lefzen ihres eigenen Anführers waren blutrot verschmiert.

Ungarn: Der Kutscher und sein König

»Nach dem harten Winter bittet das Volk um eine Steuersenkung«, sagte der erste Minister zum Prinzen, als sie in der Kutsche auf dem Weg zum Schloss waren. Morgen sollte der Prinz zum König gekrönt werden und heute erwarteten bereits die ersten Geschäfte seine königliche Entscheidung.

»Steuersenkung kommt nicht in Frage«, erwiderte der Prinz. »Harte Zeiten verlangen Härte. Wir werden alle ein wenig die Zähne zusammenbeißen müssen. – Schneller!«, befahl er dem Kutscher, und der gab sich alle Mühe, seine Pferde anzutreiben.

Die Kutsche wankte hin und her, der Weg war holprig und von Schlaglöchern durchsetzt.

»Mein Prinz, das wird die Ärmsten aber in große Not stürzen«, gab sein zweiter Minister nun zu bedenken.

»Not ist nicht Tod«, sagte der Prinz, »und wir dürfen nicht gleich am Anfang die Zügel schleifen lassen.«

»Und was soll mit den aufständischen Bauern geschehen, die sich dagegen auflehnen?«, fragte die Schwester des Prinzen, die auch mit in der Kutsche saß.

»Wer sich gegen den König auflehnt, wird öffentlich gehängt. – Schneller da vorn!«, rief der Prinz.

Der Kutscher peitschte seine Gäule. Da jaulte es jämmerlich auf. Er war einem Straßenköter geradewegs über den Schwanz gefahren. Weiter vorn lagen plötzlich Steinbrocken im Weg. Er lenkte nicht ein, der Wagen holperte auf und nieder, es rüttelte alle kräftig durch und mit einem Mal krachte die Achse entzwei und die Kutsche blieb liegen.

Der Prinz war rasend vor Wut. »Du Nichtsnutz!«, herrschte er den alten Kutscher an. »Wie kann man nur so stümperhaft eine Kutsche lenken?«

Schon wollte er mit der Peitsche auf ihn losgehen, da sagte der Kutscher in aller Ruhe: »Ihr könnt mich schlagen, wenn Ihr wollt. Doch mit Verlaub, Hoheit, ich hatte nur meinen künftigen König zum Vorbild. Ich lenkte meine Kutsche so, wie mein König sein Reich lenken will. Bei allem, was sich mir in den Weg stellte, fuhr ich eine harte Linie.«

Slowakei: Bei den Steinschleppern

Du wanderst durch die Bergheimat eines eigentümlichen Völkchens. Immer wenn du auf Menschen triffst, tragen sie Körbe voller Steine auf dem Rücken. Diese Steine sind mit allerlei Farben bemalt, aber es sind ansonsten die gleichen, die zigtausendfach überall am Wegrand liegen. Da spricht dich plötzlich jemand an. Ein Mann stöhnt und schnauft, denn der Weg ist steil und sein Korb ist randvoll mit Gestein. Als du höflich stehen bleibst, bittet er dich, ihm seine Last doch abzunehmen und ein Stück weit mitzutragen. Natürlich fragst du zuerst, weshalb er denn lauter Steine mit sich schleppt. Und nun gerät der Mann ins Erzählen. Er behauptet, sie seien ein wichtiges Tauschmittel und schön obendrein, man könne sicher darauf bauen und bei den Leuten Eindruck damit machen. Spätestens jetzt wirst du misstrauisch. Er hat seine so wertvollen Steine doch bloß mit seinen Lieblingsfarben angemalt. Als er dann noch beklagt, wie hart und anstrengend das Leben hier sei, schüttelst du nur noch den Kopf über so viel Verrücktheit. Dieser Mann und diese Menschen hierzulande müssten doch nur ihre Körbe entleeren, um es leichter zu haben. Ein paar Steine würden sie schon finden, falls sie wirklich einmal welche bräuchten.

Schließlich reist du wieder nach Hause. Als du aber im Kreise deiner Freunde und Familie berichten willst, was du Kurioses erlebt hast, wird dir auf einmal schlagartig klar: Wir sind ja genauso verrückt wie diese Verrückten im Bergland! Unsere Steine, die wir zeitlebens mit uns herumschleppen, sind unsere festen Meinungen, unsere harten Überzeugungen, unsere ausgeschmückten Sorgen und Probleme. Wir halten daran fest. Wir brauchen sie und glauben felsenfest, es ginge nicht ohne. Es ist auch seltsam befriedigend, sie vor anderen auszubreiten. Wir finden sie irgendwie reizvoll und präsentieren sie oft. Wir tauschen sie aus und laden uns die Sorgen und Meinungen von anderen auf.

Ja, das Land der Steinschlepper, so erkennst du erschrocken, ist viel größer, als du bisher dachtest. Du lebst mitten darin. Du gehst Tag für Tag mit deinem schweren Korb persönlicher Steine durchs Leben. Und das tust du aus einem einzigen Grund – aus Gewohnheit.

Gute Reise!

Polen: Krähe im Nebel

Eine alte Malerin hatte sich in die Seenlandschaft der Masuren zurückgezogen, um dort in aller Stille und einquartiert bei einem verständigen Freund ein einzigartiges Bild zu malen. Dieses Gemälde, das heute in Zürich hängt, ist ihr einziges, das in weiteren Kreisen bekannt und auf Auktionen zu enormen Preisen versteigert wurde. In jenem Herbst, in dem es entstand, hatte die Malerin den Versuch unternommen, noch einmal die Schönheit der Natur symbolisch auf Leinwand zu bannen. Oft hatte sie früher schon dieses Spiel gespielt, diesen Traum geträumt, ein prägendes Naturerlebnis in Farben einzufangen, wieder zu beleben und im Bild zu verewigen. Als sie als Kind erstmalig die ganze Vollkommenheit der Natur zuinnerst gespürt und erkannt hatte, dass überall und jederzeit gerade die unscheinbarsten Momente von Harmonie wie durchdrungen waren, an diesem Tage war ihr im Morgengrauen an einem kleinen masurischen Sumpfsee eine Krähe begegnet, die damals mit wenigen Flügelschlägen das vom braunen Herbstlaub fast zugedeckte Gewässer kreuzte, bevor sie am anderen Ufer über dem weißlich bereiften Schilf geräuschlos im Nebel entschwand. Und genau diese Kindheitserinnerung gedachte sie nun zu malen. Dazu war sie in die Masuren zurückgekehrt.

So malte sie wochenlang. Im Arbeitszimmer stapelten sich die Blätter mit den Bleistiftskizzen um die eine große Leinwand. See und Schilfgürtel, am unteren Bildrand verschwommen angedeutet, waren fertig. Darüber hing in grauen Schwaden übergroß und allumfassend der undurchdringliche Nebel. Alles schien erstaunlich lebendig, nur die Krähe fehlte noch immer, obwohl sie das Deutlichste war, was die Erinnerung beschwor.

Die Malerin wusste sich nicht zu helfen. Der Kern des Bildes, das eigentliche Symbol der Naturschönheit, ließ sich nicht darstellen. Zwar malte sie Krähen zuhauf, doch jedes Mal waren es nur Vögel. Ihr Freund und Gönner, bei dem sie untergebracht war, riet zu einer Pause, in der sich Geist und Kraft wieder sammeln könnten. Die Malerin kannte jedoch die Schnelligkeit, mit der ein Schaffensdrang verflachen konnte, und sie ahnte, dass ein unvollendetes Krähenbild danach verloren war. Nach unzähligen ermüdenden Fehlversuchen kündigte sie eines Tages ihrem Freund an, das Bild noch am selben Nachmittag in einem letzten Ansturm abzuschließen.

»Meine Kraft ist verbraucht«, sagte sie zu ihm. »Nachher muss ich die Sache beenden.«

Für mehrere Stunden herrschte dann Stille. Der Freund ging spazieren und überließ der Malerin das Haus. Sie räumte zunächst ihre Skizzen weg, schrieb mit dünnen Pinselstrichen drei Wörter in eine Ecke der Leinwand und ging ins Nebenzimmer, um sich, bevor sie fortfahren würde, noch etwas auszuruhen.

Später, als es dunkelte, kehrte ihr Freund zurück. Leise trat er ins Arbeitszimmer, machte Licht und blieb gedankenversunken vor dem Bilde stehen.

»Krähe im Nebel«, las er halblaut die frische Unterschrift.

»Krähe im Nebel«, wiederholte er, und plötzlich fiel es ihm wie Schuppen von den Augen. Er schlug sich die Hand vor die Stirn und lachte auf: »Natürlich, die Krähe steckt im Nebel! Sie taucht erst noch aus ihm hervor oder ist längst in ihm verschwunden, genau wie der Titel es sagt. Deshalb fehlt sie auf dem Bild. Das heißt, die Schönheit der Natur kann eben niemals imitiert und nachgebildet werden. Sie ist immer nur anzudeuten, nur zu erahnen und zu erfühlen. Und diese unsichtbare Krähe wird hier vom Betrachter ja höchstens erahnt. Das ist ein Streich! Sag, wann ist dir das eingefallen?«

Mit den letzten lauter gesprochenen Worten war er nach nebenan gegangen, um der Malerin stürmisch zu gratulieren. Sie lehnte im Schaukelstuhl am Fenster, eine Wolldecke umhüllte ihre Beine, doch als er ihre Hand ergriff, wich er entsetzt zurück, denn sie war kalt und steif und den Mann durchfuhr die eisige Gewissheit, dass seine alte Freundin bereits vor Stunden im Schlafe verstorben war.

Tschechien: Fensterputz

Ein Alchimist trug einmal seinen Schülern auf, während seiner Abwesenheit die Fenster des Hauses vom Staub zu befreien. Als er dann früher als erwartet zurückkam, überraschte er die Adepten jedoch, wie sie gerade im Begriff waren, mit berauschenden Substanzen aus seinem Laboratorium ihre Wahrnehmung zu erweitern. Beschämt gestanden sie ihm, dass sie sich in einen Zustand versetzen wollten, in dem sie die letzte Wirklichkeit ergründen könnten.

»Hatte ich euch nicht gebeten, die Fenster zu putzen?«, fragte der Alchimist.

»Aber wir wollten etwas Neues lernen«, brach es da aus einem der Jungen hervor. »Und wie Fensterputzen geht, das haben wir schon verstanden.«

»Gar nichts habt ihr verstanden«, sagte der Alte streng. »Wenn ihr die Fenster nur putzt, um damit fertig zu werden, habt ihr noch niemals Fenster geputzt. Verrichtet ihr aber die Aufgaben, die ihr tun müsst, mit eurem ganzen Wesen, dann seht ihr jeden Moment etwas Neues, dann lernt ihr ununterbrochen.«

»Aber«, fragte der Junge, »was kann ich an diesem Fenster schon groß sehen als die paar Wolken, die vorüberziehen?«

»Du siehst also Wolken vor dem Fenster? Und was noch?«

»Sie sind weiß und grau, der Wind treibt sie vorüber.«

»Ja, und weiter?«

»Ich weiß nicht. Sie verschwinden wieder.«

»Und an genau diesem Punkt«, sprach der Alchimist wieder milde, »verlierst du dein Interesse. Du siehst nicht weiter hin, weil du das schon hundertmal gesehen hast. Du denkst, es kann dir nichts mehr geben. Vielleicht schauen wir aber noch einmal gemeinsam hin. Wir sehen also durch ein Fenster die Wolken am blauen Himmel. Sacht vom Winde getrieben, ziehen sie langsam vorüber. Das ist meine und eure Wirklichkeit. Die Wolken, die Gebilde vor unserem geistigen Horizont, tauchen auf, werden gesehen und verschwinden wieder. Um sie klarer zu erkennen, könnte ich das Fenster noch putzen. Für eine Weile sehe ich die Wolken dann deutlicher, bis das Fenster wieder einstaubt. Selbst wenn ich jedoch mein Fenster, mein Auge der Wahrnehmung, tagtäglich säubere im Bestreben, es gänzlich staubfrei zu halten, sehe ich doch nie den ganzen Himmel. So ist es doch, oder? Dieses Fenster, durch das wir blicken, hat eben seinen Rahmen. Meine Wahrnehmung ist begrenzt. Und unser Verstand ist begrenzt wie dieses Fenster. Dieser Menschenverstand kann somit etwas sehr Schönes: Er kann nämlich hinaus ins Unendliche sehen. Er kann die Wolken und die anderen Himmelserscheinungen, er kann die ganzen Phänomene der Wirklichkeit bis ins Kleinste beschreiben. Er kann aber auch etwas Wunderbares nicht: Er kann nicht sehen, was den Rahmen seines Fensters verlässt. Alles, was die Grenzen unseres Verstandes übersteigt, kann er nicht betrachten, nicht beschreiben, nicht besprechen. Könnt ihr mir noch folgen? – Nur weil ein Wölkchen unser Gesichtsfeld verlässt, heißt das natürlich nicht, dass es nicht weiterhin existiert und weiterwirkt. Und nur weil wir etwas nicht mehr sehen, nicht verstehen, nicht messen können, heißt das nicht, dass dieses Etwas nicht existiert. Nun kommt ihr aber daher und fragt euch, was ist dieses Etwas? Was liegt jenseits von unseren Verstandesgrenzen? Es ist offenbar etwas, das sich unserer Wahrnehmung entzieht, auch unserer schärfsten Wahrnehmung. Solange wir uns ein Bild davon machen wollen, entwischt es uns, denn solange wir es bedenken, bewegen wir uns nur weiterhin im Rahmen unseres Verstandes. Solange wir es so suchen, finden wir es nie. Wir könnten ja auch nicht einmal mit dem besten Fernrohr die Wirklichkeit jenseits unseres Fensterrahmens erblicken. Und solange ihr die letzte Wirklichkeit mit irgendwelchen Methoden oder Mittelchen ergründen und mit eigenen Augen bewundern wollt, solange wird sie euch immer verborgen bleiben. So simpel ist das. Also könnt ihr doch stattdessen auch einfach die Fenster putzen, oder? Ist das nicht wunderschön?«

Österreich: Jeder Wunsch ist wie ein Berg

Es ist altbekannt, doch wir vergessen es immer wieder. Jeder Wunsch, den man hegt, ist wie ein Berg, den man besteigen will. Kleinere Wünsche sind flache Berge. Größere Wünsche sind hohe Berge. Wir alle sind Bergsteiger, sind ständig am Klettern, wir suchen immerzu, unserem Wunschziel näher zu kommen. Und wir alle kennen die Mühen an den steilen Hängen, wir alle stolpern je und je, werden aufgehalten von Wind und Wetter und von Blasen an den Fußsohlen. Wir alle wissen auch um den Lohn des Ausblicks von ganz oben. Und wir alle scheitern an den schroffsten, unbezwingbaren Gipfeln, von deren Besteigung wir ewig träumen.

Im Grunde wissen wir das also ganz genau und dennoch handeln wir oft nicht danach. Wir wissen nur von dieser Erkenntnis, dass wir alle gleich sind, aber wir leben sie nicht. Wir sind vielmehr diesem kleinen Jungen ähnlich, der einmal auf der Straße einen Mann ansprach, den er geradezu vergötterte und der viele hohe Berge in der Welt bestiegen hatte.

»Du bist der Größte für mich«, sagte der Junge damals zu ihm. »Es ist unglaublich, was du geschafft hast!«

Der Mann aber sprach: »Mein junger Freund, es stimmt nicht, dass ich besser bin als andere. Du magst das glauben, aber ich tue doch auch nur das, was jeder Mensch tut – ich steige bergauf und ich steige bergab, Schritt für Schritt, das ist das ganze Geheimnis. Wenn du nur selber jeden Tag wachsam die Höhen und Tiefen deines Lebensweges durchsteigst, dann wirst du mich gut verstehen. Dann gibt es für dich vielleicht bald gar keine großen Bergsteiger und außergewöhnlichen Leistungen mehr, denn du gehst selber jederzeit mit allen anderen mitten durch das Gebirge.«

Und weil der Junge jetzt immer noch allzu sehr an seinen Lippen hing, als stünde er vorm Großmeister im Bergsteigen, kniete der Mann zu ihm auf Augenhöhe nieder. »Erinnere dich daran«, fügte er lächelnd hinzu, »ein Meister im Bergsteigen ist nicht, wer sich erst oben auf dem Gipfel freut. Die wahre Kunst des Bergsteigens besteht darin, sich am Bergsteigen zu erfreuen, also an jedem einzelnen Schritt in den Bergen.«

Liechtenstein: Gebet an die Erde

Der folgende Text stammt von einem zwölfjährigen Mädchen aus Liechtenstein. Es schrieb ihn im Krankenhaus vor einer schweren Operation, die es nicht überstand.

»Liebe Mutter Erde, ich danke dir für alles, was du mir gegeben hast. Ich danke dir für mein Leben, doch vor allem für deine vier Kinder, den Frühling, den Sommer, den Herbst und den Winter, die du mir immer zum Spielen geschickt hast. Das war sehr schön, auch wenn mich meine Eltern manchmal ausgeschimpft haben, wenn ich im Herbst mit schmutzigen Sachen nach Hause kam, weil ich wieder in die Pfützen gesprungen bin. Meine Eltern, das habe ich herausgefunden, mögen eigentlich nur deine beiden freundlichen Kinder, den Frühling und den Sommer. Die zwei anderen finden sie kalt und schroff, sogar bedrohlich. Mama und Papa hoffen oft, dass sie bald verschwinden. Lieber sollen die anderen Kinder wiederkommen. Manchmal macht mich das traurig, denn ich liebe sie alle vier, und ich wünschte, meine Eltern könnten wenigstens einmal genauso empfinden. Aber ich liebe auch meine Eltern. Bitte vergib ihnen! Amen.«

Schweiz: Durchblick gewinnen

Selbst Leonhard Euler, der als einer der einfallsreichsten und produktivsten Mathematiker aller Zeiten gilt, soll einmal, und zwar vor dem Erscheinen seines Grundlagenwerkes zur Analysis, in schweren geistigen Nöten gesteckt haben. Als ihn eines Tages eine vielleicht etwas vorwitzige, aber gute Freundin aus der Schweiz besuchte, saß er gerade kopfschüttelnd hinter einem wüsten Berg von Schmierzetteln, der sich seit einigen arbeitswütigen Wochen um seinen Schreibtisch aufgetürmt hatte. Die Besucherin sah das gedankenzerquälte Gesicht ihres Freundes und fragte, ob es ihm nicht gut ginge.

Euler seufzte und rieb sich die Schläfen. »Ein Dickicht von Gedanken quillt hier und ich blicke nicht mehr durch. Auf tausend Zetteln stehen Formeln und Schlüsse, doch nirgendwo blüht Vollendung, nichts kommt zum klaren Abschluss.«

»Vielleicht braucht Ihr eine Ruhepause?«, sagte seine schweizerische Bekannte.

»Was nützt das? Ich will nicht pausieren, ich will das alles vorwärts und in Ordnung bringen. Ich muss diese Theorie zur Blüte treiben.«

»Da kann ich helfen«, sagte sie, nahm einen Stoß Zettel vom Tisch, ging damit zum Kamin und warf ihn kurzerhand ins Feuer.

»Um Himmels willen, was tun Sie da?«, rief Euler.

Da fragte seine Freundin: »Sieht man denn nicht im Winter, wenn alle Blätter fort sind, am besten durch ein Dickicht? Und kommt nicht danach erst der Frühling mit neuen Blüten?«

Italien: Ansprache

In einer Abtei in den Bergen sollte ein für sein diplomatisches Geschick bekannter Franziskanermönch die komplizierten Verhandlungen zwischen seinen Ordensbrüdern und einer päpstlichen Delegation eröffnen. Nur war er verschwunden. Man hatte bereits in sämtlichen Gebäuden vergebens nach ihm gerufen, als seinem Novizen einfiel, auch außerhalb der Abtei zu suchen. Und siehe, da kam ihm bereits der Mönch zwischen den Felsen entgegengestiegen.

»Habt Ihr Eure Ansprache vergessen?«, fragte der Novize.

»Nein.«

»Warum zieht Ihr Euch dann wie der heilige Franziskus in die Einsamkeit der Berge zurück?«

Der Mönch antwortete: »Es heißt doch, willst du einmal predigen, so suche die Menge. Willst du einmal trösten, so suche den Einzelnen. Und willst du einmal mahnen, so suche dich selbst. Willst du aber einmal predigen, trösten und mahnen zugleich und obendrein noch verstanden werden, so suche besser gleich einen Berg auf und sprich mit dem Wind.«

Vatikanstadt: Die Besteigung des Domes

Unlängst sorgten drei australische Ureinwohner für einen kleinen Tumult in Rom. Mitten im Zentrum der katholischen Religion kletterten sie am Mauerwerk des heiligen Petersdoms in die Höhe, um die Kuppel der Papstbasilika zu besteigen. Unten bildete sich natürlich sofort eine Traube aus Schaulustigen, die einen Scherz witterten, und aus Entrüsteten, die die Wache alarmierten. Nach der friedlichen Festnahme der Kletterer fragte ein Dolmetscher die Uraustralier nach dem Grund ihres sonderbaren Verhaltens. Darauf antwortete der Älteste der drei:

»Im Herzen unserer Heimat Australien liegt ein großer roter Felsen namens Uluru. Er ist uns heilig und niemand darf seinen Fuß darauf setzen. Seit ihr Weißen aber den Felsen entdeckt habt, ist er eine Attraktion und jeden Tag beklettern ihn hunderte Reisende. Viele unseres Volkes sind traurig und wütend darüber. Wir aber dachten, dass es sicher eure Art ist, andere Religionen zu ehren, indem ihr deren Heiligtümer besteigt. Also reisten wir hierher zu eurem größten Heiligtum und erkletterten seine Spitze, um einmal eurer Religion unsere Verehrung zu zeigen.«

Malta: Kindereien

Vier Geschwister gingen ans Meer. Die jüngere Schwester begab sich sogleich zu den Strandfelsen, während ihre drei älteren Brüder in Gespräche vertieft zurückblieben. Sie trafen sich selten hier zu Hause, denn der erste studierte Naturwissenschaften, der zweite Philosophie und der dritte Theologie.

»Ich weiß auch nicht«, sagte der angehende Wissenschaftler, »aber in der Philosophie und der Theologie fehlt es mir stets an handfesten Experimenten. Ihr bedenkt immer nur die Welt, die man doch experimentell beschreiben muss, um sie wirklich zu ergründen. Meiner Meinung nach dringen deshalb Naturwissenschaftler tiefer zur Wahrheit vor.«

»Aber eure Naturbeschreibungen sind beschränkt auf Wort und Bild«, entgegnete der angehende Philosoph. »Erst wer Worte und Bilder loslässt, dringt tief zur Wahrheit vor.«

»Was bringt aber all das Gerede von der Wahrheit, wenn man sie nicht im Alltag lebt?«, warf der angehende Theologe ein. »Ich glaube, nur wer der höchsten Wahrheit auch dient, dringt überhaupt zu ihr vor.«

So diskutierten sie, bis ihre Schwester vom Felsen her fragte: »Spielt ihr endlich mit? Los, wir tauchen um die Wette! Ihr kommt bestimmt nicht näher zum Grund als ich.«

Da riefen ihre Brüder: »Ach, lass uns doch in Ruhe mit solchen Kindereien!«

San Marino: Langer Blick zur Sonne

Bruder Marcus unterrichtete einmal die neuen Seminaristen über die Kreuzzüge und insbesondere über die bezeugten Gräueltaten und Morde, die dabei stattgefunden haben.

Plötzlich hob einer der Knaben die Hände wie predigend in die Luft, blickte auf zur Sonne und rief ganz fassungslos: »Diese Männer glaubten an den einen Gott wie wir! Sie folgten demselben heiligen Licht. Aber was waren das für verbohrte Unmenschen! Wie konnten sie nur so fanatisch werden und anderen solches Leid zufügen im Namen unseres Herrn?«

Darauf sagte Bruder Marcus nur: »Wenn du noch länger so zur Sonne hinaufstarrst, bekommst du auch bald einen steifen Nacken und Halsstarre.«

Slowenien: Freunde

Eine Gruppe von eingeschworenen ehemaligen Schulkameraden traf sich jeden Monat, um in ihrer Heimat auf Bergwanderschaft zu gehen. Dort stimmten sie dann Hymnen auf die Freiheit an und sprangen nachts über hochgeschürte Lagerfeuer. Einer der Männer fehlte aber immer dann für unbestimmte Zeit, wenn er gerade eine neue Liebschaft pflegte.

»Wenn man sich auf den verlässt, ist man verlassen«, sagten seine Kameraden dazu. »Es ist andauernd dasselbe. Er meldet sich nicht mehr und ist wie vom Erdboden verschluckt. Erst wenn der merkt, dass ihm Frauen doch nicht alles geben können, kommt er wieder angekrochen.«

Nach langer Abwesenheit nahm schließlich der Frauenheld, wie sie ihn nannten, wieder an einem Ausflug teil.

»Du lebst also auch noch?«, fragten sie ihn. »Wie lange weißt du denn diesmal den Wert deiner Freunde zu schätzen?«

Der Mann schwieg darauf und nahm sich vor, demnächst regelmäßig bei den Treffen dabei zu sein.

Doch es kam anders. Er kehrte nie wieder zurück, denn mit der nächsten Liebschaft zu einer jungen Frau lernte er nicht nur seine erste Liebe kennen, sondern auch seinen ersten Freund.

Kroatien: Gier, die Wurzel des Übels

Ein bis auf die Knochen ausgezehrter Mann pochte an die Tür des kleinen Gotteshauses eines Bettelordens. Die Tür sprang auf, ein alter Kuttenbruder trat heraus und fragte nach dem Begehr des Ankömmlings.

»Ich bin es leid«, erklärte der Mann, »unter den normalen Menschen weiterzuleben. Sie sind mir zu habgierig. Sie wollen ewig nur haben, haben, haben. Sie häufen immer nur Geld an und sie gieren nach Macht und Ruhm. Diese Habgier ist die Wurzel allen Übels auf der Welt. Wie ihr habe ich mich von diesem Teufelsstreben abgekehrt. Mein Geld habe ich verbrannt. Meine Besitztümer habe ich verlassen. Ich entsage den weltlichen Sinnesfreuden. Ich kleide mich dünn und esse höchstens zehn Bohnen am Tag.«

»Und was willst du nun hier?«, fragte der andere.

»Bitte nehmt mich auf! Hier leben die einzigen Menschen, die mich verstehen können.«

»Du meinst also, in unserem Orden dürfen nur Menschen leben, die der Gier abgeschworen haben?«

»Ja, genau.«

»In Ordnung«, sprach der Bruder, »dann komme gleich wieder, sobald du nicht mehr nur Entsagungen anhäufst wie andere Geld und sobald du einmal aufhörst, dauernd nach Selbstbeschneidung und Armut zu gieren.«

Bosnien und Herzegowina: Trauer einer jungen Witwe

Die junge Ehefrau eines angesehenen Mitgliedes des Stadtrats war mit ihrem Mann glücklich verheiratet gewesen, und als er bei Baumarbeiten durch einen plötzlichen Unfall ums Leben kam, trug sie drei Monate lang Trauerkleider. Dann aber, obwohl die ganze Gemeinde immer noch um ihn zu trauern schien und Gedenkfeiern ihm zu Ehren veranstaltete, legte die Frau ihre Trauerkleidung ab. Auch lachte sie wieder viel, so wie vorher mit ihrem Ehemann, und manch einer, der ihr nochmals Beileid bezeugen wollte, wurde scherzend von ihr unterbrochen. Die Leute fanden das anfangs nur bedenklich, schließlich aber vollends unerhört. Die verwitwete Frau blieb nämlich einer neuerlichen Trauerfeier im Elternhause ihres Mannes fern und lief stattdessen fort, um Wiesenkräuter zu sammeln! Als der Vater des Verstorbenen sie endlich zur Rede stellte und ihr vorwarf, die Traditionen zu brechen und keinen Anstand zu haben, weil sie so fröhlich weiterleben würde, als wäre nichts geschehen, sagte die Frau nur: »Ich habe meinen Mann dort auf dem Friedhof begraben. Warum grabt ihr ihn immer wieder aus?«

Serbien: Das Fenster

Zur Morgenstunde hatten die Bewohner eines Glasmalerdorfes im Gemeindehaus ein großes Fenster in die Mauer eingesetzt. Das Fenster bestand aus vielen kleineren farbigen Scheiben. All die verschiedenen Glasmaler des Dorfes hatten sie angefertigt und so spiegelten und brachen sich die Sonnenstrahlen im bunten Glasmosaik in schillernder Vielfalt. Jung und Alt stand im Hause versammelt und bestaunte das Funkeln der Lichter.

Man verglich auch die einzelnen Werke und die einen sagten: »Die weinrote Glasscheibe gibt das Licht am wärmsten wieder.«

»Das gelbe Glas betont aber mehr die Sonne im Hochstand«, entgegneten manche.

Und wieder andere meinten, nur das farblose Glas ließe das Licht ganz unverfälscht hindurch. So gab jede Glasmalergruppe einer anderen Glasscheibe aus eigenen Gründen den Vorzug.

Da betrat auf einmal ein Wanderer das Haus. Er sah sich um und als es stiller wurde, sagte er auf das bunte Glasfenster zeigend:

»Grüß Gott! Würdet ihr bitte so freundlich sein und jenes große Fenster öffnen? Ich möchte einmal das Licht hier hereinfallen sehen.«

Montenegro: Gottes wunderbare Zeichen

Einmal hatte sich ein Wandermönch mit seinem Gehilfen im Felde verlaufen. Als die Sonne langsam sank und es dann noch zu nieseln anfing, begann der Junge missmutig zu stöhnen, weil er keine Nacht im Freien verbringen, sondern längst im Dorfe sein wollte.

»Nur nicht gleich verzagen!«, sprach da der Alte. »Gott weiß, warum er uns so geführt hat.«

Wenig später tauchte plötzlich genau vor ihnen über den Hügeln ein farbenprächtiger Regenbogen auf.

»Siehst du«, sagte der Mönch, »den hätten wir bestimmt nicht gesehen, wenn wir schon im Dorf im Trockenen säßen. Es ist doch wunderbar, mit welchen Zeichen der Herr unseren trüben Blick überall selbst aus den tiefsten Verirrungen empor zum Himmel hebt!«

Weil er so im Weitergehen aber nicht auf den Weg achtete, übersah er vor seinen Füßen einen frischen Haufen Hundekot und trat mitten hinein.

»O!«, rief er aus und blieb stehen.

Sein junger Begleiter begann verstohlen zu grinsen.

»Und ist es nicht ebenso wunderbar«, rief da der Mönch erfreut, »wie der Herr es immer auch gut versteht, uns wieder auf den Boden der nackten Tatsachen zurückzuholen?«

Albanien: Der Strauß

Agnes Gonxha, die spätere Mutter Teresa, ging einmal mit einigen jungen Ordensschwestern an einer Frühlingswiese vorüber. Entzückt von der Blütenpracht, rief eine der Schwestern: »Kommt, macht mit! Wer bringt den schönsten Strauß nach Hause?«

Damit zerstreuten sie sich auf der Wiese und jede suchte die schönsten Blumen ihrer Wahl. Am Ende kamen sie wieder zusammen und hielten lachend ihre bunten Sträuße vor. Als aber Agnes den ihren zeigte, fragten die anderen erstaunt: »Wieso hast du denn nur grünes Gras gepflückt?«

Und sie antwortete: »Ihr habt ja alle von der Wiese so viele Blumen gepflückt, dass sie jetzt nebeneinander zum Gras geworden sind. Da habe ich die Halme gepflückt, damit sie hier zu Blumen werden.«

Kosovo: Hinter den Bergen

Ein Mädchen verliebte sich in den jungen Wanderer, der die kalte Jahreszeit in ihrem Tal bei armen Wanderhirten verbracht hatte. Eines Abends im Frühjahr zur Schneeschmelze gingen sie beide aber schweigsamer als sonst hinab zum Flussbett.

»Die Krokusse verblühen schon«, sagte er schließlich und schnürte damit dem Mädchen die Brust zu. »Morgen gehe ich über den Pass«, fuhr er fort und nach einer Weile fügte er traurig hinzu: »Du fragst dich sicher, warum ich nicht bleiben kann und was ich hinter den Bergen suche. Du glaubst an Heirat und Liebe, doch vielleicht führt gerade Heirat nicht dorthin. Ich suche einzig nach der höchsten Liebe.«

Er blickte auf die schwarzen Wogen des Flusses und seine Augen brannten, als sie leise sagte: »Vielleicht führt auch gerade das Suchen nicht dorthin.«

Mazedonien: Ewiger Sonnenschein

Als Afrim in jüngeren Jahren noch unstet durchs Land zog, an keinem Ort, bei keiner Tätigkeit und auch an keinem Rastplatz länger verweilte, fragten ihn einmal die Leute eines Dorfes, wonach er denn eigentlich auf der Suche sei.

»Ich suche natürlich den ewigen Sonnenschein«, sagte Afrim.

Da belächelten sie ihn und jemand rief: »Es kann doch unmöglich immer nur die Sonne scheinen. Das weiß doch jedes Kind.«

»Ja«, sprach Afrim, »und ich weiß das auch, aber bring das einmal meinem Herzen bei.«

Bulgarien: Der listige Peter und die vergoldete Glocke

Ein Beauftragter des Fürsten kontrollierte einst den Bau eines neuen Kirchturms, an dessen Spitze eine vergoldete Glocke thronte. Die vielen Männer, die monatelang an dem Bauwerk gearbeitet hatten, standen stramm in Reih und Glied, unterdessen der hohe Beamte auf seinem Ross zum Turme ritt. Alle Blicke waren auf ihn gerichtet, und als die Glocke endlich zum ersten Mal schlug, da tönte ihr reiner Klang so kraftvoll weithin übers Land, dass der Staatsmann sich zufrieden zeigte und dem Baumeister billigend zunickte.

Plötzlich lief aber der listige Peter aus den Reihen der Arbeiter nach vorn und rief entzückt:»Wie schön und frei hallt doch die Glocke von oben durchs Reich!«

Dann holte er einen Löffel hervor und klopfte damit emsig gegen die Steine im Gemäuer des Turmes.

Und als der fürstliche Beamte schon streng die Stirn in Falten legte, sagte der Peter:»Verzeiht, o Herr, ich will nur prüfen, ob auch die Steine hier unten einmal ebenso glücklich ertönen können wie die Glocke, darum schlag ich sie an. Allerdings klingen sie recht verhalten. Sie haben wohl schon genug zu tragen, als dass sie noch volltönend einstimmen könnten.«

Griechenland: Die Hand des Bildhauers

Im alten Griechenland lebte einmal ein junger Bildhauer, der es vermochte, die edelsten Kunstwerke aus dem Gestein zu hauen. Seine Menschen- und Götterfiguren sowie seine steinernen Fabelwesen wirkten auf den Betrachter derart anmutig und formvollendet, dass er sich selbst in eine höhere und reinere Ebene des Seins hineingezogen fand. Man sah nicht nur, wie der kalte Stein zum Leben erwachte als schreiender Adler, als stolzer Krieger oder als badende Jungfrau, man meinte nicht nur, fast den Wind in ihren Gewändern oder die Weichheit ihrer Haut zu spüren, nein, man fühlte sich selbst durch die Reinheit des Anblicks wie von Steinen befreit, wie aus den starren Formen des Alltags heraus zu neuer Frische geboren und zu neuer Lebensbejahung bestärkt.

In ganz Hellas hatte dieses Künstlergenie nicht seinesgleichen und wahrlich gab es nur einen einzigen Menschen, der dem Jungen in der Bildhauerei das Wasser reichen konnte – und das war sein eigener Herr und Meister, sein Großvater mütterlicherseits, der ihn zwanzig Jahre zuvor seiner Neigung entsprechend in das Kunsthandwerk eingeführt und ihm seither als Lehrer und Freund mit Rat und Tat beigestanden hatte. Dieser etwa im achtzigsten Lebensjahr stehende Bildhauermeister hatte selbst seit geraumer Zeit aufgehört, Skulpturen zu bilden und Stein und Bronze zu bearbeiten. Er hatte den Hammer mit dem Gehstock getauscht und sich, obgleich das Tun seines Zöglings noch von ferne beobachtend, mehr und mehr aus dem Kunstgewerbe zurück in sein stilles, beschauliches Landhaus am Weinberg gezogen, wo er abseits vom Weltgetriebe seinen Lebensabend verbrachte.

Die Beziehung der beiden zueinander hatte stets unter einem guten Stern gestanden. Der Jüngling, der jeden Tag fleißig anging und seine Werke freilegte, verdankte dem Alten viel und es traf ihn mitten ins Herz, als er eines Tages die Kunde erhielt, sein Großvater hätte einen schweren Schlag erlitten, er könne nicht mehr laufen und läge vielleicht im Sterben. Da legte der Junge alle laufenden Arbeiten und sonstigen Pläne kurzerhand auf Eis, fasste einen Entschluss und begann noch am selbigen Tage damit, eine große Idee, die er schon jahrelang mit sich herumgetragen hatte, in die Tat umzusetzen. Er schuf eine Statue in Lebensgröße von seinem eigenen Meister. Ihm zu Ehren wollte er in dieses Bildnis einerseits alles hineinfließen lassen und somit verewigen, was er von ihm an handwerklicher Befähigung vererbt, erlernt und übereignet bekommen hatte und weitertragen würde. Andererseits sollte es in aller Deutlichkeit zeigen, dass er, der Junge, ihn, den Alten, auch in seiner zutiefst menschlichen Grundhaltung und Aufrichtigkeit, eben von seinem ganzen Wesen her verstanden und selber verinnerlicht hätte, dass auch die höchste Kunst ohne diesen Kern der Liebe in der eigenen Brust ein Nichts sei und dass er durch ihn, durch des Alten Vorbild und Erziehung diese grundlegende Wahrheit nicht nur tagtäglich miterleben und daran mitwachsen durfte, sondern dass er überdies mittlerweile derart gefestigt in seiner Persönlichkeit und dieser Wertvorstellung sei, um fortan auch allein den gewundenen Lebensweg würde gehen und bestehen können.

Tag für Tag widmete der Junge dieser Statue seinen ungebrochenen Eifer. Er hielt sie selbst für sein Abschluss- und Prüfungswerk, für das Endstück seiner ganzen Jugendarbeit, womit er vollends zum Manne reifen und zum wahren Künstler aufsteigen würde. Danach, wenn dies vollbracht wäre, würde sein eigentliches Lebenswerk erst beginnen. Auch sollte der Meister nicht als verklärtes, übermenschliches Ebenbild der Götter dargestellt sein, sondern als Mensch durch und durch, ganz genauso wie er immer gewesen war – nicht heldenhaft, sondern selbstgenügsam, nicht mit Zepter, sondern mit dem Hammer in der Rechten, nicht faltenlos, sondern mit den Zeichen der Vergänglichkeit auf der Stirn und erst recht nicht mit Bezwingerblick, sondern mit Milde in einem Antlitz, das zwar auch streng blicken konnte, doch stets nur vordergründig und ausnahmsweise.

Der Rumpf war schon aus dem Stein gemeißelt, die Beine, der rechte Arm mit dem Hammer, der Kopf und sogar das Gesicht waren fertig, waren von beispielloser Vortrefflichkeit, es fehlten also nur noch Teile vom linken Arm, da verschlechterte sich der Zustand des Alten dramatisch. In fiebernder Hast trieb der Bildhauer die Arbeit voran. Er wollte sie unbedingt seinem Meister noch vorstellen. Keineswegs durfte jener vorher versterben. Bei klarem Verstand sollte er das Werk noch erfassen. Dabei war es aber nicht zuerst die Würdigung, nicht der Beifall oder die Absegnung des

Alten, was sich der Enkel erhoffte, ja, daran dachte er kaum. Der Junge beabsichtigte nur, auf seine Art damit danke zu sagen für all die Jahre der wertvollen Lehre und Freundschaft. Er wollte sich nur am Tage der Enthüllung dieses Werkes von seinem verehrten Meister und geliebten Großvater ganz und gar verabschieden.

Indessen war allerdings die Erkrankung und Ermattung des Alten so weit fortgeschritten, dass dem Künstler die Zeit weglief. Tag und Nacht hindurcharbeitend, gelang es ihm noch, den linken Arm in gewohnter Fertigkeit und Präzision aus dem Marmor zu hauen. Bei der linken Hand, dem letzten Stück des Gesamtwerks jedoch fühlte er sich derart angespannt und gedrängt, dass der Kopf ihm glühte und schmerzte und darüber seine Schaffenskraft teilweise verloren ging. Glücklicherweise betraf das nur die linke Hand! Obgleich natürlich nicht minder wesentlich als jedes andere Detail, so war es immerhin nicht die alles entscheidende Rechte mit dem Bildhauerhammer, die all die vielen Meisterwerke letztendlich herausgeschlagen hatte. Auch war dem jungen Bildhauer klar, dass selbst ein Verständiger des Handwerks würde Mühe haben, den winzigen Nachlass an Arbeitsgüte bei der linken Hand überhaupt zu bemerken und ohnehin war es, so rechtfertigte er den Schönheitsfehler vor sich selber, durchaus verzeihlich und vielleicht sogar notwendig, in solch einer Ausnahmesituation das Werk bereits jetzt seinem todkranken Lehrer zu offenbaren, mit dessen Ableben jederzeit zu rechnen war.

So ließ er die Statue nur wenige gute Tage vor ihrer wirklichen Vollendung hinauf zu dem Haus des Alten schaffen. Er brachte sie hinein in das Zimmer an die Schlafstatt des Kranken, der daniederlag, aber wachsam das Geschehen verfolgte.

Die beiden verblieben alsdann allein und als der junge Künstler die Statue nun enthüllte und das Tuch hinfortzog, da wurde es für einen Augenblick vollkommen still. Der Alte erblickte sich selbst in Stein gemeißelt, als Bild von etwa zehn Lebensjahren zuvor, da er selber noch Hand angelegt hatte. Die Gesichtszüge, so sah man auf

Anhieb, die Biegungen der Gliedmaßen und deren Proportionen, der Hammer in der rechten Faust, all das war unglaublich lebensecht getroffen, unübersehbar genial gefertigt und zugleich von entwaffnender Schönheit, doch zuckte nicht ein Muskel an den Augwinkeln des Meisters, nicht der Hauch eines Wohlwollens lag auf seinen Lippen. Er betrachtete nur das Bildwerk von Kopf bis Fuß und nicht der leiseste Anflug eines Ausdrucks verriet, was er dachte.

In genau diesem Moment brach all die zuletzt angestaute Anspannung aus dem tiefsten Herzen des Jungen hervor und stürzte ihn in den ärgsten Zweifel seines Lebens. Das monatelange Ringen um höchste Wahrheit und schönste Schönheit, die dafür nötige Zucht und Selbstbeherrschung, die nur unter Ausschaltung und entschiedenster Verdrängung alltäglicher Befindlichkeiten und Bedürfnisse aufzubringen war, der hämmernde Kopfschmerz, die Schlaflosigkeit und die übergroße Erwartung eines Wortes aus dem Munde seines Meisters rissen den Jungen an den äußersten Rand des Erträglichen. Er glaubte auf einmal, der Adlerblick des Alten ruhe stechend und durchdringend einzig auf der linken Hand, auf der einzigen kleinen Schwachstelle des ganzen Monuments, auf dem hässlichen Schandfleck einer eben dadurch missratenen Schöpfung. Wie hatte er nur der kindischen Träumerei verfallen können, diesem alten Mann mit solch einer unreifen Missgeburt Freude zu bereiten? Wie naiv war er gewesen, wie abgrundtief dumm, dass er geglaubt hatte, den Alten von Grund auf zu verstehen und ihm dies mit einem zurechtgeklopften Steinblock beweisen zu können! Wie blind war er denn, nicht zu sehen, dass dieser halbtote Greis, der doch mit einem Bein schon im Jenseits stand und sich höchstens noch am Gehstock festhielt, überhaupt nicht mehr an Äußerlichkeiten hing, dass er, selbst wenn die Statue makellos vollendet wäre, wohl nicht ein Wort mehr zu solch weltlichem Unsinn zu sagen hätte! Und nun fiel es dem Jungen wie Schuppen von den Augen, dass schon immer, seit er seinen Großvater kannte, etwas an ihm war, das mit Gedanken und Worten nie zu erfassen gewesen war und das er nie auch nur annähernd verstanden hatte. Dieser Alte hatte etwas Unerklärliches, das sich jeder verstandesmäßigen Deutung und jeder bildlichen Darstellung zu entziehen schien und tatsächlich war das nicht irgendein besonderer Wesenszug seines Charakters oder ein bestimmtes Verhaltensmuster, es war ganz im Gegenteil in all seinen Reden und Lehren und Gesten stets enthalten und nie davon getrennt gewesen, und es war auch jetzt wieder hier in seinem Schweigen und Warten zugegen und wirkte auf seine unbegreifliche Weise.

So oft hatte der Junge dies auch mit irgendwelchen Namen, wie Urkraft, Liebe, Wahrhaftigkeit, wahre Menschlichkeit oder Gottvertrauen, belegt oder mit Bildern umschrieben, um es einordnen zu können, doch all diese Erklärungsversuche und geistigen Umzäunungen gaukelten einem bloß Verständnis vor, sie trafen nie den Wesenskern und während er sich daran festhielt und noch meinte, mit dem Meister wie im Handwerk so auch in seiner Geistigkeit gleichzuziehen, war der Alte längst schon wieder davon fort- und weitergezogen. Wenn man glaubte, dass er liebevoll war, so hatte er diesen Glauben im nächsten Gespräch, oftmals mit nur einem Sätzchen ins Wanken gebracht. Wenn man sich sicher war, dass es ihm im Leben vielmehr um Menschlichkeit, um wahre Menschwerdung eines jeden Einzelnen ging, so riss er auch das wieder ein.

Fast schien es, als ob er jede Überzeugung, die man sich zurechtbaute, sobald man sie nur schön bunt und wohnlich hatte, wieder anbohrte, löchrig machte oder umstieß. Doch ging man nun davon aus, dass es ihm weder um Liebe noch um Mitgefühl, noch um Kunst oder irgendeine andere höhere Bestimmung des Menschen zu tun war, so war auch das wieder falsch und er verteidigte all dies als stützende Säulen des Menschseins, einfach indem er zum Beispiel Hammer und Meißel ergriff und mit sichtlichem Wohlgefallen einem seiner Schüler beim Ausbessern und Feinschliff eines kleinen Werkes half. Sein Horizont, seine Meinung von den Dingen schien sich beständig zu ändern, zu weiten oder zu verengen. Letztendlich aber blieb er doch stets derselbe Mensch auf einem unerreichbaren und doch ganz gegenwärtigen Standpunkt. Wenn der Junge auch Werke erschuf, die denen des Alten im künstlerischen Gehalt um nichts nachstanden, so konnte er doch niemals behaupten, ihm ebenbürtig zu sein. Die Kunst der Bildhauerei würde wahrlich fortbestehen, wenn der Alte verschied, sie war dem aufstrebenden Jüngling in Fleisch und Blut übergegangen. Doch etwas war ihm nicht übertragen worden, etwas würde mit dem Meister unweigerlich verloren gehen. Der Zugang zum wahren Kern der Lebenskraft des Alten, die ihn selbst jetzt auf der Todesschwelle noch wie einen Adler auf die Statue blicken ließ, die Eintrittspforte zum Urquell seiner herben Frische würde sich mit seinen Augen verschließen. Aber warum nur? Warum konnte er diese Tiefe und eigentliche Meisterschaft nach all den Lehrjahren immer noch nicht durchschauen, geschweige denn selber erreichen? Warum sah er selbst nicht den Weg zu der Quelle? Was fehlte ihm dazu? Dies alles durchfuhr den Jungen blitzartig in dem einen langen Augenblick und ließ ihn schwanken und verzweifeln. Hier am Sterbebett seines greisen Meisters war er durchaus nicht der strahlende Stern ganz Griechenlands, hier war er nur ein banger Schüler, der nicht einen Schimmer von dem begriff, was er doch begreifen wollte.

Da richtete sich der Alte plötzlich auf und riss seinen Enkel aus den Gedanken. Mit einer festen Handbewegung ergriff er seinen Gehstock, der an der Wand lehnte, und schlug mit einem Hieb die linke Hand von der Statue ab. Sie fiel dumpf zu Boden und damit fiel auch noch der letzte Rest von Stolz auf sein Werk und von Hoffnung auf ein Lächeln des Alten von dem Jungen ab. Er war vollständig vernichtet, als er sich nun schwerfällig bückte, die abgeschlagene Hand aufhob und damit ohne den Alten anzusehen den Raum verließ.

»Wohin willst du mit der Hand?«

Schneidend scharf drang ihm die Frage des Meisters ins Ohr. Der Junge drehte sich um. »Ich will sie dir aus den Augen schaffen«, sagte er.

Der Alte deutete mit dem Stock auf die Statue. »Schaffe mir das da aus den Augen«, sprach er. »Die Hand aber vollende nach bestem Gewissen und lege sie mir auf mein Grabmal.«

Dann lehnte er den Stock zurück an die Wand, legte sich nieder und streckte seine Glieder aus.

Türkei: Der beste Dienstplan

»Sehr gut! – Prima! – Ausgezeichnet!«, so kommentierte ein junger türkischer Krankenpfleger den neuen Monatsdienstplan auf Station, während er die Zeile mit seinen Diensten überflog. »Besser geht es ja gar nicht.«

Und als ihn seine Kollegen und Kolleginnen, die auch den Plan studierten, ganz verwundert ansahen, erklärte er: »Ist das nicht schön? Wirklich jeden Dienst, den ich habe, arbeite ich zusammen mit mir.«

Georgien: Der nicht mehr weinen konnte

Hoch oben in den kaukasischen Bergen lebte eine alte, von Gott gesegnete Wunderheilerin, die mit ihrem außergewöhnlichen Einfühlungsvermögen und einer geheimnisvollen Tinktur aus ihren eigenen Tränen unzählige Kranke erfolgreich kuriert hatte. Eines Abends aber trat ein Mann in ihre Kate und sagte: »Ich kann nicht mehr weinen. Ich habe mehr Menschen sterben sehen, als du geheilt hast.«

Die Wunderheilerin holte eine Zwiebel hervor, schälte sie und reichte sie dem Patienten. »Beiß hinein!«, forderte sie ihn auf.

Doch als der die ganze Zwiebel aufgegessen hatte, ohne eine einzige Träne zu vergießen, sagte sie: »Du bist der Erste von denen, die nicht mehr weinen, also auch nicht mehr lachen können, der mich nicht verspottet und auf den Arm nimmt. Aber weshalb kommst du zu mir? Du weißt so gut wie ich, dass dein Leiden nur durch ein Wunder zu heilen ist. Du glaubst jedoch nicht mehr an Wunder und bist deshalb hier genauso fehl am Platz.«

»Ich komme nicht meinetwegen«, sagte da der Mann. »Ich komme deinetwegen. Es wird Zeit, dass auch du dich von Tränen und Wundern verabschiedest. Folge mir! Ich zeige dir einen Ort, wo keine Träne fließt, einen Ort, wo niemand lacht, wo keine Sonne scheint und keine Sterne blinken.«

Als die Wunderheilerin dies vernommen hatte, erhob sie sich langsam, denn sie wusste, wer so sprach, und dass der Ort, zu dem sie nun aufbrach, ihr Grab war.

Armenien: Eine runde Geschichte

An einer Schule gab ein strenger Lehrer für Literatur den Anfang einer Geschichte vor, den die Schüler aufgreifen und mit einem passenden Ende abrunden sollten.

»Zwei Mönche treffen sich an einem Fluss«, beschrieb der Lehrer die Situation, »einer am linken, einer am rechten Ufer. Sie winken einander zu und fordern sich gegenseitig auf, den schmalen Steg zu überqueren. Beide lehnen jedoch den eigenen Vorrang ab und bestehen darauf, selbst nur als zweiter hinüberzukommen. – Was ist eine gute Auflösung hierfür?«

Die Schüler arbeiteten drauflos und bald fragte der Lehrer sie ab. Der erste Schüler gab an, dass die Mönche den älteren unter sich bestimmten, der alsdann zuerst den Steg benutzte.

»Das ist unstimmig«, versetzte aber der Lehrer, »und schwach obendrein. Wozu dann die ganze Problematik? Ich verlange eine runde Geschichte!«

Auch vom Ausgang des zweiten, dritten und vierten Schülers zeigte er sich enttäuscht. Nun geriet er an den Klassenprimus, der vortrug, wie die Mönche ohne sich zu einigen mehrere Wochen an ihrem jeweiligen Ufer verbrachten. Eines Morgens weckte aber der schlauere von beiden den anderen an dessen Lagerplatz.

»Wieso bist du heimlich über den Steg gegangen?«, beschwerte sich der Geweckte. »Du hast die Höflichkeit verletzt.«

»Nein«, entgegnete der Schlaue, »ich kam nicht über den Fluss. Die letzten Tage, in denen du über einen Ausweg aus unserer Zwickmühle sinniert hast, nutzte ich dazu, den ganzen Erdball rückwärts zu umwandern und gerade eben bin ich hier auf deiner Flussseite angelangt ...«

Da unterbrach der Lehrer den Schüler: »Das ist doch nicht real und das meinte ich auch nicht mit rund! Eine Geschichte muss potentiell der Wahrheit entsprechen, sonst ist sie wertlos.«

Stirnrunzelnd ging er fort zu den nächsten Kandidaten, doch an allen hatte er etwas auszusetzen. Endlich trat er zur letzten Bank und der Schüler dort las laut vor:

»An einer Schule gab ein strenger Lehrer für Literatur den Anfang einer Geschichte vor, den die Schüler aufgreifen und mit einem passenden Ende abrunden sollten. Zwei Mönche treffen sich an einem Fluss, beschrieb der Lehrer die Situation (und wieder von vorn) ...«

Aserbaidschan: Das Bergschaf

Im Hochgebirge wollte einmal ein Bergschaf den höchsten Berg ersteigen. Das war nun nichts Besonderes, denn auch die anderen seiner Herde träumten von steilen Klippen und hohen Gipfeln. Als aber die Herde eines Tages den höchsten sichtbaren Berg der Gegend erkletterte und alle bereits die Hälfte der Strecke bewältigt hatten, erkannten sie hinter dem angestrebten Gipfel einen noch höheren Gipfel.

»Warum«, fragte sich jetzt das junge Bergschaf, »sollte ich diesen niedrigeren Berg noch besteigen, wenn jener der höchste ist?«

Es trennte sich also von der Mutterherde, und während sich seine Verwandten am ersten Berg abmühten, lief es im Tale zum zweiten. Dort angekommen, begann es mit dem beschwerlichen Aufstieg. Kaum hatte es aber wieder eine kurze Wegstrecke zurückgelegt, tauchte hinter Felsen erneut ein Berg auf, der sogar höher als dieser zweite war. Wie zuvor brach das junge Bergschaf die begonnene Besteigung unverrichteter Dinge ab und wandte sich talwärts dem neuen Ziele zu. Die Herde dagegen hatte unterdessen den ersten Berg bestiegen und nahm jetzt den zweiten in Angriff.

So ging es eine Weile fort. Indes die kleine Herde auf ihrer Wanderschaft jede windige Bergspitze überquerte, zog das junge Bergschaf stets die Abkürzungen den Kammwegen vor.

Schließlich gelangten die Tiere an den tatsächlich höchsten Berg ihres Gebirges. Das junge Bergschaf stürmte sogleich voran, um als erstes oben zu stehen, doch auf einem tief verschneiten Abhang wurde ihm plötzlich übel und schwindlig. Es zitterte am ganzen Leib vor Erschöpfung und Angst, es konnte die Beine nicht mehr aus dem Schnee ziehen und brach zusammen.

Einige Tage später stapfte die Herde an dem gefrorenen Leichnam vorbei.

»Seht nur«, klagte eines der Bergschafe, »dort liegt unser Bruder!«

Ein anderes erwiderte jedoch: »Ich weiß nicht, ob er je unser Bruder war. Er wurde zwar auch als Bergschaf geboren, doch sein Leben hat er als Schaf geführt.«

Iran: Die Mücke

Ein aufdringlicher Landstreicher kam in eine persische Kleinstadt. Er umkreiste die Häuser, rief lauthals nach den Bewohnern, und sobald man ihn grüßend empfing, verlangte er Früchte, Geld und Brotkanten, die nur nicht zu hart sein durften. Er bat nicht etwa demutsvoll um Almosen wie ein Bettler, er forderte strengen Tribut wie ein Sultan. Bald war er stadtbekannt als der Nimmersatt, denn zeigten sich die Leute barmherzig und reichten ihm eine Münze oder einen Kanten Brot, so begehrte er mehr und mehr, anstatt sich dankend zurückzuziehen. Immer wieder belagerte er sowohl Gönner als auch Geizige und berief sich auf den Propheten, dass ihm Kost und Logis bei jedem frommen Gläubigen zuständen.

Eines Abends gelangte der Landstreicher an eine Hütte, vor der ein alter Mann auf einem handgewobenen Teppich saß. Der Alte hatte selbst nicht viel zu geben und dennoch bewirtete er den Fremden fürstlich, der seine üblichen frechen Forderungen stellte. Er holte ihm vor der Stadt klares Quellwasser zur Reinigung, erstand ihm eine Hähnchenkeule, von der er nicht einen Bissen abbekam, und bot ihm seine eigene Schlafstatt zur Übernachtung. Der Gast nahm dies für selbstverständlich und legte sich nach dem Gebet nieder. Er bemerkte nicht, wie der Alte leise den Vorhang beiseite schob und ihm eine Mücke ins Zimmer hineinließ.

Am nächsten Morgen war der Landstreicher misslaunig und übernächtigt. Schon wollte er grußlos fortgehen, da fragte ihn der Alte vor der Hütte, ob denn der Herr wohl geschlafen hätte und ob es ihm beliebe, für länger zu bleiben.

»Allah behüte mich davor!«, murrte der Landstreicher darauf. »Eine Mücke hat mich die ganze Nacht geplagt. Das Biest ließ sich nicht vertreiben. Ich habe kein Auge zugetan. Nie wieder setze ich meinen Fuß über deine verruchte Schwelle.«

Da lächelte der Alte und sagte zum Abschied: »Wenn mich eine Mücke heimsucht, lasse ich sie gleich zu Beginn sich vollsaugen an meinem Blut. Danach habe ich lange Ruhe vor ihr.«

Turkmenistan: Das Wiesel und die Meise

Die Mutter sprach zu ihren Kindern: »Ein kluges Wiesel sah einmal eine Meise in einem Baumloch verschwinden. Das Wiesel dachte, es wäre nun ein Leichtes, hinaufzuklettern und die dumme Meise in dem Loch zu fangen. Sie könnte ja nirgendwohin entkommen. Noch besser sei es jedoch abzuwarten, bis die Meise darin ihr Nest gebaut und ihren Nachwuchs bekommen hätte. Also geduldete sich das Wiesel in Vorfreude auf ein reicheres Mahl. Die Meise legte Eier, die Brut schlüpfte aus und erst als die Jungvögel dick und rund gefüttert waren, sprang das Wiesel eines Tages zum Baumloch hinauf, sperrte die ganze Meisenfamilie in der Höhle ein und fraß eine Meise nach der anderen auf. Voller Stolz über die eigene Klugheit kletterte es nachher gesättigt vom Baum. Plötzlich aber sauste ein Schatten heran. Ein Uhu, der die ganze Zeit über das Treiben still beobachtet hatte, stürzte sich nun mit gebreiteten Schwingen auf das pralle, erschrockene Wiesel und verschlang es mitsamt den Meisen in dessen Bauch.«

»Und was lernen wir daraus?«, fragten die Uhukinder ihre Uhumutter.

»Jagt immer vorausschauend«, antwortete die Mutter, »und vergesst eines niemals dabei: Leichte Beute sind die Ahnungslosen, doch die leichteste Beute sind jene, die noch die Ahnungslosen unterschätzen.«

Usbekistan: Der Wunsch

Es war einmal in einer fernen Zeit ein fernes Land, in dem das Wünschen noch half. Dort saß eines Sommerabends ein junges Mädchen unter einem Birnbaum und sah hinauf zu den tausenden leuchtenden Sternen am Himmel. Sie war jedes Mal aufs Neue davon verzaubert, wie diese winzigen Lichter der Dunkelheit trotzten, wie sie keck und unerschütterlich auch die dunkelsten Nächte durchstrahlten, und selbst wenn sie von Wolken verdeckt waren, wusste sie dennoch, dass die Sterne da waren, denn sie waren immer da – und darin fand das Mädchen guten Trost.

Da fiel auf einmal eine kleine Birne von dem Baum herunter genau auf ihren Kopf. Erschrocken fasste sie mit ihrer Hand an die Stelle, wo die Birne sie getroffen hatte, und bemerkte in diesem Moment fröstelnd, dass der Abend kühl geworden war und sie eine Gänsehaut auf den nackten Armen bekommen hatte. Also erhob sie sich langsam, sah noch einmal hinauf zu den plötzlich kalten, fernen Sternen, seufzte dabei und ging dann nach Hause – heim zu ihrem Elternhaus, ihrer Mutter, ihrem Vater und ihrer kleinen Schwester. Auf dem Weg zu ihnen kreisten ihre Gedanken wieder einmal sehnsuchtsvoll um den einzigen Wunsch, den sie seit Jahren hatte – und der ihr noch immer nicht erfüllt worden war. Und sie grübelte wie so oft warum – schließlich lebte sie in einem Land, in dem Wünsche noch wahr wurden. Aber vielleicht hatte sie ihren einen großen Herzenswunsch auch noch nicht deutlich genug in die Welt hinaus gesprochen, damit er wahr werden konnte?

Also blieb sie stehen, legte ihren Kopf in den Nacken und schrie, so laut sie konnte: »Ich möchte strahlen wie ein Stern!«

Dann war es wieder still ringsum und sie wartete, ob nicht der Himmel sogleich ein Zeichen, vielleicht eine Sternschnuppe, ihr dafür sandte, dass sie nun endlich auch ganz oben vernommen worden war und ihr Wunsch in Bearbeitung sei. Abgesehen von ein paar zirpenden Grillen blieb die Nacht jedoch stumm, und das

Mädchen fühlte plötzlich, wie eine bleischwere Traurigkeit über sie kam. Schweren Herzens schritt sie den Wiesenhügel hinan, den Blick immerfort zu Boden gerichtet. Das Mädchen weinte und einige Tränen fielen ins Gras. Wünschte sie etwa zu viel, war denn ihr einziger Wunsch schon zu groß für ein Land, in dem das Wünschen angeblich noch half? War sie so gewöhnlich oder gar so minderwertig, dass es eher eines Wunders als bloß eines einfachen Wunsches bedurfte, um aus ihr etwas Besonderes zu machen?

All diese Gedanken kreisten ihr wild durch den Kopf, doch zum Glück tauchte hinter der Anhöhe bald ein dünnes Rauchfähnchen auf, das ihr zeigte, dass sie gleich zu Hause war. Sie wollte sich nur noch tief unter ihrer Bettdecke verkriechen und am liebsten der ganzen Welt, der Sehnsucht und der Enttäuschung entfliehen.

So kam sie also an das Haus, trat müde durch die Tür und bemerkte, dass innen alles ganz still und dunkel blieb – ihre Schwester und die Eltern waren wohl schon zu Bett gegangen. Als sie aber am Ende des Ganges ihr Zimmer betreten, sich leise umgezogen und neben ihrer kleinen, friedlich schlafenden Schwester ins Bett gekuschelt hatte, tauchte auf einmal am Türrahmen die schlanke Gestalt ihrer Mutter auf. Sie kniete sich still zu ihr ans Bett und strich ihr sanft mit den Fingern über die Wange. Sie war doch noch nicht schlafen gegangen, sie hatte auf sie gewartet, und vor Freude und Trauer zugleich übermannte das Mädchen das starke Bedürfnis, ihrer lieben Mutter ihren unerfüllten Wunsch mitzuteilen. Also holte sie tief Luft, öffnete schon den Mund um zu sprechen, doch genau in dem Augenblick beugte sich ihre Mutter nach vorn, sodass ihr langes Haar dem Mädchen übers Gesicht fiel. Sie küsste ihre Tochter auf die Stirn und sagte: »Ich hab dich lieb – gute Nacht, mein kleiner Stern!«

Kasachstan: Der Maulwurf und die Nachtigall

Den Buschsaum einer Wiese bewohnte eine Nachtigall, die jede Nacht mit volltönenden Liedern den Sternenhimmel pries. Zudem beobachtete sie das groteske Treiben eines Maulwurfs, der auf der Wiese lebte und überall seine Erdhügel auswarf. Immer wenn er des Nachts von einem seiner Hügel den Kopf aus der Erde herausstreckte, holte er tief Luft und seufzte:

»Endlich, endlich wieder ein Lichtblick! O wie himmlisch sind die Sterne!«

So sehnsuchtsvoll der Maulwurf jedoch sprach, so glaubhaft seine Liebe zu den Sternen auch schien, er tauchte dennoch nach kurzer Verschnaufpause stets wieder ab in den dunklen Dreck, nur um lange darin zu wühlen, an einer fernen Stelle aufzutauchen und dort von neuem die Sterne zu bewundern! Darum flog die Nachtigall eines Nachts zum Maulwurf hin und versuchte, ihn vom Hügel mit sich fortzuziehen.

»He, was soll das?«, rief er jedoch und machte sich los.

»Ich will dir nur helfen«, erklärte die Nachtigall. »Du liebst doch genau wie ich die Sterne. Komm mit mir hinauf ins Gebüsch! Da kannst du sie immer sehen.«

»Danke«, sprach der Maulwurf darauf, »aber siehst du die hier? Das sind meine großen Schaufelhände. Und siehst du die hier? Das sind meine winzigen Augen. Die sind nicht so gut wie deine. Ich bin eben nicht dazu geboren, die Sterne immer so zu sehen wie du. Ich muss mich wieder und wieder mühsam zu ihnen durchgraben.«

Russland: Der Dompteur

Zu Zeiten des letzten russischen Zaren zog mit einem Wander-
zirkus einer der berühmtesten Dompteure des Reiches durch die
Großstädte Nordasiens und Osteuropas. Ob im Osten an der Lena,
ob im Westen an der Wolga, stets eilte der Ruhm dieses Mannes den
fahrenden Zirkuswagen voraus. Alt und Jung strömte in Scharen
bereits am Ankunftstage herbei zur Kasse, um Eintrittskarten zu
seiner waghalsigen Vorstellung zu erstehen und sich die heiß-
begehrten Logenplätze ums Manegenrund zu sichern. Überall war
die Abendschau des Raubtierdresseurs der Kassenmagnet. Er hatte
zunächst jahrzehntelang mit seinem Eheweib alle möglichen Tier-
arten wie Pferde, Kamele, Robben und Bären dressiert, hatte unter
den staunenden Blicken des Publikums mit donnernden Befehlen
zum Knall der Nilhautpeitsche nicht nur zahmere Zootiere durch
Feuerreifen gesandt, sondern auch unzähmbar geltenden Elefanten
auf Bällen das Balancieren gelehrt. Mittlerweile unterwarf er seinem
Willen aber vor allem Raubkatzen – und diese Vorführungen nannten seine Bewunderer spektakulär. Wenn er am Ende einer solchen
Premiere seine reizende Assistentin aus den Fängen des Panthers
befreit und wenn er, selbst ein Hüne von Gestalt, sich ohne
Schutzbekleidung im Kampf Mensch gegen Raubtier durchgesetzt
hatte, also umringt vom Harem der Löwinnen schweißgebadet auf
dem Rücken ihres gebändigten Rudelführers thronte, dann brach
hinter der Absperrung meist solch ein ohrenbetäubender Beifall
von den Zuschauerrängen los, dass die Großkatzen scheuten, nervös mit ihrem Schweife wippten, sich fauchend von ihren zugewie-
senen Plätzen schlichen und ihr menschlicher Gebieter alle Müh
und Not hatte, sie schleunigst, bevor ein Unheil geschah, durch das
Laufgitter nach draußen zu geleiten.
Eines schicksalhaften Tages im Zenit seiner Laufbahn stellte dem
Dompteur nun ein Großwildjäger aus der Mandschurei eine Rarität
von unermesslichem Wert zu – einen lebenden Amurtiger. Der

Koloss wog an die sechshundert Pfund und hatte seine Jugend in entlegenen Bergwäldern frei verlebt.

»Bist du auch ein sogenannter Unzähmbarer?«, redete der Dompteur den Tiger an, als er die erste Nacht bei ihm am Käfig verbrachte.

Doch die Katze blieb reglos ausgestreckt im Zwinger liegen, den Kopf auf den Vordertatzen, insgesamt doppelt so lang wie ihr Besitzer, und blickte wie abwesend hinaus ins Dunkel.

»Dein Stolz wird vergehen«, flüsterte der Dompteur.

In den nächsten Monaten mühte er sich jedoch vergeblich ab, den Tiger mit seinen gängigen Methoden gefügig zu bekommen. Das Tier blieb undurchdringlich und verschlossen. Es war über Belohnungen, wie angebotene Leckerbissen, genauso erhaben wie über Bestrafungen. Der Entzug der Leibspeise, der so manchen seiner unbeugsamsten Löwen schließlich in die Knie gezwungen hatte, brachte bei dem Tiger nichts. Er fraß einzig Wild – Hirsch, Elch oder Schwein – und rührte sonst nichts an. Eher würde er sich tothungern.

Auch die Peitsche versagte an ihm. Zweimal war der Versuch bereits fehlgeschlagen, das Tier nach langen Vorbereitungen in der Manege öffentlich vorzuführen, um es vielleicht dort unter ernsteren Bedingungen zu einem Mindestmaß an Gehorsam zu zwingen. Das eine Mal hätte sich der Tiger lieber totprügeln lassen, als beizugeben und vom Publikum Applaus zu ernten. Das andere Mal hatte er, nachdem er wiederum schmerzhafte Peitschenhiebe einstecken musste, in einem plötzlichen Ausfall dem stärksten Panther des Zirkus die Kehle zerbissen.

Aber mit Risiko musste man leben. Außerdem waren offene Aggressionen des Tigers die Ausnahme. Er verhielt sich dagegen auffällig ruhig, ja beinah gefühlsarm. Auch schien er den Dompteur weder zu achten noch zu verachten, und wenn er ihm doch einmal in die Augen sah, dann wie durch einen Schleier von Traurigkeit.

Trotz Mitgefühls für die aufrechte Einsamkeit des Tigers unter so vielen gebeugten Verwandten war der Mannesstolz des Dompteurs seit dem Vorfall mit dem Panther verletzt und sein Eifer entbrannte. Jedes Wildtier hatte er bisher ruhmreich bezwungen. Jedes hatte früher oder später seinem Willen gehorcht, allein dieser Tiger trotzte auf Dauer. Das wertete der Dompteur als Beschmutzung seiner reinen Weste. Mehr und mehr glaubte er, die ungeheure Zähigkeit des Tieres einzig durch immer härtere Gewalt und endlich Brutalität zerreißen zu müssen. Er schlug ihn mit dem Knüttel, sengte ihm Wunden ins Fleisch, kettete ihn wochenlang fest, ließ ihn im eisigen Wasser aushungern, entzog ihm den Schlaf, erniedrigte ihn mit faulem Unrat und warf ihn angekettet zur Einschüchterung sogar dem Elefantenbullen vor, der ihn in Raserei halb tottrampelte. Seine Ehefrau, die dies unwürdig und abscheulich fand, fauchte er an, sie solle sich nicht in seine Mission einmischen.

Der Dompteur wurde selbst zum reizbaren Raubtier. Aller Ruhm ward ihm gleich, das grelle Flackerlicht der Bühne blendete ihn, die Jubelrufe seiner Verehrer schmerzten seinem Gehör, und einmal schrie er nach seiner tadellosen Aufführung gegen den tosenden Beifallssturm, dass ihm die Sensationsgier des verteufelten Pöbels nur seine Zeit stahl. Selbst den Zirkusdirektor fuhr er an, weil der seine Raubkatzennummer mit den Löwen auszuweiten gedachte.

Sein Weib pochte eines Abends gegen sein Wagenfenster, um sich mit ihm zu versöhnen. Seit geraumer Zeit hatte er sich einzelgängerisch zurückgezogen, hatte die Nächte durchwacht, angeblich um für den letzten großen Akt zu proben. Wortlos öffnete er erst spaltbreit die Tür und trat dann nackt in einem Schwalle übelriechenden Dunstes aus dem Wageninnern halb ins Licht. Seine bläulich umringten Augen flackerten nervös. Bartstoppeln überzogen sein kantiges Kinn, graue Haare wucherten auf barer Brust und blutverschmiert war sein Mund. In seinen Fingern hing zwischen rissigen Nägeln ein Fetzen halbrohen Steaks. Die Frau packte das Grauen, sie entschuldigte sich und kam nicht wieder.

Nur wenige Tage darauf bot sich in einer sibirischen Großstadt den zahllosen Besuchern der Spätvorstellung im Zirkuszelt ein Meisterstück der Dressurkunst. Wie ausgewechselt erschien der Dompteur gepflegt im betonenden Dress und sein Weib allein erahnte unter der Hülle aus Muskeln und Schminke die furchtbare Willenszucht. Mit anmutiger, scheinbar spielender Leichtigkeit, wie sie höchstens genialen Künstlertalenten nach lebenslanger Formvollendung zu demonstrieren vergönnt ist, dirigierte der Dompteur seine Katzen, sandte nacheinander Panther, Leopard und Jaguar durch den sandigen Kreis der Manege, dann auf eisernem Klettergerüst über schwindlige Höhen und endlich durch ein walzenförmiges Rohr, das von Fackelträgern entzündet lichterloh in Flammen stand. Hier herrschte der Mensch übers Tierreich. Nicht ein Raubtier wagte einen Schritt, einen Sprung zur falschen Zeit, nicht eines lenkte seinen Blick für länger als zulässig weg vom Dirigenten und keines zeigte Scheu vor dem Feuer. Sie standen im Bann ihres Herrn, parierten im Zügel vollendeter Zähmung, und als der Dompteur mit wenigen scharfen Kommandos sein Löwenrudel einen lebendigen Thron formieren ließ, den eine Seilkünstlerin vom Draht aus behände erstieg, bevor sich die Pyramide nach atemberaubender Pause auf Peitschenknall hin in Sekundenschnelle auflöste, die Tiere in Paaren dem Zelte entströmten und sich ihr Bändiger mit der Tänzerin im Arm vorm Auditorium verneigte, da riss es jeden Gast von den Bänken und jedes noch eben bangend bebende Herz verschaffte sich Luft in euphorischer Freude.

Das hatte noch niemand gesehen! Die Exzellenz des Auftritts war jedem bewusst – und dennoch, vom Glanz des Triumphes geblendet, vom Sturm der Begeisterung aufgeheizt und mitgerissen, ließ der Dompteur den Direktor entgegen dem geplanten Programm den Tiger ankündigen. Also verdunkelte sich die Arena, nur die Fackeln im Zentrum sorgten für dämmriges Licht und ein leises monotones Trommeln war die einzige Geräuschkulisse. Der Dompteur bat um absolute Ruhe und alles verstummte. Manch einer fragte sich, womit er nach der Löwenpyramide noch auftrumpfen, womit er den Sieg noch krönen konnte, da durchbrach ein markzerreißendes Gebrüll die Stille, das gar dem überraschten Meister tief ins Gebein fuhr. Kurz darauf schritt der silbrig und schwarz gestreifte Amurtiger durch den Vorhang hinein in die Mitte. Er blickte gesenkten Hauptes ringsum zu den Rängen, als ob er das eine oder andere Gesicht sich noch einprägen wollte, und ein jeder der Versammelten wusste allein von dieser präsentierten Selbstsicherheit auf die lebensbedrohliche Wildheit zu schließen. Dieser Tiger hatte sich nicht dem Mensch unterworfen, so dachten die Leute. Das Wagnis, ihn jetzt im Rampenlicht zu zähmen, konnte durchaus ins Auge gehen, denn er mochte sein Leben zwar in Gefangenschaft fristen, doch regierte er selbst seinen Willen.

Der Dompteur täuschte sich anderweitig. Er war solch aufblähendes Gebaren von der Großkatze nicht gewohnt und hing nun der Überzeugung an, er hätte mit der wiedererlangten Eitelkeit des Tieres eine nutzbare Schwäche erkannt. Und siehe, was der Tiger sonst nie vollführt hatte, das Besteigen eines Podestes, das Erklettern des Gerüstes, das zeigte er heute ohne Protest, als sonnte er sich darin, vor tausend bangen Augen eine höhere Position als der Mensch einzunehmen. Genau dieses Verhalten nahmen die erstaunten Gäste jetzt für plötzlichen Gehorsam, denn unten schwang der Dompteur kunstvoll seine Peitsche, als wäre es die Frucht seiner Arbeit, sobald der Tiger auf Zuruf den Standort vertauschte.

Die Chance war unwiederbringlich. Mit geschickten Griffen turnte der Dompteur hinauf auf die oberste Plattform zum Tiger. Er kniete sich vor ihn und erstmals trafen sich beider Blicke. Von außen, von der Tribüne her betrachtet, glich es einem Ringkampf zwischen Mensch und Tier, zwischen Kultur und Natur, in dem sich gegenseitig Geist und Trieb zu hypnotisieren versuchten. Unendlich langsam hob der Dompteur den Peitschenstiel und berührte sachte das Maul des Rivalen. Der sperrte es auf und gleichzeitig drehte der Dompteur seinen Oberkörper und brachte seinen bloßen Hals zwischen die blitzenden Fänge der Katze. Seine mutige Umsicht war tollkühnem Ehrgeiz gewichen, doch unversehrt stand der Mann wieder auf und verbeugte sich gegen den Tiger.

Die zugeschnürten Kehlen der Zuschauer wollten sich in Siegesrufen entladen, doch brachte ein Wink sie zum Schweigen. Der Tiger sollte zuvor durch das Flammenrohr den Schauplatz verlassen. Der Dompteur sprang zu Boden und gab mit der Peitsche die Richtung vor. Allein jetzt stieß der Tiger ein heiseres Knurren aus, er stieg vom Gerüst und trabte ohne der letzten Order zu folgen vorbei an den Fackeln zum Laufgitter. Da knallte die Peitsche erst warnend in der Luft, dann blitzschnell rechts und links über dem Fell. Der Tiger zuckte, doch behielt er den Unwillen bei. Sich so kurz vor erfolgreichem Abschluss genarrt zu sehen, brachte den bis dahin scheinbar kaltblütig agierenden Dompteur aus der Fassung. Er versperrte dem Raubtier den Ausgang, peitschte ihm mehrfach die Schnauze und drängte ihn zornig zurück. Rasch griff er eine der Fackeln, schürte das Feuer von neuem hoch und trieb das widerspenstige Tier mit hagelnden Hieben hinein in die Öffnung des Tunnels. Was niemand wahrnahm außer dem Dompteur, war jedoch, dass der Tiger nun wieder gänzlich ohne Sträuben seinen Satz in das flammende Rohr hinein machte. Der Dompteur begab sich ans andere Ende, wo der Unterworfene auftauchen musste, und erschrak dort zutiefst, denn niemand entsprang den Flammen. Kein Laut war zu hören als das Prasseln der Lohen. In entsetzlicher Sorge rief der Dompteur um Wasser. Er warf die Fackeln fort in den Sand, spreizte schützend die Hände vors Gesicht, doch im engen Gehäuse war nichts zu erkennen als räuchernder Brand. Hastig rollte er seine Peitsche auf und schlug sie ins Innere des Tunnels. Sie verfing sich; er glaubte sogar, einen Zug zu verspüren.

»Wasser! Verdammt, mehr Wasser!«, brüllte er eilenden Helfern zu, doch ein Aufruhr im Publikum übertönte ihn.

Mit aller Kraft zog und rüttelte er die Peitsche. Schweiß und Schminke troff ihm von der geäderten Stirn, die Augäpfel quollen wie im Wahn hervor. Sein Antlitz verzerrte sich zur entmenschlichten Fratze. Er fluchte, hustete und als sich drinnen gar nichts bewegte, da sprang er, von hinten mit löschendem Wasser begossen, selber hinein in die schwelende Höhle. –

Es vergingen Monate, bis die Ärzte den Schwerverletzten wieder leidlich hergestellt hatten, und was hinterblieb, das war ein gebrochener Mann. Der Tiger war tot und mit den Augen der Raubkatze war auch sein eigener Lebenswille erloschen. Er verließ den Zirkus für immer und als der Direktor ihn aufhalten wollte, da sagte die einstige Frau des Berühmten:

»Lass ihn gehen! Er ist ein Genie, doch er glaubt, er sei kein Dompteur mehr. Er denkt umgekehrt, der Tiger habe ihn dressiert, denn er habe in all den Jahren nur dem einzigen Willen des Tigers gehorcht, ihn irgendwann doch noch zu töten.«

Mongolei: Achtsamkeit

Eines Herbsttages ritten drei Brüder zur Jurte ihres Onkels und dessen Frau, die als sehr achtsamer Mensch galt.

»Ihr seid durchgefroren«, empfing die Tante ihre Neffen. »Kommt herein! Trinkt ihr mit mir einen Becher warmer Ziegenmilch?«

»Ja, danke«, antwortete der älteste Neffe, »und wir haben von Mutter den Auftrag, ein paar Tage bei dir in die Schule der Achtsamkeit zu gehen. Wir wollen eines Tages so achtsam zu Werke gehen wie du.«

Die Frau hing einen Topf Milch übers Feuer und fragte dann: »Was versteht ihr denn unter Achtsamkeit?«

Die drei Brüder riefen wie aus einem Munde: »Achtsamkeit heißt, sein Augenmerk durch nichts ablenken zu lassen und vollständig auf die nächste Sache zu richten.«

»Gut«, lächelte sie, »dann zeigt mir einmal, was ihr bereits könnt.« Genau in dem Moment flogen am Eingang Zugvögel vorbei.

»O, seht!«, rief die Frau und alle drei Brüder blickten sogleich hochkonzentriert zum Himmel.

»Ein Schwarm Gänse«, sagte der Jüngste, nachdem sie fortgeflogen waren.

»Genau zwölf Gänse«, ergänzte der Zweitälteste.

Da schmunzelte der älteste Bruder und sagte: »Es waren sechs männliche und sechs weibliche Gänse. Und was hast du gesehen, Tante?«

»Die Milch drohte überzukochen«, erwiderte sie. »Also nahm ich den Topf weg vom Feuer.«

China: Krähen und Nachtigall

Zur Blütezeit der altchinesischen Dichtkunst kehrte ein Junge von einer öffentlichen Gedichtlesung traurig heim in sein Dorf.

»Ach«, klagte er seiner Großmutter, die er am Flusse beim Maulbeerbaum traf, »ich freute mich auf diese melodisch weichen Strophen, die das Leben preisen. Die ganze Lesung lang hoffte ich auf meine Lieblingsgedichte, doch ich ahnte bald, sie würden ausbleiben. Und ich behielt Recht! Man verlas bloß lauter abgehackte, kühl intelligente Verse, deren Sinn ich vergebens zu enträtseln suchte. Nur warum trifft mich das jetzt so hart?«

Als hätte Großmutter die Frage überhört, hob sie den Zeigefinger. Verwundert spitzte der Junge die Ohren und lauschte einem klangvollen Vogelsang. Als er eine Zeit lang das Lied der Nachtigall in der Abenddämmerung vernommen hatte und gerade wieder auf seine unschöne Gedichtlesung zurückkommen wollte, flüsterte Großmutter:

»Es war einmal ein Knabe, der sich vornahm, einer Nachtigall zu lauschen. Auf dem Weg zu ihr sah er jedoch Krähen auf dem Feld und hörte ihrem Gekrächze zu. Das tat seinen Ohren weh, aber der Junge blieb neugierig bei ihnen in der Hoffnung, die Krähen würden vielleicht irgendwann doch noch wie eine Nachtigall singen.«

Da lachte der Junge und umarmte seine Großmutter.

Kirgisistan: Spuren im Schnee

Abends überquerte der junge Vater mit seinen vier Kindern eine verschneite Lichtung. Als sich genau vor ihnen im Schnee drei Spuren kreuzten, blieben sie stehen.

»Welcher Spur würdet ihr folgen, wenn ihr entscheiden müsstet?«, fragte der Vater.

»Dem Bären«, antwortete der erste Sohn sofort.

»Dem Hirsch«, sagte der zweite. »Sein Fleisch würde uns lange versorgen.«

»Und du?«, fragte der Vater seinen ältesten Sohn.

»Ich würde der Hasenspur folgen«, sagte dieser, »denn der wäre heute am sichersten zu erjagen.«

»Gut«, lächelte der Vater und wandte sich nun auch an seine kleine Tochter. »Sag uns, Liebling, welcher von den Spuren würdest du denn folgen?«

»Deiner«, sagte sie, »die führt nach Hause.«

Tadschikistan: Der schlaue Falke

Wutentbrannt bestürmte ein junger Mann den Vogelhändler, der tags zuvor an ihm ein gutes Geschäft mit seinem schlechtesten Falken gemacht hatte.

»Alter, du hast mich geprellt!«, rief der Junge. »Dein Falke ist völlig falsch dressiert. Gib mir mein Geld zurück!«

»Sachte, sachte«, sagte der Händler. »Was ist denn vorgefallen?«

»Dein verzogener Vogel frisst sich an der Beute, die er mir unversehrt bringen soll, vorher noch satt. Als ich ihn gestern erstmals auf Raubzug sandte, kehrte er nur mit der vorderen Hälfte einer Schlange zurück.«

»Stümper!«, schalt ihn der Händler. »Dein Falke hat die hintere Hälfte der Schlange nur deshalb abgetrennt, damit du dich nicht an dem unappetitlichen Ende verunreinigst, wo ihre Ausscheidungen austreten.«

Der Junge runzelte die Stirn. »Aber wieso brachte er mir vom zweiten Ausflug ausgerechnet die hintere Hälfte einer Schlange?«

»Das war natürlich eine Giftschlange«, erklärte der Händler. »Für ihn ist ihr Gift unschädlich, dich aber hätte es umgebracht, wenn du die Vorderhälfte gegessen hättest.«

Jetzt kratzte sich der Bursche am Kopf und sagte kleinlaut: »Dann verstehe ich nur nicht, warum er beim dritten Mal die ganze Schlange sofort auffraß.«

Da schlug der Vogelhändler die Hände über dem Kopf zusammen und rief: »Grundgütiger Gott, hier trifft der schlauste Falke den dümmsten Esel der Steppe! Erkennst du denn nicht, dass dein getreues Tier diesmal eine Giftschlange fing, die zuvor eine andere Giftschlange Kopf voran verschlungen hatte und dass daher beide Enden vergiftet waren?«

Afghanistan: Die farbüberzogene Tür

Ein Mann wollte ein Haus beziehen, dessen Eingangstür von edelstem Holz gefertigt war. Allerdings war diese Tür von den vielen vorherigen Hausbewohnern wieder und wieder mit verschiedensten Farben übermalt worden.

»Wie kann man nur so unverständig sein und solch wertvolles Holz unter überflüssiger Farbe verbergen?«, fragte sich daher der Mann und beschloss, die ursprüngliche Naturbeschaffenheit der Tür wieder zum Vorschein zu bringen.

Das war aber leichter gesagt als getan. So sehr er sich auch abmühte, es wollte ihm nicht gelingen. Er brachte unglaublichen Fleiß, Willensanstrengung und Sachverstand auf, doch die widerspenstige Kruste ließ sich weder abkratzen noch abschleifen. Selbst die Farbe abzubrennen war keine Lösung, denn das Holz nahm Schaden dadurch.

Was tat also der Mann zu guter Letzt? Er rührte selber Farbe an, die der Naturfarbe des Edelholzes wohl am ähnlichsten sah, und überstrich damit die alte Tür mit einer neuen weiteren Schicht.

Pakistan: Im Lazarett

Im Lazarett ging der Feldarzt durch die Reihen der Schwerverwundeten, blieb an einem bewusstlosen, notdürftig verbundenen Soldaten stehen und ließ sich von seinem Mitarbeiterstab die Wunden aufzählen.

»Offener Bruch am linken Kniegelenk, massive Ablederung der Wade vom …«

»Amputieren!«, unterbrach der Arzt. »Der Nächste?«

»Zweifacher Schienbeindurchschuss, starker Blutverlust und Erfrierungen …«

»Amputieren! Was ist mit dem dort?«

So schritt der Arzt von Patient zu Patient und beendete seinen Krankenbesuch jeweils mit der Anweisung, die verletzten Gliedmaßen abzunehmen. Jetzt ging er an einem kreidebleichen Mann vorbei, dessen zerfetzter Unterarm unter einer Decke hervorschaute.

»Amputieren!«, befahl der Arzt sofort.

»Verzeihung«, bemerkte ein Assistent, »aber er hat nur noch diesen einen Arm.«

»Das sehe ich – und?«, fragte der Arzt, nun innehaltend.

Da hob der Soldat langsam seinen Zeigefinger und sagte mit matter Stimme: »Würden die Herren freundlicherweise neben meinem Arm bitte auch gleich mein Herz mit amputieren? Dann kann ich wenigstens noch Feldarzt werden.«

Indien: Was ist Nichtdenken?

Ein Mann suchte einmal eine bekannte Meditationslehrerin auf und erklärte ihr, dass er einen ausführlichen Bericht über den Zustand des Nichtdenkens verfassen wolle. Die alte Lehrerin hörte ihm zu und wünschte ihm gutes Gelingen dabei, doch als der Mann sie fragte, was denn nun das Nichtdenken genau sei, da sagte sie nur: »Wie sollte ich das im Augenblick wissen? Ich denke doch gerade.«

Der Mann fand diese Antwort zwar etwas anrüchig, doch wollte er keine voreiligen Schlüsse ziehen. Später am Tag nahm er dann all seinen Mut zusammen und trat zu der Alten, während sie aufrecht auf ihrem Sitzkissen in stiller Versenkung saß.

»Meisterin«, rief er sie mit ehrfürchtig gedämpfter Stimme an, »könnt Ihr mir jetzt also sagen, was genau das Nichtdenken ist?«

Da sagte die Angesprochene ebenso leise, doch ohne die Augen zu öffnen: »Wie sollte ich das wissen? Ich denke doch gerade nicht.«

Malediven: Der ungenügsame Fährmann

Ein Fährmann rettete einst dem Sohn des Sultans das Leben, als diesen beim Überqueren einer Meerenge die Strömung davonriss. Nach der Rettung aus den Fluten pflegte der Fährmann den beinah Ertrunkenen in seiner Hütte gesund. Als der Sultanssohn schließlich wohlbehalten zu seinem Vater heimkehrte und den Vorfall gestand, brach der Sultan unverzüglich auf zu dem Retter. Vor der Bambushütte am Strand empfing ihn der Fährmann mit gebührender Ehrerbietung.

»Tapferer Fährmann«, hob der Sultan an, »ich zeige mich für deine rühmliche Tat erkenntlich und biete dir eine ehrenwerte Stellung, die du nicht abschlagen kannst. Werde Lehrer für gute Sitten an meinem Palast und lehre die Schüler dein Wissen!«

»Ich danke Euch«, erwiderte der Fährmann, »aber das wäre mir nicht genug.«

»Nicht genug?«, fragte der Sultan erstaunt. »Nun, so werde stattdessen Hüter des Staatsschatzes und behüte meine Reichtümer!«

»Ich danke Euch untertänigst«, sagte der Fährmann dazu, »aber auch das wäre mir nicht genug.«

»Immer noch nicht genug?«, rief der Sultan. »Mein Sohn beschrieb dich als genügsam und die Anspruchslosigkeit deiner Behausung erzählt mir das gleiche. Und dennoch forderst du viel! Aber ich will nicht kleinlich sein. Werde also Herrscher über eine meiner Inselprovinzen und beherrsche das Volk unter dir!«

»Ich danke Euch alleruntertänigst«, sprach der Mann, »aber selbst das wäre mir nicht genug.«

»Alter Fährmann«, erzürnte sich jetzt der Sultan, »deine Ungenügsamkeit beleidigt mich! Ist dir denn gar nichts genug?«

»O mein Gebieter«, beschwichtigte ihn der Fährmann, »alles, was Ihr mir ausmalt, dereinst zu sein und zu haben, das bin ich und habe ich doch längst. Lehrer bin ich und Schüler, wenn ich mich selbst belehre. Hüter bin ich und Schatz, wenn ich mich selbst behüte. Herrscher bin ich und Volk, wenn ich mich selbst beherrsche. Ihr seht, mein Sultan, nichts kann mir genug sein, außer ich selbst.«

Sri Lanka: Die lachenden Schüler

Eines Morgens kam ein Junge zu seinem Guru und sagte:»Ihr seid mein Lehrer und Erzieher. Lasst mich an Eurer Weisheit teilhaben.« Der Guru sprach:»Erziehung heißt, sich und andere zuerst dahin zu bringen, die Welt zu bejahen.«

Der Junge dankte und zog sich zurück. Er ging hinüber zu den anderen Schülern und rief:»Spitzt die Ohren! Ich habe Wichtiges zu verkünden: Erziehung heißt, sich und andere zuerst dahin zu bringen, die Welt zu bejahen.«

Da rief jemand:»Erziehung heißt, dir die Ohren lang zu ziehen, wenn du nicht gleich aufhörst zu quatschen!«Und viele der Versammelten stimmten in sein Gelächter ein.

Beschämt setzte sich der Junge abseits unter einen Mangobaum.

Am Nachmittag trat der Guru in den Kreis seiner Anhänger, um eine Rede zu halten. Die Zuhörer hingen an seinen Lippen. Plötzlich unterbrach ihn aber ein schallendes Lachen, das der Junge unter dem Mangobaum ausstieß. Der Guru wartete und wollte dann fortsetzen, doch jedes Mal, wenn er ein paar Worte gesprochen hatte, lachte der Junge erneut. Die Schüler waren empört.

»Schafft den Störenfried weg!«, forderten sie.

Da geschah jedoch etwas Verwirrendes, was niemand vermutet hätte. Der alte Guru begann selbst mitzulachen! Am Ende hielten er und der Junge sich sogar die Bäuche vor Lachen.

Später am Abend trat der Guru in den Schatten des Mangobaums.

»Warum hast du vorhin gelacht?«, fragte er den Jungen.

»Als Ihr mir Eure weisen Worte von der Erziehung sagtet«, erwiderte dieser, »glaubte ich, dadurch selbst weiser geworden zu sein.

Doch ich irrte. Ich ahmte Euch nach wie ein Papagei und wurde zu recht verlacht. Danach machte ich mir meine eigenen Gedanken über Erziehung. Ich glaube, Erziehung heißt, weder Weisheit zu vererben noch zu erben. Es heißt, sie sich selbst zu erarbeiten. Man muss sie heranbilden wie Muskelkraft, die man auch nicht beliebig an andere verteilen kann, sondern am eigenen Leben ausprobiert. Ein Schüler ist nun jemand, der erst wenig erarbeitet hat. Seine Aufgabe ist demnach mehr das Erschaffen, weniger das Erbitten, mehr das Hinterfragen, weniger das Übernehmen, mehr das An- zweifeln, weniger das Akzeptieren und mehr das Auslachen, weniger das Bewundern. So weit meine Begründung. Aber warum habt Ihr auch gelacht?«

Jetzt lächelte der Guru und sagte: »Niemand sollte mehr bestrebt sein, zeitlebens Schüler zu bleiben, als der Lehrer.«

Nepal: Alleinsein

Einst trat ein Mann zu einem Erwachten und fragte ihn: »Ist nicht das Alleinsein ein nötiger Schritt auf dem Weg zur Vollendung?«
Der Erwachte bejahte dies.
»Aber was mache ich dann falsch?«, rief der Mann. »Ich lebte monatelang allein in den Wäldern und dennoch habe ich das Gefühl, nicht einen Schritt vorwärts gekommen zu sein.«
»Warst du auch wirklich allein?«, erkundigte sich der Erwachte.
»Ja«, versicherte der Mann.
»Ohne Familie?«
»Ja.«
»Ohne Freunde?«
»Ja.«
»Auch ohne Fremde?«
»Ja doch!«
»Und auch ohne dich?«

Bhutan: Die Blume zwischen den Felsen

Bhutan ist ein kleines, von der übrigen Welt beinahe vergessenes Gebirgsland im Schoße des Himalajas.

Ein Durchreisender, der bei einem einheimischen Yakzüchter auf einer hohen Alm untergekommen war, fragte einmal seinen Gastgeber:»Wie gelingt es dir, hier zufrieden zu sein? Kommst du dir nicht schwach und wehrlos vor, so eingeklemmt zwischen China und Indien, diesen Wirtschaftsmächten und Militärriesen?«

Der Yakzüchter wies auf die steile Geröllwüste vor ihnen und antwortete:»Als ich jung war, zog ich weg von meinem Tal und schwärmte einmal für Wirtschaft und Militär. Das hatte etwas von Männlichkeit, von Stärke und Drohung wie diese Berge. Aber dann fragte ich mich, wo ich zu Hause bin, und merkte bald, dass es nicht dort auf den Bergen ist, denn ich bin kein Stein.« Jetzt bückte sich der Mann zu einem gelben Blümchen zwischen den nackten Felsen. »Das hier ist meine Heimat«, fuhr er fort zu dem Gast.»Sie mag zerbrechlich wirken und vielleicht morgen von einer Steinlawine überrollt werden, aber sie ist von einer frohen Farbe und lädt gern auch eine Biene ein, etwas davon mitzunehmen.«

Bangladesch: Stufen des Fastens

Auf einem Marktplatz in Dhaka saß ein abgemagerter Fakir auf seinem Nagelbrett und las ein Buch.

»Seht euch diesen Strohhalm an!«, machte sich ein fülliger Geflügelhändler über ihn lustig.»Heute zieht ein Sturm herauf, hörst du? Wenn du zu leicht bist, trägt er dich davon.«

»Aber Meister, deswegen sitze ich doch auf meinen Nägeln«, antwortete der Fakir.»Sie halten mich fest.«

»Du solltest nicht lesen. Du solltest was essen.«

Der Händler warf ihm einen Hühnerkopf herüber.

»Danke, Meister, aber ich darf noch kein Fleisch essen.«

»Wieso das denn? Und wieso nennst du mich andauernd Meister?«

»Weil ich faste und Ihr mein Meister seid«, sprach der Fakir. »Nur habe ich mit der leichtesten Stufe des Fastens begonnen, die Ihr längst übersprungen habt. Ich ertrage das fleischliche Fasten, doch zum geistigen Fasten, was Ihr ertragt, konnte ich mich noch nicht durchringen. Vielleicht werde ich auch nie zu Euch aufsteigen, Meister. Ich glaube nicht, dass ich jemals wie Ihr ohne Bücher und ohne Geist leben könnte.«

Myanmar: Übe Verzicht!

Auf seiner Reise durch Südostasien traf einmal ein Engländer bei einem kleinen Waldkloster auf einen Mönch und bat darum, ihn begleiten zu dürfen, um etwas zu lernen.

Der Mönch war einverstanden und sprach: »Ich sammle Beeren und übe Verzicht dabei.«

Der Engländer dankte, bekam sogleich Appetit auf frische Waldbeeren und pflückte eine Hand voll. Als sie beide zur Klause zurückliefen, sah der Engländer jedoch, dass der Mönch nur halb so viele Beeren in der Hand trug wie er. Das meint er also mit Verzicht, dachte der Engländer und warf die überschüssige Hälfte seiner Beeren fort. In der Klause aßen sie gemeinsam ihre Beeren auf.

Am nächsten Tag gingen sie erneut in den Wald, wo der Mönch diesmal sprach: »Heute sammle ich Pilze und übe Verzicht.«

Der Engländer fand die Idee gut und hatte schnell die Pilze gesammelt. Auf dem Rückweg sah er befriedigt, dass er jetzt die gleiche Menge eintrug wie der Mönch.

Nachdem sie die Pilze verzehrt hatten, sagte der Engländer: »Verzicht zu üben ist leichter, als ich dachte.«

Darauf entgegnete aber der Mönch: »Dann bist du zu bewundern. Mir fällt der Verzicht immer schwer. Gestern hatte ich Appetit auf Pilze und verzichtete auf sie, indem ich Beeren aß. Heute hatte ich Appetit auf Beeren und verzichtete auf sie, indem ich Pilze aß.«

Der Engländer erschrak, denn er hatte an beiden Tagen genau das gegessen, worauf er Appetit gehabt hatte. Verzicht wie der Mönch hatte er demnach noch gar nicht geübt!

Einen weiteren Tag später sprach sich der Engländer vorher mit dem Mönch ab. Sie hatten beide Appetit auf Beeren. Im Wald sammelte der Engländer also Pilze wie tags zuvor. Diesmal fiel ihm die Übung schon viel schwerer. Überall sah er schmackhafte Beeren und wollte davon naschen, doch zwang er sich zum Verzicht. Als er genügend Pilze gefunden hatte, suchte er nach dem Mönch, doch der war wie vom Erdboden verschluckt. Der Engländer rief lange nach ihm, bevor er ihn endlich zwischen den Beerensträuchern fand. Unglaublich, der Mönch hatte doch tatsächlich beide Hände voller Beeren und sein Mund war klebrig und rot vom Saft der Früchte, die er sich lächelnd einverleibte!

Genüsslich kauend sagte er zu dem verblüfften Engländer: »Heute habe ich Appetit auf Beeren und sammle mir auch Beeren, denn heute übe ich Verzicht auf den Verzicht.«

Laos: Das Turmkloster

Etwa zu Zeiten des Fa Ngum, berichtet uns eine glaubwürdige laotische Quelle, verschwanden am Ufer des Mekong zahllose buddhistische Laienanhänger, Privatstudierte, Bauernsöhne und Handelsreisende in einem eigenartigen Kloster. Bei den Vermissten handelte es sich in der Regel um junge ehrgeizige Seelen, wovon manche auch für immer untertauchten. Die Mehrzahl jedoch verließ das Kloster nach einigen Monaten wieder, übrigens viel bescheidener geworden und völlig freiwillig, ganz so wie sie es anfangs auch freiwillig betreten hatten.

Das ging wie folgt zu: In besagtem Flusstal hatte nämlich ein Mönchsorden ein unglaublich hohes turmartiges Kloster errichtet, das, so weit hinauf man von unten sehen konnte, kein einziges Fenster besaß.

»Warum baut jemand einen Turm«, fragte dann der Reisende, »von dem aus man keinerlei Ausblick hat?«

»Es gibt einen Ausblick«, sagte darauf ein junger Mönch vorm Eingang. »Er ist von hier nur schwer zu erkennen.«

»Führe mich doch zum Vorsteher dieses Klosters«, bat zum Beispiel der Händler nun. »Ich will ihm Waren anbieten und ihn selbst fragen, was es mit dem Turmbau auf sich hat.«

»Den Klostervorsteher begehrt Ihr zu sprechen?«, erwiderte der Mönch. »So spielt zuerst unser Spiel des tiefsten Gedankens!«

Er verwahrte die Güter des Händlers und geleitete ihn in den Turm. Dort in der ersten Klosterzelle, von wo aus eine Leiter zur nächsthöheren Etage wies, meditierten etliche Mönche im Lotussitz. Einer bot dem Gast ein Schälchen Reis und erklärte das Spiel. Zur Spitze und zum Ausblick des Turmklosters führten einige dutzend fensterlose, nur von Kerzen erleuchtete Zellen und in jeder erwarteten den Gast mehrere Gegenspieler. Den Tag über hatte man in Andacht zu schweigen, erst abends, wenn das Glöckchen ertönte, bestimmte ein unparteiischer Mönch zwei Spieler jeder Zelle, die einen Gedanken äußern durften. Wer von beiden den tieferen Gedanken hatte, wechselte über in die nächste Zelle. Am Ende erwartete ihn der Klostervorsteher. Der andere aber zog in die Gegenrichtung weiter.

Der Händler hatte schnell verstanden. Das Spiel passte ihm, er war ja kein Dummkopf. Und da läutete auch schon der Mönch vom Eingang ein Glöckchen und wünschte gutes Gelingen.

In den folgenden Tagen schlug der Händler allerhand Gegner im Gedankenspiel. Jedes Mal stieg er siegessicher ein Stockwerk höher.

Bald geriet er jedoch an beinharte Denker und andere Händler, die klüger waren als er. So stieg er auf und ab und auf und ab. Sein Ehrgeiz spornte ihn monatelang vergeblich an, er erreichte nie die oberste Spitze, sah weder Ausblick noch Vorsteher des Klosters.

Nun erging es nicht allen Spielern so, doch diesem Händler verging einmal die Lust am Knobeln. Er sehnte sich nach Sonnenlicht und grünem Flusstal, weshalb er aufs Denken gern verzichtete und sich zurückfallen ließ. Den Mitstreitern gegenüber äußerte er keine Worte mehr oder höchstens ganz einfache Alltagsgedanken, sodass er häufiger verlor und das Turmkloster eines Abends aus der untersten Zelle erleichtert verließ – bescheidener als zu Beginn. Zurück auf dem Boden der Erde genoss er nun den freien Blick ins dämmrige Land. Er weidete sich am Flussbett, an den Biegungen des Wasserlaufs, dann grüßte er den Glöckner, der ein paar Waren mit ihm tauschte, und zog talwärts pfeifend davon. Der Turm ging ihn nichts mehr an.

Der junge Mönch aber führte indessen einen neuen Interessenten hinein und dachte still erheitert: »Schon seltsam, warum kaum ein Mensch erkennt, dass ein Klostervorsteher doch jemand ist, der vor dem Kloster steht und ausblickt.«

Vietnam: Der Ochsenpflock

Meister Dang – das bedeutet bitter – saß einmal in jüngeren Jahren, als er mit seinen Schülern noch redete, bei seinem Ochsen, als ein Berufener zu ihm trat und sagte: »In den vielen Jahren, die ich Euch nun schon folge, bin ich immer noch nicht frei geworden.«

Dang blickte ihn an. »Deine Füße sind nicht gefesselt. Du kannst gehen, wohin du willst.«

»Ich meine nicht die körperliche Freiheit«, entgegnete der Junge. »Ich möchte nichts als frei im Geiste sein.«

»Ei, so ist das«, sprach Dang und erhob sich. »Dann komm einmal her, dir kann geholfen werden.«

Flink band Dang den Ochsen los, fesselte mit den Stricken die Hände und Füße des Jungen und leinte ihn schließlich an den Pflock, wo zuvor der Ochse festgemacht war. »So, fertig.« Dang nahm wieder Platz im Gras.

Der Junge zog die Brauen hoch, staunte betreten seine Fesseln an und rang lange mit einem Kloß im Hals. Endlich bat er Dang, ihn wieder loszubinden.

Der wurde aber streng: »Vorhin meintest du doch, frei zu gehen, sei dir unwichtig, du wolltest nichts als frei im Geiste sein. Also bitte schön, nun lass auch deinen Geist endlich frei umherschweifen, wohin er will!«

»Aber muss ich dazu angepflockt sein wie ein Ochse?«, fragte der Junge mit größter Verlegenheit.

Dang schüttelte den Kopf. »Bursche«, sagte er, »du umkreist Tag für Tag deine Freiheit und kommst nicht davon los. Du erinnerst mich sehr an meinen Ochsen, der Tag für Tag seinen Pflock umkreist und nicht davon loskommt. Also beschwer dich jetzt nicht, wenn ich dir deine Freiheit, deinen gewünschten Ochsenpflock verschaffe!«

Damit nahm er seinen Ochsen, ging mit ihm fort und überließ den Angebundenen sich selbst.

Kambodscha: Die Frage der Nachfolge

Ein alter Klostervorsteher, der jahrzehntelang seine Lehre vom wahren Sein den Schülern vorgelebt hatte, saß seit einem Tag unter dem großen Feigenbaum und sprach nicht mehr. Er hielt die Augen geschlossen und atmete ruhig. Ansonsten tat er nichts. Er aß weder seine Gemüsewurzeln, noch trank er Wasser, noch verscheuchte er die Fliegen an seiner Nase. Offenbar erwartete er den Tod, das erkannten und respektierten seine Schüler.

Wer aber sollte dem Kloster nun vorstehen? Um diese Frage führten die Schüler heftige Wortgefechte. Niemand war für die Nachfolge bestimmt worden und so einigten sie sich, dass allein derjenige sie antreten durfte, der die Lehre vom wahren Sein am tiefsten verinnerlicht hatte. Entscheiden konnte das aber nur einer.

Am nächsten Morgen bildeten die Schüler darum einen Halbkreis um den Feigenbaum und die vier besten von ihnen versuchten, den alten Vorsteher ein letztes Mal zum Sprechen zu bewegen.

Der erste Schüler trat vor und sagte:»Wenn ich Gemüse züchte und dazwischen das Unkraut jäte, so ist das bereits das wahre Sein. Stimmt Ihr mir zu, Meister?«

Der Alte blieb reglos.

Da kam der zweite Schüler und sprach:»Ich schreibe Gedichte, denn Kunst zu schaffen ist das wahre Sein. Stimmt Ihr mir zu, Meister?«

Der Alte zuckte mit keiner Wimper.

Nun sagte der dritte Schüler:»Liebe und Mitgefühl sind das wahre Sein. Stimmt Ihr mir zu, Meister?«

Aber auch jetzt schwieg er und in den Schülern wuchs die Sorge wie die Neugier, ob denn wenigstens der letzte mögliche Nachfolger eine Antwort bekäme.

So schritt der vierte Schüler in die Mitte, blickte dem Alten genau auf die Stirn und sagte bedächtig:»Ich achte meine Vorgänger hoch, doch sie missverstehen das wahre Sein. Der Gärtner, der Kräuter pflanzt, will Unkraut jäten und gehorcht damit nur seinem Trieb, die Freude zu mehren und das Leid zu mindern.«

Der Schüler pausierte und alle Versammelten atmeten auf, denn der Alte öffnete seine Augen.

»Der Dichter, der Gedichte schreibt«, fuhr der vierte Schüler fort, »setzt schöne Worte in sein papiernes Beet und will die falschen

Worte herausjäten. Auch er gehorcht seiner Leidenschaft, seinem lustvollen Trieb.«

Der Schüler holte Luft und erkannte befriedigt, dass der Alte wie zum Zeichen des Erstaunens etwas die Augenbrauen hob.

»Wer nun Liebe sät in der Welt«, sprach der Schüler weiter, »der will jäten den Hass und gehorcht demnach auch seinem Trieb.«

Der Alte kippte den Kopf leicht nach hinten und öffnete tatsächlich den Mund.

»Stimmt Ihr mir deswegen zu, Meister«, fragte der Schüler, »wenn ich sage, der Mensch wird von Trieben regiert, er kann sie nicht unterdrücken, er kann ihnen nur gehorchen oder widerstreben, wenn sie sich regen, und das ist das wahre Sein?«

In dem Moment hielten alle Zuhörer die Luft an, sodass sie das Summen der Fliegen am Feigenbaum hörten. Die Augen des Alten weiteten sich, er hob seinen rechten Arm, als begehrte er zu sprechen, führte dann rasch den Handrücken unter die Nase und nieste. Danach sank er wieder zurück in seine harrende Sitzhaltung und schloss die Augen, als wäre nichts geschehen.

Thailand: Antwort eines Krüppels

Ein Suchender trat an einen Krüppel heran und sagte: »Die Leute glauben, du seist erleuchtet. Zeigst du mir den Weg zur Erleuchtung? Ich will sie auch erreichen.«

Da fragte der Krüppel: »Was heißt Erleuchtung?«

Worauf der andere sagte: »Erleuchtung heißt vollkommene Ruhe auszustrahlen, das heißt sich von keinem Geschehnis aus der Fassung bringen zu lassen, das heißt mit allem zufrieden zu sein, das heißt nichts mehr ändern zu wollen, nichts mehr zu hoffen und nichts zu erwarten. Sage mir also, wie erlange ich diesen Zustand?«

Sprach der Krüppel: »Ich kann wohl versuchen, dir Antwort zu geben, so wie ich versuchen kann, dir mit verkrüppelten Füßen voranzugehen, nur beantworte du auch mir zuvor eine Frage. Was sagt man zu einem, der das Nichtwollen will, der auf Nichthoffen hofft und der die Erwartungslosigkeit erwartet?«

Malaysia: Zwei Entscheidungen

Ein begabter Biologe bekam ein Stipendium zugesprochen. Damit verbunden war ein mehrmonatiger Forschungsaufenthalt im Danumtal von Borneo. Die Feldstation lag abgeschieden von der Zivilisation mitten im Regenwald. Dennoch war sie ausgestattet mit modernsten Laboren und berühmte Naturforscher hatten dort ihre wissenschaftlichen Proben gesammelt. Der junge Stipendiat reiste darum mit großen Erwartungen an, doch kaum eine Woche später packte er seinen Koffer wieder zusammen und fuhr heim. In einem Brief an seinen Professor schrieb er:

»Es ist wahr, ich habe lange auf solch eine Gelegenheit hingearbeitet, aber ich konnte in Danum nicht bleiben. In dieser Station ist man zwar offiziell in dem Staat Malaysia, aber eben doch nicht wirklich. Man ist abgeschottet vom Volk. Man bemerkt nicht, was im Land vor sich geht, und sitzt fest in einer paradiesischen Oase, während fünfzig Kilometer weiter der Wald kahlgeschlagen wird. Ich hatte den beklemmenden Eindruck, auf dieser noblen Forschungsbasis am Wesentlichen vorbeizuexperimentieren. Die Station war mir zu perfekt. Ich habe dort Schulkinder vermisst, die mich auslachen, weil ich die Weisheit mit Löffeln zu fressen glaube. Auch den Trinker habe ich vermisst, der beschwipst die naseweisen Forscher anpöbelt. Warum? Weil er ebenso dazugehört! Wer weiß, was für ein gutartiges Herz hinter seinem zerschlissenen Hemd pocht? Vielleicht stehe ich mit dieser Sichtweise allein da und sicher könnte man sie mir stichhaltig zerreden, aber ich kann nicht anders fühlen.

Wenn Forschung nur betrieben werden kann, wenn Unbequem-
lichkeiten wie Armut oder schreiende Kinder davon ausgeschlossen
sein müssen, dann verzichte ich darauf.«

Der junge Mann schlug also einen anderen Weg ein. Trotzdem
erlangte er bald hohe akademische Grade und wurde schließlich in
den Vorstand der Parkleitung gewählt. Mit diesem Amt betraut,
drängte er plötzlich darauf, ins Danumtal versetzt zu werden. Es
gelang ihm und Jahre später schrieb er von derselben Feldstation
nochmals einen Brief an seinen alten Professor. Er endete mit den
Worten:

»Die damalige Entscheidung abzubrechen, habe ich für mich
gefällt. Die heutige Entscheidung zurückzukehren, habe ich für die
Natur gefällt.«

Singapur: Züchtigung

Ein strenger Schuldirektor hatte angeordnet, zwei Schüler in der
Aula vor versammelter Schule mit Stockschlägen zu züchtigen, weil
sie Zeichnungen von unbekleideten Frauen an Mitschüler verteilt
hatten. Der erste Schüler schrie bereits bei einem Schlag aufs nackte
Gesäß und gelobte augenblicklich Besserung vor dem Direktor. Der
andere aber verbiss sich den Schmerz und dachte nicht an Reue.
Erst als der Direktor das Strafmaß verdoppelte und den Lehrer, der
den Stock schwang, zu kräftigeren Schlägen aufforderte, begann der
Geschlagene zu stöhnen.

»Schon gut«, rief der Schüler endlich. »Ich bereue!«

Er durfte seine Hose hochziehen. Dann humpelte er unter Tränen
vor den Direktor, der ihn abweisend ansah, und sagte so laut, dass
ihn alle Versammelten hörten:

»Ich gestehe meine Schuld, nicht so tadellos wie der Herr Direktor
zu sein. Aber von nun an strebe ich Euch nach. Ich will mich wie

Ihr nicht mehr an der Lust entblößter Frauen weiden, sondern nur noch am Leid von entblößten Knaben.«

Brunei: Der leere Teich

Als die Arbeiten im Park abgeschlossen waren, führte der Hofgärtner die Frau des Sultans durch die neue Teichlandschaft. In einem der vielen Teiche schwammen gigantische Seerosen, auf dem Grund eines anderen tummelten sich himmelblaue Krebse und ein weiterer war Brutstätte für eine seltene Art von Goldfischen. Die Herrscherin war begeistert und lobte überall.

Schließlich gelangten beide aber an einen Teich, in dem sie nichts entdecken konnte.

»Hier ist ja nichts als Wasser drin«, sagte sie. »Ist der Teich noch unvollendet?«

»Ich habe nichts mehr daran zu schaffen«, erwiderte er.

»Aber wozu hast du einen leeren Teich angelegt?«, fragte sie.

Der Mann trat nun dicht ans Ufer, sodass man sein Spiegelbild im Wasser sah.

»Dieser Teich«, sprach er, »ist gar nicht leer. Er steckt voller Klarheit. Er ist für jene Stunden, in denen man, durch nichts verführt und abgelenkt, nur Ruhe sucht und reine Selbstbetrachtung.«

Indonesien: Der Forscher

Ein Knabe schlich aus dem Dorf hinüber zur Lichtung des Waldes, zu seinem Geheimversteck am Bach unter den Ingwerstauden. An den großen Blättern hing noch der nächtliche Tau. Prall und rund spiegelte er den Morgen auf träumerisch verzerrte Weise in Gelb und Grün und allen Farben wie die Glasperlen in

Mutters Holzschatulle. Eben wollte er einen dieser Tropfen, zu dem er sich staunend niedergebeugt hatte, von der Spreite träufeln – er senkte bereits das gefaltete Laub, sodass die Wasserkugel mehr und mehr anschwoll und fast schon zu schwer wurde, um sich zu halten – da bemerkte er in ihrem kristallklaren Innern ein zuckendes, leuchtend rotes Lebewesen, ein winziges, seidenfädiges Würmchen, das in eifrigem Auf und Ab durch das kleine Aquarium schlängelte. Welche Zauberwelt tat sich hier auf? Der Knabe rückte näher heran, noch vollständig vertieft in die Offenbarung, dass nicht nur ein Meer aus Tropfen, sondern ebenso ein Tropfen aus Meeren bestünde, da lenkte ihn ein anderes Getier davon ab. Er hörte ein leises Brummen hinter sich und ließ das Ingwerblatt fahren, sodass sein Taukristall am Boden zerplatzte.

Gleich am Fuße des Knaben lag die Einflugschneise zur Behausung einer Blattschneiderbiene. Kaum hatte er sich umgedreht, da schwirrte das muntere Insekt schon davon und des Jungen Gedanken hinterdrein. Bald kehrte die Biene mit einem sauber geschnittenen Blättchen unter dem Leib zum Erdloch zurück. Sie landete, schob das Polster in die Röhre und hob erneut zum Ernten ab. Dreimal, viermal flog die fleißige Mutter hin und her vom Bau zum Busch und zurück, sich redlich um ihre Brutkammer mühend. Nun wollte der Knabe ausprobieren, ob sie ihren Eingang wieder fände, wenn er ein Stück Rinde darüber legte. Als er so das Loch verbaut hatte, gewahrte er aber den nächsten Akteur – einen Sandlaufkäfer mit riesigen Teleskopaugen, der als nimmermüder Flugkünstler von Kräutlein zu Kräutlein summte und wie ein Smaragd in der Sonne funkelte.

Was würden seine Brüder für Augen machen, wenn er diese Trophäe nach Hause brächte! Der Knabe sprang auf zur Treibjagd, es ging über Stock und Stein, doch er war ein flinker Fänger, sodass der Käfer rasch in der hohlen Faust gefangen saß. Nun rannte er heim zum Dorfe, wo seine Mutter ihn empfing: »Wo bist du gewesen, mein Träumer?«, fragte sie lächelnd.

»Ich bin kein Träumer, ich bin Forscher!«, rief der Knabe. »Sieh nur!«

Doch als er die Hand nun öffnete, um die Beute zu präsentieren, war gar kein Käfer darin, nur ein blassgrüner abgebrochener Flügel.

Timor-Leste: Die Brücke über der Schlucht

Um zu ihrem Boot zu kommen, mussten zwei befreundete Fischer Tag für Tag eine Felsschlucht durchqueren. Sie war nicht sehr breit, aber tief, und der Weg war beschwerlich. Immer wenn sie sich morgens am Rande der Schlucht einfanden, sagte der eine von ihnen:

»Irgendwann breche ich mir noch den Hals da unten. Wenn wir nur eine Brücke hätten!«

Der andere sagte nie etwas Derartiges, doch eines Tages begann er mit dem Bau einer festen Holzbrücke. Als die Brücke schließlich fertig und begehbar war, nahmen sie fortan diese sichere Abkürzung. Eine Zeit lang überquerten die beiden Tag für Tag zweimal die Brücke, einmal hinwärts zu ihrem Boot und einmal rückwärts zu ihrem Dorf. Sie unterhielten sich kaum noch über die Schlucht und irgendwann auch nicht mehr über die Brücke, sie besprachen ganz andere Dinge.

Eines Morgens aber erschien der eine Mann nicht an der Brücke. Der andere, der stets ungern die Schlucht durchstiegen hatte, wunderte sich darüber und ging diesmal allein hinüber. Noch mehr wunderte er sich jedoch, als er am Boot ankam und seinen Freund bereits dort sitzen sah.

»Wo bist du denn gewesen?«, rief er ihn an.

»Ich habe einen neuen Weg durch die Schlucht genommen«, lautete die Antwort.

»Durch die Schlucht?«, rief er betroffen. »Wie kannst du so leichtsinnig sein? Wir haben doch jetzt die Brücke. Wolltest du dich umbringen?«

»Nein«, sagte da sein Freund, »ich habe das nicht getan, um zu sterben. Ich habe das getan, um lebendig zu bleiben.«

Papua-Neuguinea: Unsinkbare Schiffe

Im Hafen lag ein riesiges Schiff, das die ganze Nacht hindurch hell erleuchtet war. Menschen liefen darauf geschäftig umher. Man hörte Fragen hinüber- und Befehle herüberhallen und tief aus dem Schiffsbauch drang hämmernder Lärm von den Stellen, wo Reparaturen und Ausbesserungen im Gange waren.

Am Morgen darauf ging ein alter Mann an diesem Schiff vorbei zu seinem Fischerboot, um hinaus aufs Meer zu fahren.

Da höhnten ein paar Männer von dem großen Schiff herunter: »He, Alter, willst du nicht auch einmal auf einem richtigen Schiff anheuern? Mit unserem Fang würdest du dein Weib einmal ordentlich satt bekommen.«

»Nein, danke«, antwortete der alte Mann. »Aber sagt, habt ihr die ganze Nacht hindurchgeschuftet?«

»Unsinkbar haben wir das Schiff gemacht, unsinkbar!«, riefen sie. »Du weißt ja, das Meer ist unberechenbar. Also überleg es dir gut mit deiner Nussschale!«

»Da habt ihr Recht«, rief der alte Mann hinauf. »Im Meer könnt ihr wohl nicht mehr versinken. Dafür kann ich aber auch nicht in meinem Boot versinken.«

Australien: Die Stunde am Ozean

Zwei Brüder, die zusammen manchen Weg gegangen waren, unterhielten sich über ihre viele Jahre zurückliegende Australienreise. Fragte der ältere Bruder: »Was war das Schönste, was du in Australien erlebt hast?«

Sagte der jüngere Bruder: »Es war die Stunde, in der wir an der Palmenküste auf den Ozean hinaussahen.«

Fragte der ältere Bruder: »Und was war das Traurigste, was du in Australien erlebt hast?«

Sagte der jüngere Bruder: »Als wir damals an der Palmenküste dem Rauschen der Wellen lauschten, wolltest du mir zum ersten und einzigen Mal von deinem Glauben erzählen. Willst du wissen, woran ich glaube? So fragtest du mich. Doch ich habe es nie erfahren, denn ich habe genickt und geantwortet: Ja, später will ich es wissen. Lass mich noch eine Stunde hinaus auf den Ozean sehen.«

Neuseeland: Zwei Wolken

Eine Federwolke traf eine Regenwolke. »Hallo!«, rief sie. »Wohin des Weges?«

»Ach«, seufzte die Regenwolke, »immer nur wohin der Wind weht. Und du?«

Da strahlte die Federwolke: »Immer nur wohin der Wind mich weht!«

Tonga: Wenn es regnet über dem Meer

Ein Regentropfen trennt sich von einer Wolke. Plötzlich bemerkt er, dass er hinabfällt. Um sich her sieht er viele weitere Tropfen, doch vor sich nur gähnende Tiefe und Ungewissheit. Trotz der anderen, die mit ihm reisen, fühlt er sich einsam und schutzlos. Was erwartet ihn da unten? Das kann doch nichts Gutes sein. Statt einfach frei zu fallen, ängstigt diesen Tropfen so oft nur das Ende des Fallens.

Schließlich fällt er dann ins Meer. Sein Tropfendasein löst sich auf.
Sofort entpuppt sich sein Ich als Täuschung, denn nicht der Tropfen, sondern das Wasser ist sein wahres Ich, seine wahre Natur. Er
selbst ist Wasser, er selbst ist das Meer. In Wahrheit ist er nichts
Abgegrenztes, er ist das Grenzenlose. Und als Tropfen hatte er die
ganze Zeit Angst vor dem Meer gehabt. Wie verrückt, er hatte sich
immer nur vor sich selber gefürchtet!

Der fallende Tropfen bist natürlich du – zwischen Himmel und
Meer, zwischen Kommen und Gehen, zwischen Geburt und Tod.
Kannst du wenigstens ahnen, wie befreiend es für dich wäre, bereits
während des Fallens, während deines Lebens, also jetzt zu erkennen,
was deine wahre Natur ist?

Samoa: Genieße den Müßiggang

Manch ein Fernreisender, der aus der Südsee zurückkehrt, lobt
einerseits den Fleiß der dortigen Insulaner und andererseits ihr Ver-
mögen, sich gänzlich ohne schlechtes Gewissen dem Müßiggang
hinzugeben. Sei auch du ab und zu müßig! Gönn dir jeden Tag
nicht bloß eine Pause, sondern einen Urlaub. Du brauchst keine
Palmen dazu. Du brauchst nur dich.

Müßiggang ist keine Sünde. Er ist ein Talent, das oft zu kurz
kommt heutzutage. Müßig zu sein heißt auch nicht faul zu sein. Wer
faul ist, verliert Begeisterung am Leben. Wer müßig ist, gewinnt sie.
Faulheit frustriert. Müßiggang befreit. Ein Faulenzer siecht dahin.
Ein Müßiggänger treibt dahin. Der Faule sagt nein zur Verpflich-
tung. Der Müßige sagt ja, sobald er wieder bei Kräften ist. Mach dir
also keinen Vorwurf daraus, einmal nichts geschafft zu haben. Es ist
dein gutes Recht. Außerdem ist alles Erschaffene vergänglich. Sei
deswegen auf deinen Traum, der ein Produkt deines Müßiggangs
ist, genauso stolz wie auf dein Haus, das ein Produkt deiner Tatkraft
ist. Irgendwann zerfallen sie beide zu nichts.

Stell dir einmal vor, alle Menschen würden einen Tag lang an ihrem persönlichen Traumhaus bauen. Es wäre dann laut auf der Erde, denn jeder werkelte mit Holz und Säge, mit Stein und Mörtel. Überall gäbe es Reibereien. Ehepaare würden sich streiten, weil die Frau auf diese, doch der Mann auf jene Weise plante. Nachbarn lägen im Clinch miteinander, weil sich gewünschte Grundstücke überschnitten. Und wo wären überhaupt all die Rohstoffe für die großen Villen und Marmortreppen zu holen, wenn nicht bei denen, die sie raffgierig gehortet hätten? Bestenfalls ginge dieser Tag vorüber und alles wäre wie zuvor. Schlimmstenfalls gäbe es Mord und Totschlag.

Nun stell dir hingegen vor, alle Menschen würden einen Tag lang von ihrem persönlichen Traumhaus träumen. Es wäre dann ruhig auf der Erde. Niemand stieße sich am andern. Man könnte die Vögel hören und den eigenen Herzschlag. Es wäre Frieden. Willst du also einmal etwas für den Weltfrieden tun, so genieße den Müßiggang.

Tuvalu: Über den Ozean rudern

Der Kapitän beugte sich über die Reling. Auf hoher See war sein Schiff auf ein winziges Ruderboot gestoßen, in dem ein Mann saß und ruderte.

»Hallo, geht es Ihnen gut? Was machen Sie da?«, rief der Kapitän.

»Über den Ozean rudern«, lautete die Antwort.

»Das sehe ich auch«, sagte der Kapitän. »Aber wie sind Sie hierher gekommen?«

»Indem ich über den Ozean ruderte«, rief der Mann zurück.

»Sie verstehen mich falsch! Ich meine, warum sind Sie hier?«

»Um über den Ozean zu rudern.«

Seelenruhig ruderte er weiter, als überquerte er einen Teich.

»Sind Sie noch bei Sinnen?« Der Kapitän griff sich an die Stirn.
»Wie wollen Sie das jemals schaffen?«

»Indem ich über den Ozean rudere.«

Fidschi: Das Mädchen und der Dünenwind

Ein Mädchen kniete auf einer kleinen Sanddüne weit vor der Stadt. Trübselig blickte es zu Boden, als eine alte Frau hinzutrat und einfühlsam fragte, was es bedrücke.

Das Mädchen sprach: »Ich habe das Schönste entdeckt, was man je entdecken kann. Es ist dieser Ort hier, diese Düne am Meer mit dem Dünengras und dem Wind, der darin raschelt. Nur warum darf ich nicht immer hier sitzen? Ich tue doch niemandem weh damit. Warum muss ich nachher gehen, warum dieses tiefe Gefühl mit einem flacheren vertauschen? Immer zieht es mich zurück in die Stadt. Viele Pflichten warten da, sicher auch Freuden, aber am Ende lenkt mich das alles nur weg von dem herrlichen Wind hier. Wissen Sie, ich fürchte den Strudel des Lebens dort. Bald entlässt er mich seltener hierher. Ich werde mit Familie und Hausrat zu tun haben, werde jahrelang nicht zurückkehren und eines Tages früh aufwachen und im Spiegel meine Falten sehen. Nur wofür habe ich dann mein Leben geopfert? Ich weiß, es ist gut und schön, Kinder zu bekommen, aber für mich zählt genauso der Dünenwind. Warum darf ich nicht auch für ihn leben? Warum soll ich vierzig Jahre lang ausschließlich für etwas arbeiten, das mich nur zur Hälfte ausmacht?«

»Liebes«, sagte darauf die alte Frau, »ich weiß, es tut sehr weh, was du gerade durchmachst. Auch ich kenne diesen Schmerz. Du willst das Schöne, das Gute und Heilsame hier nicht loslassen und fürchtest, es zu verlieren. Das ist nicht allein dein Leid. Es ist das Leid aller Lebewesen. Du bist aber dennoch gerade auf dem rechten Weg, denn du gestehst dir dein Leid ein. Du bist traurig und kannst sagen: Ja, ich bin traurig. Du spürst Schmerzen und kannst sagen: Ja, es tut weh und ich brauche Beruhigung. Das scheint dir im Augenblick wenig zu nützen, aber diese Ehrlichkeit dir selbst gegenüber ist das Licht deines Herzens. Es leuchtet dir den Weg – auch ohne Dünenwind, und selbst im Sturm, in der lauten Stadt. Und wenn du einmal selbst in der Stadt den Wind nicht loslassen willst, dann versuche vielleicht beim nächsten Mal, den Wind zu vertonen. Zeichne den Wind oder schreibe vom Wind – sei Künstlerin! Du kommst nicht umhin, das reine Gefühl von heute gegen ein anderes einzutauschen, aber dein Lied, dein Bild, dein Gedicht helfen dir, es zurückzuholen, wann immer du es brauchst. Wenn du möchtest, können wir das auch zusammen tun. Wir können gleich hier dem Dünenwind ein Lied singen oder eine kleine Geschichte widmen, ganz wie du willst. Die Kunst wird dein Leiden nie heilen, aber sie gibt dir die Kraft, die Jahre, die uns trennen, nicht bloß zu überleben, sondern zu leben.«

»Und was ist dann, wenn ich so alt bin wie Sie?«, fragte das Mädchen.

Und die Frau lächelte: »Dann musst du selbst ein junges Mädchen trösten, weil seine Sehnsucht, den Wind festhalten zu wollen, doch schmerzvoller ist, als deine Sehnsucht, vom Winde verweht zu werden.«

Vanuatu: Die Nadel im Heuhaufen

Der Teufel wollte Gott einmal im Spiel besiegen. Am Rande des Vulkankraters einer menschenleeren Insel hielt er eine goldene Nadel empor und sprach:

»Lass uns diese Nadel in einem Haufen aus Heu verstecken und sehen, wer von uns zweien sie schneller wieder findet!«

Gott hatte nichts dagegen und sollte zuerst an der Reihe sein. Also verwandelte der Teufel, damit es für seinen Gegner nicht zu leicht werden würde, den ganzen Erdball in einen einzigen unermesslich großen Heuhaufen.

»So, viel Glück!«, rief er alsdann. »Worauf wartest du noch? Die Nadel ist bereits versteckt. Möge der Bessere gewinnen!«

Und Gott begab sich auf die Suche. Er ging mitten hinein in die Erde aus Heu und durchleuchtete jeden Winkel mit seinem Licht. Er hatte keine Eile. Dreißig Zeitalter hindurch suchte er ununterbrochen, ohne auf die Nadel zu stoßen. Der Teufel grinste schon siegesgewiss. Da machte Gott eine Pause und legte sich ins Heu. Plötzlich stach ihn etwas Spitzes ins Kreuz. Er griff hinter sich und holte die goldene Nadel hervor.

»Ich hab sie dir auf den Rücken gebunden!«, hohnlachte der Teufel. »War das nicht ein teuflisch gutes Versteck? Ja, das war es! Hahaha!«

Gott nickte nur freundlich dazu. Er verschwieg dem Teufel, dass er die Nadel von Anfang an gesehen hatte, denn er schaut mit seinem Licht nicht nur nach vorn.

Nun sprang der Teufel auf. Er löschte das Licht umher, weil er im Dunkeln besser sehen konnte. Den Restschimmer des Goldes der Nadel würde er gut erkennen. Auf einen Wink Gottes hin legte er los. Zuerst tastete er seinen Rücken ab, um sicherzugehen, dass Gott nicht den gleichen Trick bei ihm anwenden würde. Als er die Nadel dort nicht fand, lachte er dröhnend auf und stürzte sich ins Heu.

Mit unglaublicher Geschwindigkeit durchsuchte er ein Zeitalter hindurch den gesamten Erdball. Die Nadel war jedoch nicht zu sehen. Da verließ ihn bereits die gute Laune. Noch schneller, viel schneller als Licht sich ausbreiten kann, durchsuchte er ein zweites Zeitalter hindurch den dichten Haufen aus stachligem Heu. Es zerstach und zerkratzte ihm den Leib. Er hatte alles abgesucht, doch die Nadel blieb verborgen. Wie konnte das sein? Er fluchte grässlich und leckte sich die Wunden. Dann raffte er sich zum dritten Mal auf. Blutüberströmt raste er unter Höllenqualen noch einmal durch die Heuwelt, doch am Ende des dritten Zeitalters brach er in sich zusammen.

»Ich kann nicht mehr! Ich gebe auf«, ächzte er und im selben Moment ward es Licht.

Nichts tat mehr weh. Von allen Seiten funkelte es wie Gold und er sah, dass die weite Erde, wo er sich durchgewühlt hatte, ein einziger Haufen aus goldenen Nadeln war. –

Später dann, als er sich wieder erholt hatte und bei Gott saß, sagte er zu ihm: »Trotzdem bin ich schneller ans Ziel gekommen als du. Ich habe gewonnen. Das musst du doch einsehen, oder?«

Und Gott hatte natürlich ein Einsehen und nickte ihm freundlich zu.

Salomonen: Der Armreif aus Perlmutt

In der Dschungelsiedlung unweit eines smaragdgrünen Waldsees wünschte sich vor langer Zeit eine junge Frau sehnlichst ein Kind. Sie liebte ihren Mann und ihr Mann liebte sie, auch Mond und Sterne standen günstig und alle Zeichen der Götterwelt sprachen von Wohlwollen und Segen für eine kleine Familie. Die Frau war ihren Mitmenschen gegenüber so liebe- und hingebungsvoll, dass besonders die Kinder des Dorfes oft von selbst ihr zugelaufen kamen, um mit ihr zu spielen, zu singen oder zu kochen. Auch wussten die anderen Mütter ihren Nachwuchs bei ihr in der besten Betreuung und Obhut. Alles an der schönen Frau – von ihrer weiblichen Figur bis hin zu ihrer Sorgfalt und geduldigen Güte, doch vor allem ihre eigene innere Stimme – alles sprach davon, dass sie auch selbst zum Muttersein geboren und dazu geschaffen war, ein Kind aufzuziehen. Sie wurde jedoch nicht schwanger und ihr Herzenswunsch blieb unerfüllt.

Im gleichen Lebensjahr aber, als sie im Spiegelbild des grünen Sees auch ihr erstes graues Haar entdeckte und sich beinah schon fügen wollte in ein endgültig kinderloses Schicksal, gewahrte die Frau plötzlich Anzeichen einer noch größeren körperlichen Veränderung an sich. Neben anderen Auffälligkeiten war ihr häufig übel, auch unabhängig vom Essen, ihre Brüste begannen eigenartig zu ziehen und als sonst munterer Mensch voller Tatendrang und Arbeitsfleiß war sie nun ganze Tage lang müde und gar auf Schonung und Mittagsruhe angewiesen. Mit gemischten Gefühlen beobachtete sie sich selbst. Oft zweifelte sie und verdrängte energisch alles Denken an die Richtung, auf die es hinauszulaufen schien, doch nur weil sie fürchtete, am Ende enttäuscht zu werden. Wieder und wieder fand aber die Hoffnung auf eine Schwangerschaft neue Nahrung und noch einmal wuchs diese Sehnsucht ins Unermessliche und schob die Befürchtungen mühlos beiseite.

Der Bauch der Frau wölbte sich zusehends, das ließ sich bald nicht mehr verbergen. Das ganze Urwalddorf nahm Anteil daran. Jeder ahnte, es geschah hier ein innig ersehntes Wunder, und als die Frau, die lange Abende hindurch ihre fraulichen Rundungen berührt, befühlt und versonnen gestreichelt hatte, als sie eines Tages endlich von innen her nie zuvor gespürte und dennoch unverkennbare, ruckartige Bewegungen wie sanfte Schubse im Bauchraum wahrnahm, die gewiss nicht von ihr selbst herrührten, da strahlte ihr Antlitz in einem Licht auf, wie ihr Mann es noch nie an ihr gesehen hatte. Ein kleines, kleines Menschenkind, ein eigenes Baby strampelte in ihrem Leib. Es war nicht mehr wegzudenken. Sie würde Mutter sein, nach all den Jahren doch noch Mutter von einer Tochter oder einem Söhnchen, einerlei – und sie war bereits Mutter! Jetzt in diesem Augenblick nährte sie das winzige Wesen tief geschützt in ihrem Bauche, spürte seine ersten spürbaren Tritte und Regungen, vielleicht ein Stößchen mit der Faust, vielleicht ein ganzer Purzelbaum.

Wie fortgeblasen war die Ungewissheit vergangener Monde. Die Frau erblühte, selber genährt von der Frucht ihrer Lenden, in der seligsten Dankbarkeit, wie sie nur Menschen zuteil wird, die nicht mehr auf der Suche sind, weil sie den Sinn ihres Lebens erleben. So unendlich dankbar war sie für ihre unverhoffte Mutterschaft, dass sie nicht das Geringste an ihrer Lage verbessern musste, um noch sorgenfreier zu werden. Sie traf an Vorbereitungen für den Empfang ihres Lieblings in der hiesigen Welt viel weniger als andere werdende Mütter, denn sie wusste, dass alles gut so war, dass alles bereits da und vorbereitet war, vor allem ein großes Mutterherz voller Liebe und ein ruhiges Zuhause.

Als einziges Geschenk nahm sie vorab auch lediglich einen niedlich geschliffenen Armreif aus Perlmutt von ihrem Manne entgegen, den er aus reiner Vaterfreude aus einer Meeresmuschel für den kommenden Säugling fein säuberlich angefertigt und abgerundet hatte. Die Mutter trug dieses Kleinod fortan bei sich und beide ergötzten sich an dem Bild, wie es bald am Ärmchen ihres Babys in der Sonne glitzern und als Spielzeug dienen würde.

Es waren traumhafte Tage! Das neue Leben in sich wachsen zu spüren, das war so unbeschreiblich rührend, bewegend, lebenswichtig, aufregend und doch beruhigend, so einfach natürlich und dennoch göttlich unbegreiflich, wie es auch der schönste Traum der Frau nicht hatte ausmalen können. Und genauso würde das bloße Ansehen, das Riechen und Stillen, das Wiegen und Tragen des Kleinen nach seiner Geburt, das Herzen und Schmusen mit ihm auch noch die lebhafteste Vorstellung davon übersteigen.

Die junge Mutter verlebte eine Zeit voll ungetrübter Freude. Ihr Bauch wurde größer und größer. Anstelle der anfänglichen Übelkeit traten zwar Verdauungs- und Rückenbeschwerden, doch nahm sie diese tapfer in Kauf. Der Geburtstag rückte immer näher und eines Abends, während die Eltern zärtlich beisammen saßen und sich einmal mehr darauf einigten, welchen Namen ihr Kind tragen sollte, kündigte der Frau ein plötzlicher, heftig ziehender Unterleibsschmerz den Auftakt der Wehen an.

Die Geburt war ein heiliger Vorgang. Nur zwei erfahrene, ältere Frauen standen der Schwangeren bei. Der Vater des Kindes durfte nicht mit hinein in die Hütte und hörte von außen bang und bis zum Zerreißen gespannt, wie seine Frau die ganze Nacht hindurch sich quälte. Am Morgen wurden ihre Schreie noch schriller und lauter, bald brüllte sie wie am Spieß. Es war eine schwere Geburt. Dem Mann zersprang selber die Brust vor Gefühl, doch er zwang sich zur Ruhe und betete nur, es möge endlich vorbei sein und das Baby gesund in die Welt hinausschreien.

Da wurde es still in der Hütte. Für kurze Zeit vernahm der Mann kein Geräusch mehr von innen. Irgendetwas musste passiert sein. Die Schmerzwellen mussten abrupt nachgelassen haben, sonst hätte seine Frau längst weitergebrüllt oder zumindest gestöhnt. War das Baby also da? War es geboren? Immer wieder dachte er: Atme, Kind! Atme!

Er ballte die Fäuste.

»Schrei doch! Schrei!«

Ihm stand der Schweiß auf der Stirn, aber er hörte es nicht schreien. Es schrie nicht.

Sollte es nicht schreien? Der Mann stürzte in die Hütte und wie er seine Frau dort am Boden auf der Grasmatte liegen sah mit einem nackten, blutverschmierten Bündel am Busen, durchdrang ein Schrei die unerträgliche Stille, ein Aufschrei, der ihm durch Mark und Bein fuhr, denn es war nicht das kleine Geschöpf, nicht das Neugeborene da an der Mutterbrust, das ihn ausstieß. Es war die Mama, die schrie. Sie hielt ihr Baby im Arm, küsste sein warmes Köpfchen voll dunklem, nassem Kraushaar. Dann starrte sie irre zur Decke, begann zu zittern, schluchzte herzzerreißend auf, schrie und schrie, warf sich hin und her, stampfte mit den Füßen, schlug ihren Kopf auf die Erde und schrie immer wieder: »Mein Baby! Mein Baby!«

Drei Tage lang trug sie den leblosen Körper mit sich herum. Drei Tage lang trug das Mädchen, das Blume heißen sollte, an seinem schlaffen Ärmchen den Armreif aus Perlmutt. Nicht ein Atemzug war ihm vergönnt gewesen.

Unvorstellbar war der Kummer der Eltern, unsagbar tief klaffte die Wunde im Herzen der Mutter. Als einziges Andenken an ihr Töchterchen behielt sie den perlmutternen Armreif zurück. Er hing am Lederband um ihren Hals, oft barg sie ihn aber auch in der Faust und manchmal sprach sie mit ihm.

»Mein Baby!«, sagte sie dann. »Geht es dir gut? Hab ich dir wehgetan? Hast du Angst?« Doch meistens fragte sie: »Wo bist du jetzt, mein kleiner Schatz?«

Wie sehr vermisste sie ihn, ihren kleinen, großen, einzigen Schatz! Dabei drehte sie den Armreif in ihren Fingern und alle Sehnsucht der Welt schien darin zusammengeballt. O wüsste sie nur, wo ihr Baby jetzt war! Es schmerzte entsetzlich, nicht sicher zu wissen, ob es ihm gut ging. Unzählige Tränen fielen so durch das kleine Loch des Armreifs in eine traurige Leere.

Nach einer langen Zeit der Abkehr vom dörflichen Alltagsgeschehen ging die Frau mit dem Armreif zu ihren Eltern und Großeltern, zu ihrer besten Freundin und auch zu den Ältesten der Siedlung, um sie alle zu fragen, was sie ernsthaft dachten, wo ihre Tochter jetzt sei. Allein die Antworten, die sie bekam, brachten ihr keinen Frieden.

Einer sagte: »Sie ruht in den Armen der Ahnen.«

Ein anderer sprach vom Himmel der Götter.

Ein dritter wusste: »Sie wohnt jetzt über den Wolken und unter dem Meer.«

Und wieder ein anderer fragte hintergründig: »Lacht sie dir nicht aus jeder Blume entgegen?«

Doch die Frau sah nirgends die Blumen lachen, und ihr Mann, der ihr treu blieb, aber völlig ratlos war, meinte dazu ganz ehrlich: »Ich weiß nicht, wo sie sich befindet.«

Das alles waren aufrechte Sätze und meist mehr als bloß liebgemeinte Aufmunterungen, die Frau aber misstraute ihnen dennoch. Sie wollte die Wahrheit, die nackte Wahrheit zuinnerst erfahren und keinen Glauben übernehmen. Zu glauben, das war ihr zu wenig. Sie musste wissen, doch selbst die Weisen und Alten schienen nur zu irgendwelchen Hoffnungen und althergebrachten Göttern aufzusehen. Sie hielten etwas für wahr, aber war das auch wahr? So beschlich die Frau das bedrückende Gefühl, dass ihr die Wahrheit wohl niemand mit Worten sagen konnte und alle Heiligen der Erde nicht imstande wären, sie ihr verständlich zu machen. Sie erhielt keine Antwort auf ihre wichtigste Frage. Am Ende hatte sie stets nichts in den Händen als nur ihren Armreif, ihren stummen, glücklosen Glücksbringer, der umsonst im Sonnenlicht blitzte, weil niemand sein Lächeln zurückwarf.

Ihr Mann maß dem Reif natürlich ebenfalls Bedeutung bei. Seine ganze väterliche Vorfreude war ja in dessen Anfertigung hineingeflossen. Er war ihm niemals nur ein Zierstück gewesen, das man austauscht, wenn es an Glanz verliert. Er war sein herzlicher, regenbogenbunter Willkommensgruß an das neue Leben gewesen, sein zum Bildnis gewordenes Staunen über dies Wunder der Schöpfung. Wie aber selbst das freudigste Staunen nicht lange währen kann und anderen Stimmungen weicht und wie in jedem Willkommen bereits auch ein Abschied heraufkeimt, so war auch dieses Mannes geistige Bindung zu dem Armreif eher etwas Vergehendes, Verblassendes und sie welkte allmählich dahin. Die warmherzige Rührung, die er einst heraufbeschworen hatte, war in der Geburtsnacht vernichtet worden. Erinnerungen voller Pein, in die er sich nicht vertiefen mochte, suchten ihn nachher heim, wann immer er das Schmuckstück ansah, und jede neuerliche Berührung damit riss große Narben wieder auf.

Die Frau aber und der Armreif fanden einen neuen Weg zusammen. Sie hielt ihn nicht allein fest, weil er das einzig Greifbare war, das sie mit ihrer Tochter nach deren Bestattung noch verband. Auch verehrte sie ihn nicht als Tor zum Reich der Toten. Keineswegs wollte sie sich von ihm einlullen und aus der Gegenwart fortreißen lassen. Sie wollte wissen, wo ihre Tochter ist, nicht mehr und nicht weniger. Und ihre Wahrnehmung war diese: Ihre Tochter war nicht hier. Sie war ihr entrissen worden an dem Tage ihrer Entbindung. Eine Nacht vorher hatte sie noch das kindliche Rumpeln im Bauche liebkosend gekrault, doch jetzt saß sie hier mit hohlem Herzen und leeren Händen, und auch der Armreif füllte das nicht aus. Nüchtern betrachtet war er ein hübsches, zierliches Ding, durch das sie ihre zwei Daumen stecken konnte. Er war ganz und gar gegenwärtig und überhaupt nicht überweltlich, und er konnte auch nichts heilen, nichts lindern, nicht sie erheitern, nicht sie beruhigen.

Aber der Armreif mahnte. Auf seine ganz eigene, langmütige Weise mahnte er die verwaiste Mutter ohne Worte und Gesten, ihren erschütterten Lebensmut doch noch einmal zu fassen, all ihre zerflossenen Kräfte aufs Neue zu sammeln, zu ballen und bis ans Ende ihrer Tage auf die Frage nach dem Verbleib ihrer Tochter zu richten. Und diese stumm-beredte Mahnung, des Muschelarmreifs helles Blinken, sein Lichtstrahl aus des Meeres Tiefe wies immer klärender ins Herz der Dinge, ward immer inniger betrachtet und versunkener durchschaut. Das Ringlein strahlte, wirkte, sprach und lehrte, zog immer mächtiger den Blick ins Eine, bis eines Tages leicht und zwanglos, von einem auf den anderen Moment, ganz ohne Zutun, ohne Mühe das Innerste der Frau erhellte. Sie wachte auf. Ein Himmel, klar und wolkenlos, tat sich in ihrem Geiste auf. Sie schauerte zusammen, dann saß sie still, ganz still und erstmals frei von Schmerzen.

Im nächsten Morgengrauen ruderte sie allein hinaus auf den grünen See. Ein Wind ging und sie ließ sich treiben, streckte sich aus im Boot, sah lang hinauf zu einer weißen Wolke und fiel in einen tiefen Schlaf.

Als sie erwachte, hatte der Wind das Boot weit aufs Wasser hinausgeweht. Wellen schwappten gegen die Seiten und die Frau hatte Mühe, dort wieder anzulegen, wo sie abgelegt hatte. Als sie nun ins Dorf zurücklaufen wollte, machte sie unwillkürlich eine Handbewegung zum Hals und griff ins Leere. Sie erschrak. Mit einem Schlag war ihr übel. Das Band mit dem Armreif war verschwunden! Sie suchte sich ab, suchte am Ufer und im Boot – vergebens. Angst stieg in ihr auf und krampfte ihren Bauch zusammen. Der Armreif war weg! Bei der Bootsfahrt hatte sie ihn noch gehabt, hatte ihn noch mit der Hand umschlossen, kurz bevor sie eingeschlafen war. Und jetzt war er fort, verloren irgendwo in dem See. Sie musste ihn sich im Schlaf vom Hals genommen und über dem Wasser losgelassen haben.

Ihre Knie wurden weich, so elend fühlte sich die Frau. Sie klappte zusammen, sank neben das Boot auf den Felsen und brach in Tränen aus. Sie weinte bitterlich, fast lautlos, ohne Wehklagen. Dann rief sie auf einmal:»Mein Baby! Ich will mein Baby!«

Schließlich raffte sie sich auf, schleppte sich ins Wasser und warf sich in den See. Alles war nun vorbei, alles war sinnlos. Blasen stiegen auf. Sie atmete aus und sank immer tiefer ins Kühle. Doch sie hielt es nicht aus, es zerpresste ihr die Brust. Sie rang nach Luft, schluckte Wasser, zuckte wie wild und drohte zu ersticken. Panisch stieß sie aus den Wellen. Sie spuckte Wasser, keuchte, hustete und kroch zurück ans Ufer, wo sie liegen blieb. Weinen konnte sie nicht mehr. Sie war zu schwach, um ihrem Elend ein Ende zu machen. –

Ein ganzes Jahr lang tauchte die Frau nun Tag für Tag hinab in den See, um den Ring dort zu finden. Das Wasser war oft klar wie Kristall, doch ebenso tief. Sie gab die Suche aber nie mehr auf und eines sonnigen Nachmittages, als sie wieder von einem Schlummer im Boot erwachte und noch vollkommen ruhig war wie der Wind in jenem Moment, da erblickte sie auf einmal weit unten am Grunde des spiegelglatten Sees ein fernes, schwaches Blinken und farbenfrohes Schillern. Dort in entrückter, unerreichbarer Tiefe lag ihr Armreif aus Perlmutt. Reglos saß die Frau da, nicht eine Empfindung rührte ihre Seele. Ihr ganzer Leib war Auge, nur betrachtend, nur sehend.

Einzig bei Windstille war das Leuchten des Armreifs erkennbar. Die Frau musste selbst im Boot wie ein Stein verharren, um es nicht bloß zu erahnen. Sobald sie auch nur mit der Wimper zuckte, sobald ein einziger Gedanke in ihr aufblitzte und sich als Gemütsregung entlud, sobald eine Träne von ihrem Augwinkel rollte oder ein halbes Lächeln auf ihren Lippen erschien, brachte dies bereits ihre Atmung und den Wasserspiegel in leiseste Wallung, und der feine Perlmuttschimmer zerlief in das Jenseits der menschlichen Sinne. Hier an dieser Schwelle des Bewusstseins, in diesem Schwebereich zwischen Sicht- und Unsichtbarkeit, wo der Mensch zwar eindeutig sah, aber nicht einmal denken konnte, etwas zu sehen und in Besitz zu haben, wo der Geist wie abgestorben und dennoch wach und allseits offen war, hier fand die Frau Einlass zu ihrer friedvollen Heimat. Sehen war hier Nichtsehen, Wissen war Nichtwissen, Tod war Leben und Leben Tod. Alles Suchen und Finden, alles Fragen und Antworten war nicht mehr zu trennen, war eins und nichts zugleich, war durchdrungen, überwunden, abgelegt und aufgelöst, war vollständig zur Ruhe gekommen.

Auf eine Art wusste die Frau also, der Armreif war da und weit mehr noch war da, war jederzeit hier, nur wem konnte sie das begreiflich machen? Ein jeder, der davon hörte und mit auf den See kam, war doch, wie einstmals sie selber, im Suchen verhaftet, jeder wollte das Unglaubliche sehen und am liebsten betasten, wollte unbedingt ein Zeichen, irgendeinen Hinweis auf die Wahrheit des von ihr Gesagten erkennen und das allein schon trübte das Wasser. Nur die Frau, die Mutter der still geborenen Blume, hatte für sich den Zugang gefunden, hatte den Schlüssel für alle Zeit und überall in der Hand, auch wenn sie den Waldsee verließ. Ob sie jemals danach einem Weg zurück in das Dorfleben folgte, oder ob sie später gar ein lebendes Kind noch gebar, ist nicht überliefert. Aber es heißt, dass sie nie wieder irgendjemanden fragte, wo ihre Tochter in Wirklichkeit sei.

Nauru: Wolkenfisch

In der Südsee schwammen vor alter Zeit Fische, die ihren Spaß daran hatten, so hoch wie möglich aus dem Wasser in die Luft zu springen. Eines Tages tauchten dann seltene Fische auf mit besonders kräftigen Brustflossen. Auch sie sprangen gern aus dem Wasser, nur waren sie den gewöhnlichen Fischen dabei weit überlegen. Diese fliegenden Fische gebrauchten ihre Flossen beinah wie Vögel ihre Flügel. Sobald sie aus den Wellen hervorstießen, glitten sie damit weite Strecken im Luftstrom übers Meer. Allerdings war ihnen das Luftspringen kein bloßes Spiel mehr, eher eine ernste Übung, und den Ehrgeizigen war selbst das nicht genug. Sie glaubten, einst bis hinauf zu den Wolken fliegen und darauf schweben zu können. Unablässig versuchten sie also, im Flug eine Wolke zu berühren, doch reichte all ihre Kraft und Flugkunst nicht dazu aus.

Da setzte einer von ihnen sein ganzes Leben daran. Er wartete einen großen Sturm ab und sprang dann, von einer riesigen Meereswoge emporgetragen, aus dem Wasser hinein in den tosenden Wind. Er ruderte aus Leibeskräften mit seinen Flossen, während die anderen von unten zusahen, wie er höher in die Luft flog als jemals ein Meeresbewohner zuvor, wie er endlich die Wolkendecke erreichte und in ihr verschwand. Die Fische der Gegend erzählen sich noch heute, dass der Wolkenfisch seit jener Sturmnacht auf einer weißen Wolke gebettet friedlich das Weltmeer umsegelt. In Wirklichkeit aber hatte den kleinen Fisch damals nur eine Sturmbö durch die Wolken genau vor den Schnabel einer verirrten und hungrigen Seeschwalbe geblasen.

Kiribati: Flaute

Auf ihrer Reise zu einer fernen Insel gerieten drei Seemänner mit ihrem Segelboot in eine Flaute. Die bisher zügige Fahrt kam ins Stocken. Der Wind hörte plötzlich auf zu wehen, nicht der leiseste Hauch bewegte mehr die spiegelglatte See. Einer der Männer streckte sich einfach auf dem Deck aus und legte sich schlafen, die zwei anderen blickten besorgt auf die erschlafften Segel. Der eine griff sich ein Ruder, der zweite begann ins Segel zu pusten.

»Lass doch den Unfug!«, schalt ihn der mit dem Ruder. »Leg dich lieber mit mir in die Riemen.«

Also ruderten sie los, doch alsbald gaben sie fluchend auf, denn ihre Kraft war verbraucht und das Ziel genauso fern wie zuvor. Jetzt stritten sie lautstark, wie man der Windstille am ehesten entkommen könne, und bald entlud sich ihr Ärger gegen den dritten Mann, der noch nicht einen Finger krumm gemacht hatte.

»He!«, riefen sie ihn an. »Kannst du dich nicht auch einmal nützlich machen, damit wir aus dieser Flaute herauskommen?«

Da verschränkte jener die Arme hinter dem Kopf und sagte: »Welche Flaute? Ich wünschte, es wäre hier endlich einmal Flaute in euren Gemütern.«

Marshallinseln: Die Mangoinsel

Der Sturm war vorüber! Es war unglaublich, doch er hatte ihn überlebt. Fröhlich und arglos blinzelte bereits die Morgensonne durch den Schleier abziehender Gewitterwolken und friedlich plätschernd schwappten die Wellen gegen sein Treibholz. Noch halb benommen und völlig entkräftet lag der Mann auf der ausgebrochenen Schiffsplanke und ließ sich in der warmen Tropensonne trocknen. Das Schiff war untergegangen – sein Zuhause, seine Sicherheit, sein bequemes Leben und seine ganze Vergangenheit waren in einer einzigen grausigen Nacht zerstört worden und auf den Meeresgrund gesunken.

Bei dem Versuch, eventuell doch noch irgendein Überbleibsel vom Schiff zu entdecken, stützte sich der Mann auf seinen Ellbogen und suchte die glatte See ab. Langsam schweifte sein Blick in die Ferne und plötzlich durchzuckte es ihn. Land! Er glaubte zu träumen, rieb sich die Augen, doch dort lag wirklich eine Insel mitten im Meer. Er konnte sogar Bäume ausmachen und die leichte Strömung trieb sein Floß genau darauf zu.

Nach ein paar Ruhetagen hatte sich der Mann erholt. Die Insel hatte ihn freundlich empfangen. Sogar Menschen lebten hier, ein paar Eingeborene, die den Fremdling im Dorf willkommen hießen und deren Sprache er jetzt lernte. Solche Rettung hatte er nicht erwartet. Die Eingeborenen hatten alles, was man zum Leben brauchte – Süßwasser aus dem Innern der Insel, simples Werkzeug und Holz, woraus sie ihre Hütten bauten, Kleider aus Bast und Blattwerk. Es waren braune Frohnaturen, unbefangene Sonnenmenschen, die viel gemeinsam lachten, sangen und tanzten. Sie führten ein schlichtes, aber überwiegend heiteres Leben.

Nur eine Sache war seltsam. Sie aßen nichts anderes als Bananen. Überall auf der Insel bauten sie die Pflanze an. Die Stauden trugen die dicken Früchtebündel übers ganze Jahr, man kam damit aus. Die Menschen hier waren Bananenesser. Sie besaßen keine Schweine, keine Ziegen, keine Hühner. Niemand hegte ein Haustier, niemand knüpfte Netze für den Fischfang, niemand sammelte Muscheln oder essbare Algen. Seit Menschengedenken verzehrten die Leute hier einzig Bananen. Als der Schiffbrüchige den Häuptling der Insel danach befragte, erhielt er diese Antwort:

»Fremdling, zerbrich dir nicht den Kopf! Wir leben doch gut von Bananen. Unsere Kinder sind kerngesund. Unsere Arme sind stark. Vom Hörensagen kennen wir auch andere Inseln, wo man Fischfang betreibt oder Erdbeeren pflückt. Hier aber schwimmen keine Fische in den Buchten, hier wachsen keine Beeren, hier wächst nur die Banane. Sie gibt uns alles, was man zum Überleben benötigt. Damit sind wir glücklich. Niemand sehnt sich fort von hier. Niemand muss darüber grübeln.«

Der Fremdling nickte, er verstand das schon und freute sich für die Menschen und sich selbst, denn auch sein Leben verdankte er schließlich den Bananen. So lebte er eine ganze Weile zufrieden auf der Bananeninsel. Er ruhte sich aus, er bräunte sich im Sonnenlicht, er musizierte mit den Insulanern, er schwelgte ein wenig in wolkenlosen Träumen und probierte all die Genüsse der Exotik, von der zwischen Palmen aufgespannten Hängematte bis hin zum süßen Schlaf im Schoße einer Südseeschönheit.

Irgendwann aber nach vielen Monden hatte er all die Vorzüge der Erholung, der Ruhe, des Geborgenseins in Liebschaft und Geselligkeit ausgekostet. Er hatte die Insel erkundet, er hatte das Paradies durchmessen und er war satt davon, satt vor allem von den Bananen. Unruhe trieb ihn nun zum Strand. Lange saß er einsam schweigend. Er floh die Arme seiner Liebsten, er stieß sie fort und wusste kaum wieso. Ihre Zuneigung und die Gastfreundschaft der Eingeborenen waren grenzenlos, doch er wies sie ab. Er wollte keinen Frieden mehr, keine Umarmung, keine Heiterkeit, er wollte nur noch fort.

Eines Abends erklärte er dem Inselhäuptling: »Ich denke, es liegt an den Bananen. Ihr mögt davon zufrieden leben. Ihr habt euch daran gewöhnt. Doch ich bekomme davon Brechreiz. Anfangs ging es noch ganz gut, doch alsbald musste ich mich zum Essen überwinden. Auch die Vielfalt eurer Bananengerichte ändert nichts daran. Bananenmus, Bananensuppe, Bananenfladen, Banane gebacken oder getrocknet, das mag für euch abwechslungsreich klingen, mir aber ist das ein einziger Brei. Ja, auch ich könnte wohl davon leben, aber ewig müsste ich mich zwingen, ewig würde ich würgen und es am liebsten wieder ausspeien. Sieh mich an, wie dünn ich geworden bin. Die Bananen machen mich krank.«

Der Häuptling nickte verständnisvoll. »Ich werde dir helfen«, sagte er noch, dann ließ er den Fremdling allein an der Bucht.

Am nächsten Morgen versammelte der Häuptling alle Inselbewohner um sich und berichtete von den Beschwerden seines Gastes. Jeder zeigte sich daraufhin betroffen, jeder wollte ihm helfen, jeder hatte ein bestimmtes Bananengericht im Sinne, das den Brechreiz unterdrücken würde. Auf einmal trat aber der Fremdling selbst in die Mitte der Runde und übertönte alle:

»Liebe Freunde, bitte hört mich an! Das Sprechen fällt mir schwer. Ich mag es nur einmal sagen. Es gibt hier kein Gericht, kein Mittel, das mich heilt. Wollt ihr mich wirklich unterstützen, dann baut mit mir ein kleines Boot für mich. Um zu leben, muss ich euch verlassen.«

Und so geschah es. Der Mann brach auf zu neuen Ufern und seltsam, in den letzten Tagen vor seiner Abreise, genau seitdem er vor der Versammlung das Geständnis ausgesprochen hatte, der Insel den Rücken kehren zu müssen, spürte er wieder das Blut durch seine Adern fließen, fühlte er wieder, obwohl körperlich noch schwach, die alten Kräfte sich regen und ballen. Er war erwacht aus der Schlaffheit, aus dem Trott und dem halbmüden Dämmer. Er reckte die Glieder. Sein eingetrübter Blick wurde wieder scharf und bis spät in die Nacht zimmerte er an dem Boot. Er schlief weniger als jemals zuvor und war dennoch munterer und frischer.

Schließlich stach er in See. Vom Strand aus wünschten die Menschen ihm Glück und Heil, sie empfahlen die Richtung, doch das war ihm egal. Nur weg von hier, nur weg! Mit dem Wind steuerte er hinaus in die Einsamkeit. Einmal nur blickte er rückwärts, denn drüben, etwas abseits der Menge stand eine junge Frau. Sie winkte nicht wie die anderen, doch sie wartete bis zuletzt.

Er ließ alles zurück, nur Erinnerungen nahm er mit. Sein Herz war schwer und dennoch wie von drückenden Steinen befreit. Was war das für ein Leben – unten das Meer, oben der Himmel und dazwischen er selbst auf der Fahrt ins Ungewisse! Wie ein entlassener

Häftling sog er die frische Luft ein, ballte die Fäuste, schloss die Augen und atmete den Frühlingsduft der Freiheit.

Nach vielen Tagen des ziellosen Steuerns schlug der Fremdling schließlich eine bestimmte Richtung ein, hielt den Kurs und gelangte bald zu einer neuen Insel. Draußen auf dem freien Ozean konnte er nicht lang überleben. Sein Süßwasser ging zur Neige, darum musste auch er immer wieder an Land. Die Inseln, die er im Folgenden aufsuchte, waren oft so reizvoll und schön wie die Bananeninsel. Er blieb dort allerdings nie länger als ein paar Monate. Das Essen war überall einseitig, die Kost war ihm zu beschränkt. Auf der Fischinsel fingen die Eingeborenen täglich Fische und lebten einzig von Fischgerichten. Auf der Kokosinsel wiederum gediehen nur Kokospalmen und die Bewohner ernährten sich ausschließlich von den fettreichen Nüssen. Auf jeder Insel weit und breit existierte nur eine Speise. Die wurde natürlich mit mancherlei Kochkünsten verschiedenartig zubereitet, doch der Fremdling sah immer nur die Beschränkung.

»Wie können die Menschen derart eintönig leben?«, fragte er sich hundertmal. »Wie schaffen sie es nur, ewig den gleichen Alltagsbrei zu schlucken? Warum ekelt sie das nicht an? Warum wird ihnen das auf Dauer nicht langweilig, mir aber schon nach kurzer Zeit?«

Am dringendsten fragte er sich jedoch, weshalb er sich nicht zufrieden geben konnte mit einer prunklosen, aber sicheren Mahlzeit, mit einem kleinen, aber friedvollen Leben. Immer wieder musste der Fremdling fort von den Inseln. Immer wieder überaß er sich nach kurzem Genuss an der örtlichen Nahrung. Keine Insel besuchte er zweimal. Überall ließ er Freunde für immer zurück und nirgends traf er eine Seele, die seine Unrast teilte, nirgends stieß er auf volles Verständnis.

Jahrelang befuhr er so das endlose Meer, bis er eines Tages die üppige Insel der Mangos erreichte. Hier atmete er auf, denn insgeheim hatte er schon lange darauf gehofft. Die Mango war seine Lieblingsfrucht. Er kannte sie von seinem alten Schiff her, und sollte er sich überhaupt irgendwann einmal dauerhaft niederlassen und wie andere Menschen irgendwo heimisch werden können, dann hier und jetzt auf der Mangoinsel. Und in der Tat, diese Frucht schien wie für ihn geschaffen. Niemals bekam er Bauchweh, niemals Würgreiz davon. Es war ein Wunder. Der Mann brauchte gar keine Variationen beim Essen. Die pure Mango, frisch gepflückt, geschält und scheibchenweise in den Mund geschoben, reichte ihm aus. Monatelang aß er nichts anderes und erstmals nahm er nicht dabei ab, sondern zu an Gewicht. Das war seine Frucht, das war seine Insel. Dafür war er geboren. Bald richtete er sich häuslich ein, knüpfte Freundschaften mit den wenigen Einheimischen und endlich warb er sogar um ein Weib.

Er heiratete das lieblichste Geschöpf auf Erden. Seine Frau, deren Schönheit er zu seltenen Momenten in Liedern besang, wurde sein vertrauter Freund, sein treuester Weggefährte und der einzige Mensch, der ihn wirklich verstand. Sie bemerkte denn auch zuerst nach langen Jahren des ungetrübten Zusammenseins den leisen, beinah unmerklichen, aber ihrer Feinfühligkeit nicht entgehenden Anhauch von Wehmut in seiner Stimme, der anfangs nur vereinzelt, doch später regelmäßig aufkam, wenn sie zu zweit am abendlichen Sandstrand saßen und er von früher, von seinen Reisen erzählte. Er hielt sie dabei fest umschlungen, er glaubte und redete sich ein, das Glück noch in Händen zu halten, doch seine Augen hingen am Horizont und sein Herz war nicht wirklich bei ihr, sondern draußen auf See.

Seine Frau nun, und das wies die Stärke ihres Charakters aus, nahm ihm dies nicht übel. Sie sprach ihn darauf an, sie fragte nach seiner Sehnsucht. Sie drängte und schob ihn nicht zur Antwort, doch sie bewegte ihn dazu, sich Schritt für Schritt, noch ungewiss aller Ursachen eine tiefe Verstimmung einzugestehen, und mehr durch Gesten als durch Worte, mehr durch Liebe als durch Klugheit löste sie ihm endlich die Zunge.

»Meine liebe Frau«, sagte er eines Nachts zu ihr, »du und unsere Mangoinsel hier, ihr seid mir zur Heimat geworden. Nie hätte ich früher geglaubt, dass mir das Heimatgefühl einmal beschieden sein könnte, doch es ist so gekommen. Nun aber regt sich wieder diese Unrast von einst. Sie drängt mich fort von allen Inseln. Ich wollte sie nicht wahrhaben, wollte sie weglügen, niederhalten und fortsperren im tiefsten Winkel meines Herzens, doch das macht sie nur wilder. Was soll ich nur tun?«

Seine Frau bedachte sich lange, ehe sie antwortete. »Würde ich dich zurückhalten«, sagte sie leise, »würdest du hier verkümmern. Das könnte ich nicht ertragen. Ich halte dich nicht auf, nur lass mich trauern, wenn du gehst, und lass mich hoffen, dass du zurückkommst.«

Damit war alles gesagt und der Fremdling, wie er selbst auf der Mangoinsel hieß, brach von neuem auf. Er hatte sich selbst versprochen, so merkwürdig das auch klang, zu seiner Frau zurückzukehren, sobald sich die Wogen der Unruhe wieder geglättet hätten, er glaubte auch fest und heiter an diese Stunde der Heimkehr, doch eines Abends weitab auf hoher See zerbrach ihm auch diese Gewissheit.

Der rote Sonnenball versank in schwarzen Wolken. Von überall her aus allen Himmelsrichtungen wehten scharfe, unstete Böen voll herber, schwerer Ahnung. Unverwandt, aber hellwach blickte der Mann in die Ferne. Eine Gänsehaut überlief ihn, denn er kannte dieses Wetter, dieses eigentümliche, unruhige Kräuseln der plötzlich kalten, grauen Wellen und er wusste, es würde Sturm geben zur Nacht, einen Taifun, wie jenen, der vormals sein Mutterschiff zerfetzt und versenkt hatte.

Würde er das überleben? Er war alt geworden. Er besaß nicht mehr die Kraft und Kernigkeit der Jugend. Das jahrelange Wohlsein auf der Insel, das ständige Sattsein hatte seine ehemals zähen Muskeln mit der Zeit in Bauchspeck verwandelt. Doch der Mann hatte keine Angst und je düsterer der Himmel sich färbte, desto klarer wurde sein Geist. Die Nahrung, die er zum Leben brauchte, so begriff er zuletzt, das war keine Frucht, keine Banane oder Mango, es war auch kein Fisch und kein Fleisch. Seine Nahrung war der Aufbruch, war der Neubeginn, war der dauernde Wechsel von Reise und Rast, der ewige Abschied und der Blick hinein ins Ungewisse. Wenn er diese Nahrung nicht bekam, dann begann er zu hungern. Auch eine Leibspeise wie die Mango machte ihn dann nicht mehr satt. Was für die Inselbewohner erstrebenswert war, das behagliche Zurücklehnen in sicherer Umgebung, das einfache Glück und gemütliche Dasein, das war für ihn Stillstand, Ermattung, Fessel und Kerker, beginnende Fäulnis und glotzender Tod. Und was im Gegenzug den Sesshaften lebensgefährlich erschien, die Aufgabe des festen Bodens unter den Füßen und die schwankende Ausfahrt ins Blaue, das war für ihn lebensnotwendig. Für ihn gab es weder Gemütlichkeit noch Frieden oder letzten Hafen, es gab nur Bewegung. Wirklich sicher fühlte er sich nur im Unwägbaren, wirklich heimisch war er nur im Grenzenlosen. Er machte sich nichts mehr vor, und ja, er würde kommende Nacht wohl ertrinken, doch er tat das, wozu er bestimmt war. Mit entspannten, hängenden Armen stand er in seinem schaukelnden Segelboot. Der Wind fuhr ihm ins Haar und mit leuchtenden Augen sah er zum Horizont in die dunkle Front des heraufziehenden Sturmes.

Mikronesien: Die Perle

Nach langer Trennung traf sich ein Perlentaucher mit der Frau, die er einst geliebt hatte, und überreichte ihr eine Kette aus weißen Muschelperlen.

»Diese Kette«, erklärte er ihr, »stammt aus der Zeit, als ich dich heiraten wollte. Um dir dazu das teuerste Geschenk zu machen, tauchte ich damals nach Perlen und reihte die schönsten zur Kette. Bald genügten sie mir aber nicht mehr. Mir fehlte noch eine seltene, schwer zu bekommende und besonders wertvolle Perle, für die ich alles an Einsatz zeigen müsste und die an Kostbarkeit alle überbieten sollte. Für sie wollte ich mein Leben geben. Also reiste ich weiter und tauchte tiefer als je zuvor. Ich suchte überall an fernen Küsten. Edle Perlen fand ich auch, doch diese eine fand ich nirgends. Als ich dann eines Tages wieder heimkehrte, sah ich dich an der Seite eines anderen Mannes.«

Die Frau hatte aufmerksam zugehört und fragte nun: »Und warum willst du mir heute die Kette dennoch schenken?«

»Weil ich heute weiß«, antwortete er, »dass ich die Perle niemals da draußen finden konnte, denn ich hatte sie längst gefunden. Ich war nur zu blind zu erkennen, dass du diese Perle warst, für die ich mein Leben hätte hergeben sollen.«

Palau: Die Antwort

Auf einer Koralleninsel fühlte sich ein Einsiedler an seinem Lebensabend endlich imstande, Antworten auf die Frage nach dem Sinn des Lebens zu geben. Zwar hatte ihm vor langer Zeit sein Großvater gesagt, der Sinn des Lebens ließe sich nicht beschreiben, doch der Einsiedler wusste es mittlerweile besser.

»Neunzig Jahre bin ich alt«, sprach er zu sich selbst. »Dreißig Jahre habe ich gelernt. Dreißig Jahre habe ich gearbeitet. Dreißig Jahre habe ich gedacht. Für jedes Lebensjahr fällt mir eine Antwort darauf ein, was der Sinn des Lebens ist.«

Das waren insgesamt neunzig Antworten, und der Einsiedler gedachte, sie in die Schalen von neunzig Kokosnüssen einzuritzen. Als er aber die erste Kokosnuss von der Palme schütteln wollte, stockte er. Zwei seiner Antworten drückten das gleiche aus – nur mit unterschiedlichen Worten. Er fasste sie darum zu einer Antwort zusammen und besaß nunmehr neunundachtzig Antworten. Als er jetzt die erste Kokosnuss von der Palme schütteln wollte, stockte er jedoch erneut, denn die Inhalte zweier weiterer Antworten waren identisch. Auch diese fasste er zusammen und besaß nunmehr achtundachtzig Antworten. So ging es immer fort. Bevor der Einsiedler die Kokosnuss herabschütteln konnte, bemerkte er jedes Mal, dass er zwei Antworten vereinen müsse. Schließlich blieb nur noch eine Antwort übrig. Alle anderen waren in dieser einzigen sinngemäß enthalten. Der Einsiedler war dennoch zufrieden. Immerhin hatte er die Frage nach dem Sinn des Lebens damit umfassend beantwortet. Als er daraufhin die Kokosnuss von der Palme schüttelte, um die Antwort in die Schale einzuritzen, fiel die Nuss aber auf seinen Kopf und erschlug ihn.

Philippinen: Drei Lektionen

Ein Junge begehrte, bei einem Meister der Kampfkunst in die Lehre zu gehen. Als er am ersten Tag an dessen Pforte klopfte und sich von innen niemand meldete, rief der Junge: »Ich möchte lernen, zu kämpfen wie Ihr, Meister. Ich möchte lernen zu siegen.«

Darauf ertönte die Stimme des Meisters: »Wer siegen möchte, muss verlieren lernen. Geh also fort!«

Am zweiten Tag klopfte der Junge erneut an die Pforte.

»Warum diesmal?«, fragte der Meister, wiederum ohne zu öffnen.

Der Junge antwortete: »Ich möchte lernen zu verlieren.«

Der Meister darauf: »Wer verlieren möchte, darf verlieren. Geh also fort!«

Als der Junge auch am dritten Tag klopfte, fragte der Meister: »Warum immer noch?«

Der Junge antwortete: »Am ersten Tag habt Ihr mir das gegeben, was ich als Lektion brauchte. Am zweiten Tag habt Ihr mir das gegeben, was ich als Lektion wollte. Daraus schloss ich, Ihr hattet mich längst als Schüler angenommen.«

Da öffnete sich die Pforte. Der Meister winkte den Jungen freundlich herein, gab ihm jedoch als Nächstes eine schallende Ohrfeige und sprach: »Vergiss niemals wieder, dich einem Älteren zuerst vorzustellen!«

Taiwan: Das neue Bild

Eines Tages fanden die Schüler den Maler am Baumstamm lehnend den Morgenhimmel betrachten. Sie wagten es nicht, näher zu treten und mutmaßten von ferne, weshalb der Alte so versonnen ins Blaue sah.

Einer der Schüler sagte: »Er beobachtet die Schwalben dort oben.«

Ein anderer überlegte: »Ich denke, er verfolgt, wie da allmählich die Schleierwolke vorüberzieht.«

Ein dritter Schüler äußerte zuletzt: »Es wird die Mondsichel sein, die ihn einnimmt. Sie zieht sich so herrlich gelassen hinter die Berge zurück.«

Da regte sich der alte Maler. Er trat in seine Hütte zur Holzstaffelei, griff Pinsel samt Palette und malte in stiller Freude ein neues Bild.

»Er hält den Moment fest«, meinten die Schüler und äugten durchs Fenster. Sie stritten, ob er nun die Vögel, die Wolken oder den Mond malte.

Als der Maler sein Bild schließlich vollendet hatte und sich danach, wie er es immer pflegte, ein Weilchen schlafen legte, schlichen die Schüler begierig herzu und drehten leise die Staffelei. Sie machten lange Hälse, erblickten das neue Werk und sahen alsdann jedoch ratlos und etwas enttäuscht drein, denn das große Bild zeigte nichts als den blanken azurblauen Himmel.

Südkorea: Der Stolz eines Kirschblütenzweigs

Einmal fragte eine Frau einen jungen Autoren begeistert, ob die schönen Kurzgeschichten, die er ihr gerade vorgelesen hatte, allesamt seine eigenen wären. Der Mann fühlte sich geschmeichelt und obwohl er den genauen Wortlaut seiner Antwort darauf bald vergessen hatte, so behielt er doch deutlich in Erinnerung, dass er die Frage ohne Nachdenken mit einem leisen Stolz bejahte.

Diese einfache Begebenheit war damit aber noch nicht abgeschlossen. Sie hatte Nachwirkungen, denn der junge Mann begann auf einmal doch darüber nachzudenken. Die Geschichten, die er sich selber mit teils großen Mühen ausgedacht oder sogar am eigenen Leib erlebt hatte und die er eigenständig mit seiner rechten Hand aufs Papier gebracht und nachher sorgfältig überarbeitet hatte, gehörten natürlich ihm selbst. Er war ihr Autor, ihr Urheber, ihr Verfasser. Sie waren sein geistiges Eigentum. Aber gehörten sie wirklich ihm ganz allein?

Dieser kleine, wohl bemerkt nicht nagende, aber eben doch aufkeimende Zweifel an der Eindeutigkeit der Urheberschaft der Geschichten war es, der ihn die Frage gründlicher bedenken ließ – und nicht nur bedenken. Er grübelte nämlich gar nicht so sehr über einem Problem und dessen Lösung. Er sah nur genauer hin. Und was der junge Mann dabei sah, als er nun einmal seine gewohnte Vorstellung von Richtig und Falsch, von Mein und Dein hinterfragte und verließ, das verschlug ihm fast die Sprache. Es sprengte sein ganzes bisheriges Weltbild und ließ ihn dahinter etwas unsagbar Kostbares erahnen.

Aber beginnen wir von vorn. Die Frau, die den Autoren gefragt hatte, ob die Geschichten seine eigenen wären, benutzte damals auch den Begriff der geistigen Blüten. Und dieses hübsche Sinnbild von den Blüten des Geistes war der Ansatzpunkt, von wo aus die vertiefende Betrachtung des Mannes ihren Lauf nahm. Die Frau hatte nämlich damit den Nagel auf den Kopf getroffen. Die

Geschichten, die sich der Mann selbst ausgedacht hatte, die seinem eigenen Geist entsprangen, waren wirklich genau wie die herrlichen Blüten aus einem Kirschbaumzweig hervorgewachsen. Erst waren sie unsichtbar gewesen, dann sah man sie langsam entstehen, dann wurden sie größer, wurden zur Knospe und als die Knospe endlich aufsprang, konnte die ganze Welt sie sehen. Genauso entsprach die Lesung der Kurzgeschichten dem Moment des Aufplatzens der geistigen Blüten.

Nun ging unser Mann tatsächlich einmal zu einem blühenden Kirschbaum hin und bewunderte ihn. Neben einem der Zweige, woran viele schneeweiß leuchtende Blüten prangten, hing dort noch ein anderer Zweig – allerdings ohne Blüten. Der Mann sah jetzt vor seinem geistigen Auge, wie lustig und eigentlich absurd es wäre, wenn sich dieser zweite Zweig zu seinem blühenden Nachbarn hinüberbeugen und ihn fragen würde, ob all diese schönen Blüten seine eigenen wären. Der Blütenzweig könnte sich natürlich viel auf die Blüten einbilden, die aus ihm herauswuchsen. Er könnte voller Stolz glauben, dass sie sein persönliches Eigentum wären und dass er sie allein herangebildet hätte. Tatsächlich irrte er sich aber gewaltig, denn sein Lebensnerv entsprang dem Ast, an dem er hing. Dieser ganze Ast, an dem auch der Zweig ohne Blüten saß, hatte also den Blüten zur Entstehung verholfen. Doch auch der Ast verdankte sein Leben nicht sich selbst, sondern dem Baumstamm, an dem er wuchs und ohne den auch er nichts hervorgebracht hätte. Der Baumstamm aber wurzelte wiederum im Erdreich, ohne das er nicht sein konnte, und das Erdreich brauchte den Regen, um feucht zu sein, und der Regen brauchte die Wolke und die Wolke brauchte die Sonne um zu sein. So hing alles voneinander ab.

Nichts also, erkannte der Mann, existiert aus sich selbst heraus. Keine Blüte in der Welt hängt nur an ihrem kleinen Zweig. Sie hängt am Ast, am Stamm, am Erdreich, am Himmel, am ganzen Weltall und wäre diese Kette an einer einzigen Stelle nur unterbrochen, wäre die Blüte nicht da. Bei einer Kirschblüte sah man das vielleicht nur besser als bei einer geistigen Blüte. Es verhielt sich aber ebenso mit jedem anderen Ding in der Welt. Kein Musikstück gehört nur dem Komponisten, kein Haus gehört nur dem Bewohner, kein Kind gehört nur der Mutter, keine Geschichte gehört nur dem, der sie sich ausgedacht hat, kein einziger Gedanke gehört in Wirklichkeit irgendwem allein. Was wir allein zu besitzen meinen, das durchschaute der Mann auf einmal, das besitzen wir nur in unserer Einbildung. In Wahrheit gibt es gar nicht so etwas wie meinen Gedanken oder deine Geschichte. Es gibt aber auch nicht mein Bein oder dein Gesicht, meine Sorgen oder deine Schmerzen. Es gibt das alles nicht. Oder anders gesagt: Es gibt das nur, weil wir nicht die Wirklichkeit sehen. Wir sehen meistens nur das enge Bild, das wir für die Wirklichkeit halten, und wir ahnen noch nicht einmal, dass es bloß ein Bild ist.

»Sobald ich irgendetwas tue oder sage«, bedachte der Mann, »ist es bereits wie Regen ins Erdreich deines Geistes gefallen und bewirkt dort die Entstehung neuer geistiger Blüten. Meines ist also immer sofort auch Deines. Und Deines ist immer Meines. Man ist nicht nur eines jeden anderen Menschen Bruder oder Schwester. Man ist durch sie. In jeder einzelnen Eigenschaft ist man von ihnen und allen anderen Erdenwesen und -dingen abhängig und durchdrungen. Das heißt, ich bin du und du bist ich, jederzeit und überall. Und ich bin auch der Baum und der Baum ist ich, jederzeit und überall. Es gibt überhaupt keine Trennung von Mein und Dein, von Ich und Du, von Stein und Gras, von Jetzt und Dann, von Hier und Dort. Man bildet sich das nur ein. Aber das zu wissen und es aufsagen zu können, ist etwas ganz anderes, als es zu sehen. Wenn ich nämlich denke, dass ich das jetzt begriffen habe, dann glaube ich schon wieder, diesen Gedanken zu haben und dass er zu mir gehört. Das ist aber falsch, denn mir als umrissener Person gehört doch nichts allein. Ich existiere ja noch nicht einmal als Person, denn ich habe keine Beine, keine Gedanken, kein Geburtsjahr, keine Eltern. Und ich habe keinerlei Ahnung davon.«

Dies war in etwa das, was unser junger Autor von seiner tieferen Wesensschau mitteilen konnte. Er wusste genau, dass sich das bei längerem Hinsehen wie eine verrückte philosophische Theorie ausnahm, doch im Grunde war es das blanke Gegenteil vom Philosophieren und Überlegen. Es war das Loslassen vom Denken und nicht das Festhalten von Gedanken. Und es war der Weg der Freiheit – ein Weg, den man sehen, nicht aber suchen konnte.

Als der Mann, der also eigentlich gar kein Mann war, der vielmehr ein Baum war und gleichzeitig auch kein Baum, als der später wieder gefragt wurde, ob die Geschichten, die er dem Publikum vortrug, seine eigenen wären, sagte er einmal einer älteren Dame: »Es sind deine.«

Und als sie ihn verwundert ansah und offenbar nicht verstand, sprach er zu ihr von der wechselseitigen Abhängigkeit der Dinge, von ihrer gegenseitigen Durchdringung, von der Existenz und der gleichzeitigen Nichtexistenz aller Blüten der Welt.

Und als die Frau am Ende verblüfft fragte, woher er das alles wüsste, sagte er nur: »Du hast es mir doch gesagt.«

Dabei lächelte er sie an. Die Frau blickte auch zuerst wieder überrascht, plötzlich aber blitzte etwas in ihren Augen auf.

Nordkorea: Das Rauschen

»Was tust du da?«, fragten ihn die drei.

Der Alte saß seit langem wieder einmal unter den Föhren an der Felsküste.

»Das Rauschen vernehmen«, sagte er.

»Ja, das Rauschen«, sprachen die drei, setzten sich ihm zur Seite und schlossen die Augen.

Am Abend trat dann der erste von den dreien allein zum Alten und sagte: »Es war ein vollkommener Moment, als wir vorhin das Rauschen des Meeres vernahmen.«

Der Alte sagte nichts darauf. Später kam noch der zweite von den dreien zu ihm und sprach: »Das Rauschen des Windes in den Baumwipfeln vorhin hat mich beruhigt.«

Der Alte erwiderte abermals nichts und es dauerte nicht lange, da suchte ihn auch der dritte von den dreien auf und sagte: »Als wir vorhin an der Küste dem Rauschen des Stromes der Gedanken lauschten und ihn einfach vorüberziehen ließen, da hatte ich dich zum ersten Mal vollends verstanden.«

Doch der Alte schwieg nur und seither hat niemand ihn je wieder ein Wort sprechen hören.

Japan: Bruder Wind

… und insbesondere wenn wir das Wenige, das beinah Vergessene von ihm still auf uns wirken lassen.

Doch nun genug der Andeutungen! Dreißig seiner überlieferten Aussprüche seien im Folgenden vorgestellt. Es möge der Leser jetzt selber hineintauchen in diese Worte und an der einen oder anderen Stelle vielleicht sogar – wie Bruder Wind sich einmal ausdrückte – hindurchtauchen.

~

Bruder Wind sprach einmal zu den Versammelten: »Jede Frage ist die Antwort. Jeder Schatten ist das Licht. Wer kann mir das erläutern?«

Niemand wusste etwas zu sagen. Alle schwiegen.

»Danke«, sagte der Bruder und ging.

~

Jemand fragte: »Was bedeutet eigentlich dieser seltsame Name –
Bruder Wind?«

Der Bruder sagte: »Er bedeutet mir nichts und dir viel.«

~

Einmal kam eine Frau zu Bruder Wind, der gerade still saß, und
sprach: »Ich suche die Ruhe, die du gefunden hast. Kannst du mir
helfen?«

Da erhob sich Bruder Wind und rief laut: »Ruhe! Ruhe, wo bist
du? Zeig dich doch endlich!«

Plötzlich gelangte die Frau zu einer Einsicht.

~

»Gibt es auch eine Wahrheit hinter der Wahrheit?«, fragte ein
Mann Bruder Wind.

»Reiche mir deine Hand!«, bat der Bruder.

Der Mann tat dies.

»Warum reichst du mir auch deinen Arm?«, fragte Bruder Wind.

Der Mann war verblüfft.

~

Bruder Wind blieb einmal bei einer toten Taube am Wegesrand
stehen. Er hob sie auf, legte sie unter einen Busch und bedeckte sie
mit Laub.

Dann holte er sie wieder hervor und brachte sie zu der Stelle
zurück, wo er sie gefunden hatte.

~

Jemand fragte Bruder Wind: »Ist die Frage ›Warum‹ nicht vollkommen überflüssig?«
»Warum?«, fragte Bruder Wind.

~

Eine Frau sagte zu Bruder Wind: »Ich habe mein Baby verloren.«
Bruder Wind: »Nur die Mutter in dir hat es verloren. Du kannst es nicht verlieren.«

~

Jemand fragte Bruder Wind: »Was heißt es, total frei zu sein?«
Bruder Wind darauf: »Ich konnte auch einmal einarmige Klimmzüge.«

~

»Ich habe meinen eigenen Sohn umgebracht«, sagte einmal ein Mann zu Bruder Wind.
»Und jetzt?«, fragte der Bruder.
»Ist das nicht entsetzlich?«, fragte der Mann. »Ich kann mir im Spiegel nicht mehr in die Augen sehen.«
»Ich bin dein Spiegel«, sprach Bruder Wind. »Bitte bleib über Nacht!«

~

»Woher weht's hier – von Osten, Westen, Süden oder Norden?«, fragte einmal ein Mönch Bruder Wind.
»Da regt sich kein Blatt«, antwortete der Bruder.
»Aber du sprichst doch!«, meinte der Mönch.
»Daher weht also der Wind«, schloss der Bruder.

~

»Ich sah heute einen Fischadler über dem See«, sagte ein Mann zu Bruder Wind.

»Männlich oder weiblich?«, fragte Bruder Wind.

»Nun, das weiß ich nicht genau«, antwortete der Mann.

»Dass du das noch erwähnst!«, rief der Bruder und verneigte sich.

~

»Ihr müsst nur eines begreifen«, sprach der Bruder zu den Hörern, »nämlich dass ihr nichts müsst, absolut gar nichts.«

Jemand entgegnete: »Aber wir alle müssen doch atmen, essen und sterben.«

»Das habe ich doch gesagt«, sagte Bruder Wind.

~

»Liebe dich selbst! Diesen Satz hört man neuerdings oft. Ich bin nicht damit einverstanden. Wie siehst du das?«, fragte eine Frau Bruder Wind.

Der Bruder lächelte.

»Wie siehst du das?«, wiederholte sie.

»Die Worte sind wahr«, sagte der Bruder nun, »aber der Satz ist falsch.«

»Heißt das etwa …«, begann die Frau.

»Nein«, unterbrach sie der Bruder, »es heißt: Liebe dich selbst!«

~

Jemand fragte Bruder Wind: »Was ist Glückseligkeit?«

Bruder Wind sagte: »Eine Nadel im Heuhaufen zu suchen in einem Weltall aus Heu.«

~

»Siehst du, was das hier ist?«, fragte Bruder Wind einmal einen Mann. Er hielt ein einzelnes Haar hoch und fuhr fort: »Wenn du meinst, es ist nur ein Haar, dann bist du verloren im Alltäglichen. Wenn du hingegen meinst, es ist kein Haar, dann bist du verloren im Nebulösen. Was sagst du also?«
»Ich weiß auch nicht«, sagte der Mann.
»Willkommen daheim!«, lachte der Bruder.

~

»Alles, was ich sage«, sprach Bruder Wind einmal zu den Hörern, »dient nur dazu, euch wachzuküssen. Heißt das nun, dass ihr schlaft oder dass ihr träumt oder dass ihr wach seid, aber die Augen zu habt?«
Niemand wusste eine Antwort.
Da sagte der Bruder: »Es heißt, dass ich mit mir selbst rede.«

~

»Ich suche Erleuchtung«, sagte ein junger Mann zum Bruder.
»Schmatz doch nicht so!«, sagte Bruder Wind streng.

~

Bruder Wind sprach einst zu zwei Fortgeschrittenen: »Sucht ihr Klarheit, dann geht nach Süden! Sucht ihr Achtsamkeit, dann geht doch nach Osten! Sucht ihr Entschlossenheit, dann geht nach

Norden! Und sucht ihr das Meer, dann geht gefälligst nach Westen! Hier ist nichts zu finden. Also verpisst euch!«

Später sagte er noch: »Wenn ihr einen Singvogel singen hört, hört ihr dann wirklich einen Vogel? Und wenn ihr einen Zaun seht, seht ihr dann wirklich einen Zaun? Es ist einfach nur das. – Was also genau? Zweiundvierzig Raben ziehen über den Berg. Zählt doch mal nach, ob der alte Narr Recht hat!«

~

»Worin besteht die Kunst des Zuhörens?«, fragte ein Mann.
»Hör auf, mich zu begrabschen!«, sagte Bruder Wind.

~

Bruder Wind ging einmal mit einem Wandermönch über Felder.
»Sieh doch – dort!«, rief der Mönch plötzlich, als ein Vogelschwarm vorüberflog.
»Meinst du das Ding oder das Zwischending?«, fragte der Bruder.
»Was soll die Frage?«, entgegnete der andere.
»Tut mir Leid«, sprach Bruder Wind, »ich lehne mich gern weit aus dem Fenster.«

~

Jemand fragte Bruder Wind: »Den Weg zum inneren Frieden – gibt es den überhaupt?«
Der Bruder sagte: »Ich brauchte fünfunddreißig Jahre, um zu lernen, wie man ein Glas Wasser trinkt.«

~

»Wenn aber die Angst nach mir greift und mich einholt, was soll ich dann tun?«, fragte eine Frau den Bruder.

»Lass es regnen«, antwortete Bruder Wind. »Nimm einmal keinen Schirm mit.«

~

»Ich sehne mich so sehr nach Frieden! Was soll ich nur tun?«, fragte ein Mann Bruder Wind.

Bruder Wind sprach: »Der Teil, der dir antwortet, weiß es nicht. Der Teil, der dir nicht antworten kann, weiß es. Was soll ich nur tun?«

~

»Bitte prüfe mich!«, bat Bruder Wind einmal seinen Lehrer.

»Dafür bist du noch nicht reif genug«, sagte der Lehrer.

»Danke«, sprach Bruder Wind und verneigte sich.

~

Bruder Wind hatte einmal eine junge Frau gerügt. Später kam sie zu ihm und fragte: »Wo lag denn vorhin mein Fehler?«

Der Bruder rief sie laut bei ihrem Vornamen.

»Ja?«, fragte sie.

»Da hast du ihn«, sagte er.

»Bruder Wind?«, rief sie sofort.

»Da hast du ihn«, sagte er nochmals.

Und beide lachten.

~

»Was ist das Wunder des Lebens?«, fragte eine Frau Bruder Wind.
Der Bruder sagte: »Ich schweige ungern auf solcherlei Fragen.«

~

»Woher kommst du?«, fragte einmal ein Meister Bruder Wind.
»Popeln ist unappetitlich«, antwortete Bruder Wind.
»Geh mir aus den Augen, Kerl!«, sagte der Meister.
Bruder Wind machte eine tiefe Verbeugung.

(Anmerkung: Eine Überlieferung besagt, dass der Meister dem Bruder abschließend noch einen Schlag versetzte.)

~

Nach einem längeren Bericht fragte eine Frau den Bruder: »Was ist die Lösung meiner Probleme?«
Bruder Wind sagte: »Du musst nicht die Probleme lösen. Löse dich von den Problemen.«
»Und wie geht das?«, fragte sie.
»Nicht mehr suchen«, antwortete Bruder Wind.
»Du meinst also, ich sei bereits am Ziel?«, fragte sie weiter.
»Scher dich raus!«, herrschte sie der Bruder plötzlich an.
Sie erschrak zutiefst.
Da fragte er: »Jetzt verstanden?«

~

»Das Unrecht in der Welt – wie soll man das bekämpfen?«, fragte ein junger Mann den Bruder.

»Seid doch nicht immer so zäh, Majestät!«, antwortete Bruder
Wind.

~

Bruder Wind: »Ein Blatt am Baum – mehr ist Bruder Wind nicht.
Lest lieber in den Blättern der Bäume als in den Blättern der
Bücher, dann versteht ihr mich. Wir verkünden alles und doch
nichts. Wir verkünden nichts und doch alles.«

Kanada: Schuld

Im Indianerreservat verkaufte ein junger Indianer Getränke. Wenn
ein Stammesangehöriger bei ihm hielt, grüßte er diesen freundlich.
Sobald jedoch ein Weißer daherkam, verfinsterte sich sein Gesicht.

»Warum verachtest du die Weißen?«, fragte ihn eines Tages eine
alte Indianerin. »Warum hast du eben ausgespien, als der Mann gegangen ist?«

»Die Weißen sind schuld daran, dass wir heute in abgesteckten
Reservaten festsitzen«, sagte der Junge. »Ohne sie wären wir frei.«

»Vielleicht hast du Recht«, sagte sie. »Mir scheint aber, du gibst eine Antwort ab, bevor du die Frage gründlich bedacht hast. Wenn du
fragst, wer schuldig ist, dann antworte nicht, was dir schmeckt.«

»Aber die Weißen haben unser Land gestohlen und unsere Stämme ermordet.«

»Völker sterben nicht nur durch Mord. Sie sterben auch an Krebs.
Wir Ureinwohner haben uns untereinander genauso zerfleischt.
Wenn du denkst, nur die Weißen tragen die Schuld an deinem
Schicksal, belügst du dich. Dann willst du vielerlei Schuld auf einen
Sündenbock abwälzen. Das ist nicht klug, denn es führt statt zur
Wahrheit zu oberflächlicher Meinung. Sieh doch, wenn du mich
jetzt mit einem Gewehr erschießen würdest, wärst du dann ganz

allein schuld daran? Wäre nicht auch der Erfinder des Gewehres schuld? Wären nicht auch deine Eltern schuld, weil sie dich zeugten und so erzogen haben, dass du am Ende bereit warst abzudrücken? Und wäre nicht ebenso ich selber schuld, weil ich hier an diesem Platz stand und dich mit Belehrungen reizte?«

Der Junge lachte.»Deine Nachsicht ist groß«, sagte er.

»Weil die Wahrheit groß ist«, schloss die alte Frau.»Die Wahrheit ist größer als ein Meer. Wenn du wissen willst, wer darin schwimmt, dann tauche tief und fang nicht bloß einen Fisch.«

USA: Anlässlich einer Gedenkfeier für Verstorbene

Ein junger Mann wollte sich einmal intensiver mit der Vergänglichkeit auseinandersetzen. Um dem Tod direkt ins Auge zu sehen, bewarb er sich für die Arbeit in einem Hospiz in den Dreamwood Hills – in einem Heim für sterbenskranke Menschen. Als er dann viele Monate dort aushelfen und sterbende Menschen während ihrer letzten Tage, Stunden und Sekunden durchs Leben hautnah begleiten durfte, machte ihn das vor allem demütiger. Sowohl den Sterbenden als auch den Mitarbeitern gegenüber empfand er tiefsten Dank und höchsten Respekt dafür, dass sie ihm diese Erfahrung geschenkt hatten.

Seine Sinne schärften sich dabei ungemein und so erkannte er zuweilen beim Personal und bei sich selber sogar hier, wo eigentlich niemand vor dem Leid davonrennen wollte, immer noch eine Art Flucht davor. Man ging ihm, vor allem dem eigenen inneren Leid, auf teils äußerst subtile Weise aus dem Weg, verschanzte sich, träumte sich weg – in Gewohnheiten, in Gedanken, in Plaudereien, in Wichtigkeiten, in Projekten. Tief in den Herzen verwurzelt saß offenbar diese Angst vor dem Tod, vor dem Leid und nicht einmal die direkte Konfrontation mit der Härte des Sterbens und auch mit der daraus erwachsenden Schönheit einiger letzter Momente schien diese Angst restlos abzubauen. Der eigene Geist versuchte nur allzu gern und geschäftig, seine Schutzwälle gegen die äußeren Bedrohungen aufrecht zu erhalten und aufzutürmen. Warum wollte er ständig kontrollieren und alles Unangenehme wegdrücken? Warum tat er sich so schwer, so furchtbar schwer beim Loslassen? Wieso konnte man nicht einfach friedvoll leben? An solchen Fragen konnte der junge Mann bald nicht mehr vorbeisehen. Er gab ihnen Raum, lud sie ein, schenkte ihnen Beachtung und kurz bevor er das Hospiz wieder verließ, wollte er zum Dank für die wertvolle Zeit seine Einblicke auch mit den anderen teilen. Anlässlich einer Gedenkfeier für die Verstorbenen des Hospizes las er seine Gedanken dazu den wenigen Familienangehörigen und Kollegen vor, die nach der Hauptzeremonie noch den Kopf frei hatten für einen längeren Text. Es war der Folgende:

Weint! Weint bis keine Träne mehr fließt, schreit oder verstummt vor Schmerz. Schaut mit glasigen Augen hinaus in die Nacht. Trauert einfach und lasst eure Herzen ausbluten.

Doch einmal, einmal wird das vergehen, wird auch das gemildert, heute schon etwas, oder vielleicht morgen, oder in einem Monat. Wenigstens für einen Moment wird die Trauer dann in euch schweigen, ihren Würgegriff lösen und in dieser kleinen Spanne Zeit hastet nicht gleich nach dem nächsten Ziel, plant nicht gleich wieder Pläne, sondern setzt euch einmal mit mir vor eine weiße Wand oder lehnt euch an einen Baum und beschaut nur für diesen Moment, was ich jetzt in eure Herzen säe.

Habt ihr euch auch schon einmal gefragt, ob es Frieden gibt? Gibt es wirklichen Frieden, nicht nur als Idee, nicht nur in der Ferne, nicht erst nach dem Tod, sondern hier zum Greifen nah? Gibt es Glückseligkeit? Ich meine damit nicht den Anblick eines Sonnenuntergangs. Ich meine nicht das helle Lachen nach einem guten Scherz. Ich meine Frieden, vollkommenen Frieden ohne eine einzige Beschränkung, vollkommene unerschütterliche Herzensruhe, nicht Gleichgültigkeit gegenüber den Dingen, sondern unendliches Vertrauen in sie und eine Gelassenheit, in der man die Schönheit des ganzen Weltalls in jedem Wassertropfen glänzen, in jedem Kieselsteinchen wohnen sieht – auch mitten im Schmerz, und im sterbenden Menschen genauso wie im welken Laubblatt, das der Herbstwind in den Fluss verweht.

Das frage ich euch und das frage ich mich, denn ich kenne nicht die Antwort. Ich ahne sie nur, aber ganz stark, und ich lade euch ein, wie einem vernebelten Weg dieser Ahnung ein Stück weit mit mir zu folgen. Nur welcher Weg ist das? Euer ganzes Leben lang seid ihr ja schon unterwegs, doch diesen Weg zum Frieden, das sieht man euch an, den habt auch ihr bisher nicht gefunden. Ihr hattet Momente der Ruhe, Tage ungetrübter Liebe, entspannte Nächte ruhvollen Schlafes, doch waren die vorüber, dann ging es zurück in den Krach des Alltags, ihr stürztet euch in neue Kämpfe, in neues Auf und Ab und ihr wurdet gestürzt, ohne recht zu begreifen wie und warum. Und mittlerweile habt ihr vielleicht aufgehört zu fragen, ob das Leid, ob all die Plackerei überhaupt sein muss. Ihr traut nur noch eurer Lebenserfahrung, die euch weismacht, das muss wohl so sein. Ihr glaubt gar nicht an einen Frieden, der das Herz im Diesseits, in diesem Leben, nicht erst im Tod besänftigt. Ihr denkt nur, die Todesangst, der Schmerz des Verlustes, die nagende Wut und einsame Trauer gehöre zum Menschsein dazu, das müsse so sein, weil alle so leben, weil alle von Zeit zu Zeit in Qualen sich winden. So weit seid ihr schon abgestumpft, dass ihr das hinnehmt.

Und nun kommt hier irgendein fremder, noch dazu junger Bursche daher und erdreistet sich im Moment eures größten Schmerzes zu sagen, dass all eure Erfahrung euch vielleicht trügt, dass all euer Streben nach Glück vielleicht nur ein Kinderglaube ist, zwar recht hübsch anzusehen wie ein frisches Keimblatt, aber genauso zerbrechlich. Und dieser Bursche hat selbst noch nicht einmal den Frieden gefunden, von dem er hier faselt. Sein Gemüt ist ja selbst nicht wolkenlos heiter. In der Tat, auch mich plagen Schmerzen und ich gerate oft in Verwirrung und Ärger wie ihr. Warum also auf mich hören?

Das ist eine wichtige Frage und die Antwort ist: Ihr sollt ja nicht auf mich hören! Jedenfalls nicht in der Art, wie man auf einen Gesundheitsratgeber hört. Wenn ihr meine Worte nun vernehmt und findet sie zum Schluss halbwegs wahr und richtet vielleicht gar euer Leben etwas danach aus, oder wenn ihr sie falsch und töricht findet und wendet euch deshalb davon ab, dann tut ihr zunächst einmal gar nichts Neues. Dann handelt ihr so, wie ihr euer ganzes Leben lang gehandelt habt – ihr prüft die Lage, ihr wichtet Worte, wägt Vor- und Nachteile ab und schlagt nach eurem Urteil die beste Richtung ein für euer Handeln. Kurz, ihr bewertet und folgt eurer Vorstellung vom Glück. Denn am Ende geht ihr immer am liebsten dorthin, wo es euch gefällt. Ihr sucht endlos nach Befriedigung eurer Wünsche. Ihr wollt immer etwas Fernes erreichen, was ihr noch nicht erreicht habt. Seit dem Tag eurer Geburt wollt ihr das Angenehme mehren und das Unangenehme mindern, das Süße genießen und das Bittere vermeiden, schöne Taten beklatschen und unschöne Taten verbieten. Das ist ein Urtrieb unseres Strebens. Darauf fußt unser Staat. Das, was ist, ist mir eben doch nicht ganz genug, und daher will ich noch etwas, was ich nicht habe. Erst wenn ich das habe, dann werde ich glücklich sein. So glauben wir und so beginnen wir zu begehren, was uns fehlt. Und Begehren führt unweigerlich immer zu Aufwallung, Unfrieden und Anstrengung.

Wenn ihr das einmal tief und innig begreift, nicht weil es in einem schlauen Buch steht, nicht weil es euch jemand eindringlich sagt und ihr euch nur wieder davon mitreißen lasst, sondern weil ihr es aus dem eigenen Leben heraus ganz klar seht und durchschaut, dass ihr nämlich in fast jeder Lebenslage gut von schlecht zu trennen sucht, ihr das Gute erhalten und das Schlechte verhindern wollt, dann überblickt ihr weit mehr als nur euer eigenes kleines Men-
schenleben. So haben nämlich auch eure Eltern, Großeltern,

Urgroßeltern und vielleicht schon die Urmenschen gelebt. Und wir sind nicht einen Schritt weitergekommen bisher, denn was in unserer Vorstellung gut und schön ist, danach sind wir ewig auf der Jagd und danach schicken wir auch unsre Kinder hinaus auf die Pirsch. Immer sind wir auf der angestrengten Suche nach der Verbesserung und Absicherung unserer Lage. Wir wollen gute Zeugnisse, weil wir denken, es damit leichter zu haben und weil wir damit prahlen und uns ins Licht rücken können. Wir wollen mehr Geld, weil wir denken, dann lebt es sich sicherer und unbeschwerter. Wir wollen auch endlich wieder einmal verreisen und frei haben, weil wir denken, dann erst richtig zur Besinnung kommen zu können. Wir wollen, dass bald der Frühling anbricht, weil der so viel freundlicher ist als der Winter. Auch wollen wir unbedingt glauben, dass die Toten nun nicht mehr leiden müssen, weil alles andere Denken unerträglich für uns wäre.

Immer wollen wir etwas. Unentwegt malt unser Kopf Idealzustände für unser Lebensglück und rastlos sind wir im Geiste dahin unterwegs. Ununterbrochen melden sich Empfindungen und Wünsche, drängen sich in den Vordergrund und wir laufen ihnen hörig nach. Kaum jemals sind wir wirklich anwesend im Jetzt. Immerfort jagen wir ja nur unseren Ideen nach. Und so dreht sich eben die strebsame Welt mit all ihrem Jammer, ihren vergänglichen Freuden und Extravaganzen.

Nur wie kann ich, so ich denn wirklich will, daran etwas ändern? Denn wenn wir jetzt wieder nur an den äußeren Umständen oder an unserem schwächlichen Charakter herumbasteln, sodass es unserer Vorstellung gemäß lebenswerter und etwas erträglicher wird auf Erden, dann ändern wir gerade nichts. Wir pflanzen nur wieder etwas neues Schönes, Großartiges in die Welt, bilden uns ein, etwas Gutes getan zu haben, und werden verkrampft versuchen, zum Beispiel ein schönes Kunstwerk zu bewahren, ein gutes Verhalten zu kultivieren oder ein edles Hospiz zu erhalten und vor Beschmutzung zu schützen. Und so mühen wir uns schon wieder nur ab, so endet niemals die Serie unserer Kämpfe. Und es ist sogar noch verheerender: Denn sobald wir unser Tun darauf ausrichten, das Schöne, Gute zu erlangen und aufzubauen, setzen wir auch das Schlechte in die Welt und werden uns fortan mit ihm herumbalgen, denn wir müssen das Schlechte vom Guten fernhalten. So tun wir niemals etwas anderes, niemals etwas wirklich Neues. Unaufhörlich schaffen wir immer nur neue Abgrenzung, neue Mauern, neuen Kampf. Das sind sehr harte Worte. Aber wer Rosen pflanzt, der pflanzt auch Dornen, heißt es.

Habt ihr einmal den Lebenslauf eines sogenannten Heiligen in den Geschichtsbüchern aufmerksam studiert? Mahatma Gandhi zum Beispiel, Vorbild für Millionen Menschen, hat in Indien den bedingungslosen, gewaltfreien Frieden gepredigt und vorgelebt und dennoch führte das zu Mord und Totschlag. Auch dieser banale Text hier schafft Leiden, zunächst vielleicht Unmut und Minderwertigkeitsgefühle. Wir alle, und das ist schwer zu schlucken, wir alle schüren unvermeidlich ständig neues Leiden, wenn wir Besseres vom Schlechteren scheiden und für immer aussortieren wollen, seien es bloß Worte, seien es Regeln, seien es Lebenspartner oder Religionen. Solange wir Grenzen ziehen und diese verteidigen, solange wir unseren eingebildeten Besitz unbedingt behalten wollen, sorgen wir endlos für Streit und Kummer. Das merken wir gerade heute am schmerzlichsten. Wir sind so schwach, wir sind so abhängig von dem, was wir für schön halten. Wenn ein geliebter Mensch von uns geht, geben wir ihn in den seltensten Fällen auch wirklich frei. Meist klammern wir uns an ihn, wünschen ihn zu uns zurück oder hinein ins leidfreie Paradies.

Das ist einfach menschlich und auch schön, doch vor allem schmerzhaft, und jetzt versteht mich richtig – niemand soll damit Schluss machen! Niemand soll hier loslassen. Niemand soll hier irgendetwas. Nur es ist klar, wenn wir irgendwann einmal wirklich etwas ändern, das Leiden beenden und durchdringen wollen, wenn wir friedvoll leben wollen, dann müssen wir irgendwie lernen, mit der Verbesserungsstreberei aufzuhören, ohne sie jedoch auszugrenzen und auch nur schlecht oder kindisch zu finden.

Ihr glaubt nun vielleicht, das sei äußerst schwierig, das könne niemand. Wenn ihr so sprecht, habt ihr euch bereits hereingelegt. Denn dann glaubt ihr eben doch an eine mehr oder weniger lohnenswerte Suche, an deren Ende euch ein hehres Fernziel, eine schmackhafte Frucht namens Seelenfrieden erwartet. Mir ist das hunderte Mal so passiert. Doch damit fallen wir nur in alte Denkmuster zurück. Es geht eben nicht darum, irgendetwas Neues zu machen, irgendeinen ruhigeren, schmerzunempfindlicheren Übermenschen aus uns zu formen. Es geht um das Jetzt. Es geht darum, das wirklich zuzulassen, was ist – die Träne, die heraus will, herauszulassen, die angebliche Schwäche unseres Nachbarn und unseres Spiegelbildes anzusehen und nicht gleich wegzuwünschen. Habt ihr zum Beispiel jemals einem Verstorbenen einfach ins Gesicht gesehen? Ganz ohne den Trostgedanken, dass endlich sein Leiden vorbei ist. Auch ohne den Gedanken, dass er euch fehlen wird, und ohne die Hoffnung, ihn dereinst wieder zu sehen. Habt ihr das je einmal vermocht? Wohlbemerkt, niemand soll sich zwingen oder aufraffen, das zu tun. Es ist nur eine Frage. Konntet ihr das jemals tun, etwas betrachten, ohne euch dabei gleich in Gedanken, Träumen und Wünschen zu verlieren?

Oder wenn ihr euch schon Gedanken machtet, konntet ihr sie dann wenigstens alle, alle ohne Ausnahme zulassen? Konnte der fleißige Arbeiter unter euch wenigstens einmal im Leben dem Gedanken freien Lauf lassen, dass der faule, pöbelnde Säufer an der Ecke genauso viel oder wenig wert ist wie man selbst? Konntet ihr, ohne einem Rat oder Gebot zu folgen, einmal einem Menschen, der euch hintergangen hat, aus euch selbst heraus restlos verzeihen? Konntet ihr ihm vielleicht sogar danken, dass er euch betrogen hat? Und konnte der von Schuldgefühlen Gequälte unter euch sich selbst ein einziges Mal wirklich vergeben und aufhören, sich mit Vorwürfen zu martern?

Konnte der Gläubige unter euch wenigstens einmal ohne sofortige Abwehr, ohne gleich aufzubrausen, den Gedanken wie eine Wolke vorüberziehen lassen, dass es gar keinen Himmel gibt, wo man sich wieder trifft? Und konnte der Ungläubige unter euch jemals das Gegenteil bedenken, dass es Gott und einen Himmel natürlich gibt, ohne gleich Gegenargumente aufzuzählen? Konntet ihr einmal nur eure Vorstellung von wahr und falsch, von heilig und gemein verlassen, eure eigenen Grenzen wirklich öffnen und das hereinbitten, was ihr sonst dahinter wegsperrt?

Wenn ihr das alles noch nicht konntet, dann fangt jetzt nicht damit an! Und wenn ihr das alles bereits macht, dann bildet euch nichts darauf ein! Baut nicht gleich die nächste Überzeugung auf, dass dies in irgendeiner Hinsicht wichtig wäre für euch und die Mitmenschen. Das wäre nur wieder ein schönes Heiligtum. Das wäre nicht der Weg zum Frieden, sondern zu neuer Mühsal und Abhängigkeit. Wie gesagt, ich weiß überhaupt keinen Weg. Ich taste im Nebel und stolpere selber. Nur ahne ich dies: Je mehr Erfahrungen, Tiefschläge und Schmerzen wir durchleben, desto mehr und mehr versteift unser Geist, desto fester und starrer werden unsere Überzeugungen – sei es, dass nun ein Leben nach dem Tod kommt, oder sei es, dass danach nichts mehr kommt, sei es, dass der Fleißige mehr verdient als der Faule, oder dass irgendwann bessere Tage kommen als heute, oder dass es einzig gilt im Moment zu leben, oder dass Ausländer gefährlich sind, oder dass man Kinder erziehen muss, oder dass Sonnenblumen eben schöner sind als Unkraut, was auch immer. Und wir hängen an diesen Überzeugungen. Wir halten sie hoch. Wir beten sie an. Wir lehren und verbreiten sie. Wir dulden keinen Angriff darauf. Wir fürchten sogar Angriffe darauf und wappnen uns dagegen. Also werden wir von ihnen gelenkt und beherrscht. Wir haben nicht mehr nur Überzeugungen und Ängste, sondern die Überzeugungen und Ängste haben uns. Und wenn wir all diese verinnerlichten Gedankenkonstrukte und Prägungen nicht lernen je und je loszulassen und anzulächeln, dann wird unser Tun fast immer von Anspannung und Furcht geprägt sein, dann werden wir uns weiterhin verkrampft durchs Leben hangeln und dauernd in Verzweiflung stürzen. Wenn wir uns nicht nach und nach öffnen oder blitzartig sofort aufschließen auch für das vermeintlich Unschöne und Böse, für das Schwere, für das Unlogische und Unerklärliche, das uns doch unausweichlich überall vor den Kopf stößt, wenn wir das stets nur wegschieben wollen, dann werden wir bis ans Ende unserer Tage vom Frieden nur reden und von Erlösung nur träumen.

Mexiko: Auf einer Landstraße

Auf einer Landstraße ging eine Frau mit gesenktem Haupt zwischen eintönigen Feldern entlang. Nach Stunden des einsamen Gehens holte sie einen alten Wanderer ein, der am Feldrain rastete und der ihre Verstimmung erkannte.

»Keine Wolke steht am Himmel«, rief er freundlich, »sie scheinen sich allesamt hinter deiner Stirn zu brauen. Kind, was bedrückt dich an diesem gesegneten Tag?«

Die Frau vernahm den Wohlklang seiner Stimme, und der heitere Anblick seiner tief eingegrabenen Krähenfüßchen an den Augenwinkeln löste ihr die Zunge.

»Diese Landstraße«, sprach sie, »erinnert mich an mein Leben. Seit heute Morgen folge ich ihr und werde Schritt für Schritt immer trauriger. Anfangs passierte ich viele Kreuzungen. Ich fühlte mich frei zu entscheiden, wohin ich gehen wollte. Doch mittlerweile kam seit endlosen Stunden keine Kreuzung mehr. Ich bin gezwungen, auf einer eingeschränkten Bahn auszuharren, und weiß nicht wie lange noch. Zwar habe ich sie selbst gewählt, doch reizt sie mich nicht mehr. Und genauso ist es mit meinem Leben. Als ich jung war, lag mir die ganze Zukunft offen zu Füßen. Ich konnte gehen, wohin es mich zog. Doch mit der Zeit nahmen die Gelegenheiten abzubiegen ab. Es wurde immer schwerer, eine neue Richtung einzuschlagen, und jetzt bin ich gänzlich an eine gebunden. Mein Leben scheint mir heute so eng und trist, dabei hat es so aussichtsreich begonnen.«

»Dann komm«, sprach der Wanderer und erhob sich, »wenn wir hier die Felder schräg überqueren, erreichen wir auch den nächsten Ort.«

Die Frau zögerte, war aber einverstanden und schließlich liefen sie querfeldein. Alsbald heiterte sich ihr Gesicht etwas auf und sie fragte: »Wie haben Sie das nur geschafft? Ich nehme mit einem wildfremden Menschen einen unbequemen Umweg und fühle mich dennoch erleichtert.«

»Das liegt ernsthaft an dir«, versicherte der Wanderer. »Vorhin auf der Landstraße glaubtest du noch, dass der frei ist, der viele neue Wege einschlagen kann. Jetzt aber spürst du, dass vielmehr der frei ist, der einen alten eingeschlagenen Weg noch verlassen kann.«

Belize: Blauer Schmetterling

Eines schönen, lauen Abends kroch am Gebüschsaum ein Falter aus seinem Kokon. Er fühlte sich voller Kraft und Anmut, und während er allmählich die Flügel entfaltete, sah er nebenan auf einer erleuchteten Veranda eine heitere Gruppe von Menschen, die staunten und lachten, weil inmitten von ihrem Kreise einer seiner Brüder, ein großer blauer Schmetterling, munter umherflügelte. Sorglos tänzelte er auf und nieder im Licht, sorgte für die Feier des Augenblicks, und als er genau auf der Hand einer jungen Frau landete und seine himmelblauen Flügel spreizte, da rief die Frau entzückt: »O, seht nur!«

Und eine andere sagte: »Er mag dich.«

Und ein Mann rief: »Er funkelt wie Perlmutt.«

Alle freuten sich mit ihr und nun flog auch der frisch geschlüpfte Falter hinüber ins Licht. Eine Weile umkreiste er die Menschen und seinen blauen älteren Bruder. Dann ließ er sich nieder auf der anderen Hand der jungen Frau und spreizte ebenso die Flügel.

Die Frau aber zuckte zusammen.»Igitt, eine Motte!«, rief sie angewidert und schüttelte ihre Hand.

Der Falter aber flog auf und umschwirrte verstört die Köpfe der plötzlich aufgebrachten Menschen, die mit den Armen fuchtelten und in der Luft nach ihm klatschten, und nur mit knapper Not entkam er dem Aufruhr und taumelte fort in die Stille der Nacht.

Guatemala: Der richtige Weg

Ein Holzfäller begegnete im Wald einem jungen Mann mit Hut und Reisesack. Sie grüßten einander, plauderten kurz und dann fragte der Mann nach dem Weg zur Stadt. Der war leicht zu finden. Der Holzfäller beschrieb ihn, der andere dankte und ging los.

Später auf dem Heimweg traf der Holzfäller in der Stadt nochmals auf den jungen Wanderer. Dessen Hut sah auf einmal aber arg zerbeult aus und er selbst war an Armen, Beinen und im Gesicht ganz zerschunden und zerkratzt.

»Was ist denn mit dir passiert?«, fragte der Holzfäller.

Der Mann winkte ab. »Ach, ich habe mich nur wieder einmal aus Gestrüpp und Dickicht freikämpfen müssen.«

»Du bist also vom Weg abgekommen?«, fragte der Holzfäller. »Aber der war doch nicht zu verfehlen.«

Da lächelte der junge Mann und sprach: »Ja, deine Wegbeschreibung war gut und ich hatte sie mir auch eingeprägt, aber irgendwann bin ich absichtlich davon abgewichen. Und immerhin weiß jetzt nicht nur mein Kopf, sondern mein ganzer Leib, dass dein beschriebener Weg der richtige Weg zur Stadt ist.«

El Salvador: Die Krücke

Ein frisch vermähltes Hochzeitspaar hielt an einer Straßenkreuzung. Vor dem Mann, der seine Braut am Arm führte, wollte soeben auch eine alte Frau mit einer Krücke unterm Arm über die Straße gehen.

»Kann ich Ihnen behilflich sein?«, fragte der Mann.

»Nein, wieso?«, fragte sie zurück.

»Ich dachte nur, ich frage einmal nach – wegen der Krücke«, erklärte der Mann.

Soeben wollte er mit seiner Braut losgehen, da fragte nun die Alte: »Und kann ich Ihnen vielleicht helfen?«

»Wie meinen Sie?«, fragte der junge Mann irritiert.

»Ach, ich frage bloß nach«, sprach da die alte Frau. »Ich weiß ja nicht, ob Sie sich auch nur als Krücke gebrauchen, um durchs Leben zu kommen.«

Damit ließ sie die beiden sprachlos stehen und überquerte langsam die Straße.

Honduras: Der Junge mit der Nusstüte im Buchladen

Ein vor kurzem verstorbener lateinamerikanischer Dichter war noch zu Lebzeiten einmal gefragt worden, wie er den Weg zur Dichtkunst eingeschlagen habe.

Damals hatte er gesagt: »Geschriebene Worte haben mich schon immer fasziniert. Wir waren jedoch so arm, dass ich als Kind kein eigenes Buch besaß. Mein Taschengeld reichte immer nur ab und an für eine Tüte Nüsse. Und Nüsse mit der Ferse zu knacken, das liebte ich noch mehr als geschriebene Worte. Einmal aber hatte ich Glück und fand einen Geldschein auf der Straße, der für die Nüsse und ein Buch reichen sollte. Also kaufte ich mir erst meine Tüte Nüsse und ging dann damit in den alten Buchladen an der Ecke.

Nach langem Stöbern kamen zwei Bücher in die engere Wahl. Das eine war groß und dick mit viel Text. Das andere war ein schmaler Gedichtband. Ich konnte mich aber nicht entscheiden, also fragte ich den alten Mann hinter dem Ladentisch, was die Bücher denn jeweils kosten sollten. Der Alte sah mich jetzt prüfend an. Dann ließ er sich die Bücher von mir reichen und blätterte darin herum. Und auf einmal sagte er, jedes dieser Bücher würde genauso viel kosten, wie ich noch Geld in der Tasche hätte. Das gefiel mir nun aber gar nicht und ich fragte, wie denn das kleine Buch genauso teuer sein kann wie das große. Darauf zeigte er auf meine Tüte Nüsse. Du weißt doch, sagte er und zwinkerte mir zu, ein Pfund volle Nüsse macht genauso viel wie ein Pfund hohle Nüsse. Die hohlen Nüsse machen nur den größeren Haufen.«

Nicaragua: Verzichtbares Bratfett

Ein Mann, der gern kochte, erhitzte zum Anbraten von Fleisch immer zuerst Bratfett in der Pfanne, bevor er das Fleisch hinzutat, was eben verhinderte, dass das Fleisch anbrannte. Eines Tages entdeckte er jedoch zu seiner Freude, dass er zum Anbraten speziell von Hackfleisch das Bratfett weglassen konnte. Er hatte das einfach ausprobiert, und es funktionierte. Hackfleisch brannte auch ohne Bratfett nicht in der Pfanne an, wohl wegen der vielen kleinen Fettreste daran, die selbst als gut verteiltes Bratfett dienten. Begeistert erzählte er das sogleich seiner Frau.

Als er nun beim nächsten Mal Hackfleisch anbraten wollte, hatte er schon das Bratfett wieder zur Hand. Da fiel ihm schlagartig ein, dass es ja überflüssig war. Kurz hielt er noch inne – und dann tat er doch das Bratfett zuerst in die Pfanne.

Costa Rica: Naschen nach Sonnenuntergang

Die Frau eines Süßwarenhändlers nahm sich einmal vor, nach Sonnenuntergang nichts mehr zu essen. Bevor sie nämlich zu Bett ging, vernaschte sie sonst jeden Abend eine ganze Tüte von den kleinen, unwiderstehlich leckeren Schokoladenbällchen, die ihr Mann so oft an die Straßenkinder verteilte, und es fiel ihr dabei äußerst schwer, sich zu zügeln. Sie wollte sich aber unbedingt demnächst zügeln, denn so oft sie ihrem Heißhunger nachgab, so oft plagte sie auch ein schlechtes Gewissen danach und das Gefühl, zu dick zu sein.

Die ersten drei Abende ihrer Diät waren die reine Qual, doch mit Hilfe ihres Mannes bezwang sie sich selbst. Auch den vierten und fünften Abend hielt sie stand. Und als sie eine ganze Woche lang ihren Vorsatz nicht gebrochen hatte, dachte ihr Mann, sie könne sich vielleicht wirklich das abendliche Naschen abgewöhnen. Am achten mitgezählten Abend aber überraschte er sie im Dunkeln am Tisch mit einer frisch aufgerissenen Tüte Gebäck in der Hand.

»Liebling«, fragte er, »du willst doch nach Sonnenuntergang nichts mehr naschen, oder?«

Da nahm sich die Frau ein duftendes Schokoladenbällchen heraus, lächelte es selig an und seufzte: »Zum Glück geht ja gerade die Sonne endlich wieder auf!«

Panama: Das Problem

Eilig betrat ein Mann das Haus einer guten Freundin, die gerade Klavier spielte. Er blickte sehr ernst, ging hinüber zu der Frau, ohne auf ihre Musik zu achten, und rief schon von weitem: »Ich habe ein echtes Problem. Kannst du mir dabei helfen?«

Die Frau sah kurz über die Schulter und bat ihn zu warten – schon drehte sie sich wieder um zum Klavier, vollständig in dessen Klangwelt vertieft. Der Mann musste sich wohl oder übel gedulden.

Grübelnd lief er auf und ab, nur spielte seine Freundin so eindringlich, dass er keinen klaren Gedanken fassen konnte. Endlich nahm er doch in einem Lehnsessel Platz, um abzuwarten bis sie fertig wäre. Zunächst widerstrebte es ihm sogar, der Klaviermusik zu lauschen, doch immerhin musizierte hier seine begnadete Freundin, also rang er sich durch zum höflichen Hören. Nach und nach aber nahmen ihn besonders die feinen, leiseren Klänge mehr und mehr ein und sanft mit sich fort. Er vergaß alles Zuhören und Aufpassen, er sah durch das Klavier hindurch und ließ sich treiben vom Fluss der Melodie. So unverhofft beseligend schien ihm das Ganze auf einmal, dass ihm ums Herz immer leichter wurde, bis plötzlich eine Bewegung ihn aller Verstrickungen enthob wie in ein himmlisches Meer, wo das Vorher und Nachher nicht einfach nur abfiel von ihm, sondern sich gänzlich auflöste in vollkommener Klarheit. Er entspannte immer tiefer, lehnte sich in ein Kissen, schloss die Augen und war doch niemals wacher gewesen als jetzt.

Eine ganze Weile saß er so, da hörte die Musik auf zu spielen. Die Klavierspielerin legte ihre Hände in den Schoß und wartete ruhig, ob ihr Gast etwas sagen würde. Als dies aber nicht geschah, drehte sie sich um und – er war verschwunden! Der Sessel stand leer. Der Mann war schon wieder gegangen. Ganz leise musste er sich entfernt haben.

Erst Tage später trafen sich die beiden wieder in der Altstadt.

»Was war denn dein Problem gewesen?«, fragte ihn da die Frau, doch wusste er nicht gleich, wovon sie sprach.

»Als du mich neulich beim Klavierspiel besucht hast«, fuhr sie deshalb fort, »erwähntest du doch ein Problem. Erinnerst du dich? Was war denn nun dein genaues Problem?«

»Ach, das meinst du!«, rief der Mann jetzt und winkte lachend ab. »Ja«, sagte er, »das Problem war natürlich ich.«

Jamaika: Der Mut des Klippenspringers

Eine Attraktion der Insel sind die Felsen- oder Klippenspringer –
junge Männer und Frauen, die an der Meeresküste von unglaublich
hohen Steilwänden hinunter ins Wasser springen. Als sich einer dieser Klippenspringer gerade zum Absprung aus etwa zwanzig Me-
tern Höhe von einem Felsüberhang fertig machte, sagte einmal eine
Zuschauerin zu ihm, indem sie hinab auf das Meer in die grausige
Tiefe zeigte: »Wie können Sie nur immer wieder da hinunterspringen?
gen? Ich hätte immer nur Angst, dass ich dort sterben könnte.«
»Und ich«, soll der junge Mann darauf geantwortet haben, »habe
immer nur Angst, dass ich hier sterben könnte.«
Dann trat er vor an den Rand des Felsens.

Kuba: Schlechte Gewohnheit

Großvater pflegte nach jeder Mahlzeit am Küchenfenster eine
Zigarre zu rauchen. Ob morgens, mittags oder abends, er nahm sich
dann seine Auszeit, blickte schweigend hinaus und rauchte eben.
Jeder wusste das und jeder ließ ihn dabei in Ruhe – außer seine
Schwiegertochter. So oft sie da war zu Besuch, so oft sie ihn rauchen sah, bewies sie ihm, wie ungesund er lebte, welch schlechtes
Vorbild er den Kindern sei und so weiter. In der Regel überhörte er
derlei Vorwürfe und ging mit keiner Silbe darauf ein. Nur ganz
selten geschah es, dass er sich daraufhin, vielleicht aus Trotz,
vielleicht aus Spaß, nach der ersten auch noch eine zweite Zigarre
ansteckte. Am allerwenigsten war bei ihm jedoch mit einer verbalen
Antwort zu rechnen. Tatsächlich bekamen wir in all den Jahren nur
ein einziges Mal mit, wie er seine Gewohnheit, das Rauchen, mit
Worten verteidigte. Und wahrscheinlich lag das einfach daran, dass
seine Schwiegertochter ihm ebenso unüblicherweise dieses eine Mal

nur eine Frage dazu gestellt und nicht gleichzeitig noch einen Rat-schlag ausgeteilt hatte.

»Jeden Tag«, sagte sie damals gedehnt und wir erlauschten den kleinen Wortwechsel von nebenan, »wirklich jeden Tag rauchst du nach jedem Essen immer die gleiche Zigarre. Wird das nicht lang-weilig mit der Zeit?«

Eine Weile war es still. Niemand erwartete eine Reaktion. Man hörte nur ein leises Klimpern vom Geschirr, doch auf einmal räus-perte er sich.

»Nein«, sagte Großvater, »aber dir wird es doch auch nie lang-weilig, mir bei jeder Gelegenheit das Rauchen auszureden, oder? Weißt du, die einen haben die schlechte Angewohnheit, zu rauchen oder zu trinken oder Geld zu verspielen, und die anderen haben eben die, sich darüber aufzuregen und es ihnen vorzuhalten. Am Ende ist wohl beides dem guten Blutdruck nicht ganz zuträglich.«

Bahamas: Der Angler

Ein Mann fragte einmal seine zwei Söhne, ob sie ihn zum Angeln begleiten würden. Freudig packten sie ihr Angelzeug und kamen mit.

An der Bucht platzierte der Mann gleich vorn seine Rute und streckte sich daneben im Sand aus. Die Jungen überlegten sich erst die besten Standorte, probierten sie nacheinander und warfen den ganzen Tag eifrig ihre Angeln aus. Jeder von ihnen sah sich schon den dicksten Fisch an Land ziehen.

Bis zum Abend hatten sie jedoch beide nichts geangelt. Sie waren ganz müde geworden und riefen nach ihrem Vater, um endlich heimzugehen. Als er dann kam, hörten sie ihn pfeifen. Er strahlte übers ganze Gesicht. Sein Eimer war aber genauso leer wie der ihre.

»Was freust du dich denn so?«, fragten sie ihn. »Du hast doch auch nichts gefangen.«

»Ja«, sagte er, »ihr wolltet eben Fische fangen. Ich wollte bloß Angeln gehen.«

Haiti: Gegen Unruhe

Ein Mann, der an Unruhezuständen litt, suchte nach vielen vergeblichen Arztbesuchen schließlich eine Schamanin auf.

»Guten Tag«, empfing sie ihn mit einem Lächeln, »ich muss aber leider gleich fort. Wir müssen uns kurz fassen. Was plagt Sie also?«

»Mich plagt eine starke Unruhe«, sagte der Mann, »und niemand kann mir helfen, sie loszuwerden.«

»Ah, die gute alte Unruhe!« Die alte Schamanin nickte. »Was stellt sie denn bei Ihnen so an?«

»Sie macht mich ganze Tage lang hibbelig. Sie lässt mich nicht schlafen. Sie treibt mich noch ganz in den Wahnsinn«, antwortete der Mann sichtlich rat- und hoffnungslos. »Seit meiner Kindheit verfolgt sie mich und ich weiß bis heute nicht warum. Sie kommt und geht, wann sie will. Ich halte das bald nicht mehr aus. Ich habe dutzende Beruhigungsverfahren probiert, dutzende Arzneien geschluckt bei dutzenden Ärzten, Wunderheilern, Kräuterhexen und wen man sonst noch alles um Rat fragen kann.«

»Gratuliere! Ausgezeichnet!«, rief die Schamanin. »Dann haben Sie ja bereits alles zur Bekämpfung ihrer Unruhe versucht.«

Erstaunt horchte der Mann auf. »Aber vergebens – sie verfolgt mich nach wie vor«, sagte er.

»An wie vielen von zehn Tagen sucht sie Sie denn heim?«, wollte die Schamanin wissen.

»Schätzungsweise an neun von zehn Tagen«, gab der Mann zur Antwort.

»Das ist gut, das ist sehr gut!«, freute sich nun die Schamanin und der Mann geriet noch mehr ins Staunen.

»Wie kann das denn gut sein?«, fragte er.

»Weil so ganz klar auf der Hand liegt, was Sie nun tun sollten«, erklärte die Schamanin.

»Und was wäre das?«, fragte der Mann gespannt.

»Laden Sie Fräulein Unruhe zum Tee ein!«

»Was soll das denn bitte schön heißen?«

»Es ist doch so, guter Mann«, sprach die Schamanin gelassen, »Tag für Tag kämpfen Sie gegen eine starke Unruhe. An einem von zehn Tagen gewinnen Sie, an den anderen Tagen gewinnt die Unruhe. Deshalb fühlen Sie sich an neun von zehn Tagen als erschöpfter Verlierer. Und am zehnten Tag fühlen Sie sich als erschöpfter Gewinner, der Angst davor hat, dass sich am nächsten Tag das Blatt wieder wendet. Das würde jeden krank machen, nicht nur Sie.«

»Ja – und?«, fragte der Mann.

»Bitte entschuldigen Sie, aber ich muss wirklich los.«

Jetzt stand die alte Frau auf und geleitete den Mann höflich zur Tür mit den Worten:

»Offenbar ist es zwecklos, die Unruhe wegzuwünschen. Was Sie auch anstellen, Sie werden sie nicht los. Gegen Ihre Unruhe ist kein Kraut gewachsen. Also übergießen Sie Ihre Kräuter lieber mit heißem Wasser und bereiten Sie einen Tee davon für Sie beide. Wünschen Sie die Unruhe lieber herbei. Dann geht Ihr Wunsch zwar auch nur an neun von zehn Tagen in Erfüllung, aber den einen Tag ohne Unruhe werden Sie schon verkraften.«

Damit öffnete sie die Tür und verabschiedete den Mann, der völlig sprachlos war und sich vorkam, als würde er träumen.

»Ach, und noch etwas«, rief die Schamanin hinterher, als der Mann langsam fortging. »Würden Sie bitte der Unruhe, wenn sie Sie das nächste Mal besucht, einen herzlichen Gruß von mir ausrichten? Wir sind alte Bekannte. Und achten Sie vor allem darauf, ihr aufmerksam zuzuhören. Lassen Sie sie unbedingt selber zu Wort kommen.

Sie ist schnell beleidigt und wird gemein, wenn man sie übergeht oder ignoriert.«

Dominikanische Republik: Im Atelier

Eine reiche Kunstliebhaberin betrat die Werkstatt einer von ihr hochverehrten Malerin, die sie freundlich empfing und ermutigte, sich in aller Ruhe an ihrem Ort des Schaffens umzusehen. Die Dame versicherte auch, nicht allzu lange stören zu wollen, und ging hernach langsam und leise an den Bildern entlang, vor allem an den unzähligen von ihr so geliebten Landschaftsmalereien.

»Was ist das denn?«, fragte sie plötzlich.

Sie stand vor einer wüsten Ecke des Ateliers, in der sich hunderte halbfertige Skizzen und Kohlezeichnungen chaotisch übereinander stapelten. Doch weit mehr als diese Unordnung erstaunten, ja entsetzten sie die Motive darauf. Sie zeigten verzerrte Fratzen, Verstümmelungen und Missbildungen von Tier und Mensch, hässliche Greisinnen in lüsternen Akten und offenbar gotteslästernde, verstörende Schmierereien teils auf Pappe, teils auf abgerissenen Tapetenfetzen.

»Wie kann man so etwas darstellen?«, fragte sie ganz betroffen.

Die Malerin lächelte nur. »Sie wollten mich ganz kennen lernen«, sagte sie.

»Ich bin schockiert«, erwiderte die Dame. »Aber bitte verzeihen Sie mir! Ich möchte nicht unhöflich sein. Nur kennt man Sie in den Kunstkreisen von Ihren herrlichen Landschaftsbildern und lichten Aquarellen, die so schön sind und die ich so liebe wie die Sterne.«

»Ja«, sprach da die Malerin auf einmal sehr ernst, »so ist das mit euch Kunstliebhabern. Ihr liebt immer nur das Helle, das Schöne, eben die Sterne. Dass aber die Sterne nur deshalb so wunderbar leuchten, weil sie überall vom Dunkel umgeben sind, dass ihr deren Leuchtkraft ohne die schwarze Nacht, aus der sie hervorstrahlen, kaum bemerken würdet, und dass wir Maler darum das Dunkle ebenso lieben wie das Lichte, das vergesst ihr leider so oft.«

Saint Kitts und Nevis: Der betende Mond

An einem Heiligenschrein einer kleinen karibischen Insel hängt ein mit einem verrosteten Nagel angeschlagenes Blatt Papier mit der folgenden Legende:

Nachdem Jesus auf einem Marktplatz zu den Menschen gesprochen hatte, soll sich ihm einmal ein junger Mann angeschlossen haben, der Abend für Abend unter dem aufgehenden Mond zu Boden kniete, die Hände faltete und leise Worte murmelte.

Am dritten Abend fragte Jesus den Mann: »Was tust du da?«

»Jeden Abend«, gab der Mann zur Antwort, »bete ich dreimal zu Gott, dass ich einst so reinen und klaren Geistes sein werde wie du, mein Herr.«

Jesus verharrte zunächst schweigend, doch der Mann fuhr fort: »Du strahlst das Licht aus, das mir fehlt. Darum folge ich dir. Kannst du mir nicht einen Fingerzeig geben, wie ich es auch erlange?«

Da deutete Jesus mit dem Finger zum Mond und sagte: »Ist der Mond dort nicht herrlich und vollkommen ohne jeden Makel?«

»Ja, das ist er wirklich«, sprach der Mann, »aber weshalb fragst du?«

Worauf Jesus sagte: »Weil ich den Mond jeden Abend dreimal zu Gott beten höre, er möge doch lieber dereinst so hell und rein wie die Sonne scheinen.«

Antigua und Barbuda: Die zwei Häuser

Zwei benachbarte Häuser unterhielten sich.

Das eine Haus, das sich gern den Leuten zeigte, die vorüberkamen, sagte:»Mein Hausherr hat mir eine schöne Fassade verliehen.«

»Schade, ich hätte auch lieber so eine, aber meine Fassade ist schlicht«, erwiderte das andere Haus.

Es vergingen einige friedliche Jahre.

Da sagte wieder das erste Haus:»Mein Hausherr hat mir eine neue, noch schönere Fassade verliehen.«

»Meiner nicht«, erwiderte traurig das andere Haus.

Im nächsten Jahr erschütterte ein Erdbeben die Insel. Die Stadt war großflächig zerstört. Das erste Haus war bis auf die Grundfeste in sich zusammengefallen. Seine Trümmer wurden fortgeräumt. Das andere Haus war auch beschädigt, aber es konnte wieder aufgebaut werden.

Da sagte es dankbar:»Mein Hausherr hat mir ein gutes Fundament verliehen.«

Dominica: Der größte Blumentopf

Die kleine Pflanze wollte einfach nicht wachsen! Sie schlug zwar Wurzeln über Wurzeln in dem Blumentopf, worin sie steckte, und ein kurzes, blasses, gekrümmtes Häuptchen von einem Stängel lugte ebenfalls aus dem dunklen Humus hervor, doch die Tage und Nächte verstrichen, ohne dass ein erstes frischgrünes Keimblatt sich zeigte und ohne dass der Stängel überhaupt an Größe gewann. Die liebevolle Pflege, die die Frau der Pflanze angedeihen ließ, das enorme Wissen, das sie im jahrzehntelangen Umgang mit heimischen und fremdländischen Pflanzen erworben hatte, all das half hier nicht weiter. Bisher hatte sie noch jedem Gewächs, auch dem eigensinnigsten Exoten durch unendliche Geduld, durch behutsamste

Düngung und schützende Obacht am Ende zur Zierde und Blüte verholfen. Allein diesmal schien alle Pflanzenzuchtkunst zu versagen.

»Warum gibst du ihr nicht deinen größten Topf?«, hatte ihr Mann sie gefragt.

Natürlich war sie auf diesen Einfall längst selber gekommen, nur glaubte sie nicht, dass dies irgendetwas ändern würde. Nach einem weiteren Monat des Abwartens aber, derweil die Pflanze wirklich nichts weiter tat, als fleißig Wurzelhärchen durch die Bodenlöcher des Topfes hinauszuschieben, blieb der Frau nichts anderes übrig. Sie topfte also den Sämling, so klein er an der Oberfläche auch war, um in einen größeren Topf.

Und nun geschah das gleiche von vorn. Munter sprossen die Wurzeln, nur das Grüne, die eigentliche Pflanze wollte nicht kommen. Zweimal noch versetzte sie das bizarre Geschöpf mitsamt dem wilden Wurzelschopf in ein weiteres Behältnis, und ganz zuletzt in den größten Topf, den sie auftreiben konnte. Doch selbst das bewirkte nichts.

»Was soll ich nur tun?«, dachte die Frau.

Lange ging sie mit sich zu Rate, lange probierte sie noch die Tricks und Kunstgriffe anderer Pflanzenkenner, doch als auch das nichts fruchtete, gab sie schließlich ihre Bemühungen auf – ganz ohne Gram versteht sich, denn die ernste Beschäftigung mit Erde und Pflanzen hatte auch diese Frau zu einer besonnenen und nicht zu einer besessenen Züchterin geformt. Aber ein leises Bedauern, ein kleines Schade blieb doch in ihrer Brust zurück, als sie eines Morgens den zarten Stängel mit nur ein paar Würzlein daran an einer Waldlichtung aussetzte und dort seinem ungewissen Schicksal überließ.

Hier aber im Schoße der Waldung, erst im Windschutz der Bäume und fernab aller pflanzenkundlichen Sorgfalt geschah es dann. Als die Frau in Bälde wiederkam, um nach dem Rechten zu sehen, und sich an der Stelle bückte, zuckte sie freudig erschrocken zusammen.

Da staunte sie tatsächlich ein frisches, jungfräuliches, im Morgenlicht hellgrün durchscheinendes Keimblättchen an. Wie rein und zart es in den Morgen wuchs! Unbeschreiblich war ihre Freude an dem kleinen, großen Wunder der Wildnis. Und als sie sich endlich satt gesehen hatte und heimlief, um es gleich ihrem Mann zu erzählen, da lachte sie, denn ihr ging auf, dass sie nun ja doch noch den größten Blumentopf für ihren Schützling gefunden hatten.

Saint Lucia: Mauerblümchen

»Was ist mit dir?«, fragte die Frau.

Sie war am Straßenrand neben einem Mädchen stehen geblieben, das auf eine Ziegelmauer blickte.

»Diese Blume da«, antwortete das Mädchen, »wächst so schön aus der Mauer hervor. Sie reckt sich in den Wind und hat wie ich eigentlich ein schönes Leben. Aber ist das nicht doch auch schade? Sie blüht ja so einsam.«

»Ich weiß, was du meinst«, sagte die Frau. »Aber ist es nicht auch schade, dass so viele Steine Tag um Tag gemeinsam eingemauert dahindämmern müssen, so gleichgemacht und ohne Bewegung im Wind?«

Barbados: Der Gitarrist

Ein junger Gitarrist trat einem Musikerzirkel bei, um endlich unter Gleichgesinnten vorzuspielen. Er packte sein Instrument mit einer Miene aus, als wollte er sagen: Lasst uns hiermit die Welt erobern! Dann wartete er mit seinem Favoriten auf, einem vertonten, selbst geschriebenen Gedicht mit zwölf Akkorden und komplizierter Grifftechnik. Eben wollte er gekonnt zum zweiten Stück überleiten, als ihm ein Zuhörer zu verstehen gab:

»Ich unterbreche ungern, aber warum übst du nicht erst einmal an einfachen Liedern mit drei oder vier Akkorden? Wenn du ein Haus bauen willst, fängst du auch nicht mit dem Dach an. Du fertigst zuerst ein solides Fundament.«

Die anderen fanden diesen Vergleich ausgesprochen treffend, während er zornig seine Gitarre einpackte und sich empfahl. Wenige Jahre später unterschrieb er jedoch als einziger von allen aus dieser Runde einen Vertrag bei einem Musikvertreiber. So wurde seine außergewöhnliche Gitarrenmusik weit hinaus über die Landesgrenzen bekannt.

Da musste er schmunzeln und dachte: Ja, man kann brav ein Fundament anfertigen. Man kann aber auch ein Baumhaus bauen ohne Fundament und von oben die Aussicht genießen.

Saint Vincent und die Grenadinen: Wie finde ich Gott?

Einmal kamen mit einem Schiff zwei junge Frauen auf die Insel zu Pater Pedro. Sie gaben zunächst vor, gar nicht mehr zu wollen, als nur etwas Abstand von der Heimat zu gewinnen. Also schlossen sie sich der kleinen Gemeinde an, beteten, sangen und arbeiteten fleißig mit. Als jedoch die Monate so verstrichen und der Zeitpunkt ihrer Heimreise unaufhaltsam näher rückte, wurden sie nachdenklicher und zusehends trauriger.

Da ging Pedro eines Abends zu ihnen und sprach: »Wenn ihr beide tatsächlich nur etwas Abstand von zu Hause gesucht habt, warum sind dann eure Herzen jetzt so schwer? Wie ich hörte, reist ihr bald ab von hier. Wartet nur nicht zu lange darauf, auch das zu finden, was ihr wirklich sucht.«

»Dann sag uns, Pater«, sprach die eine Frau plötzlich sehr bewegt, »wie findet man zu Gott? Muss man dazu wirklich immer nur beten und fleißig und gutherzig sein?«

»Gott wollt ihr also finden?«, fragte Pedro.

»Ja«, sagte sie, »eigentlich kamen wir deshalb hierher. Wir dachten, die Ruhe und die Abgelegenheit dieser Insel könnten uns dabei helfen, aber die Zeit schreitet voran und nichts hat sich im Grunde geändert. Natürlich haben wir zu Hause viel Schönes zu erzählen, aber wie man Gott findet und bei sich behält, das wissen wir so wenig wie vorher.«

»Es ist immer dasselbe«, murmelte Pedro in seinen Bart.

»Was ist immer dasselbe?«, fragte sie ihn.

»O wann begreift ihr lieben Gottsucher endlich einmal«, rief Pedro da aus, »dass eure Suche, dass eure quälende Ungewissheit, dass sogar das Hinschmeißen dieser Suche, dass euer Aufschrei, nichts, aber auch gar nichts gefunden zu haben, dass dies alles niemals von Gott zu trennen ist und dass das bereits die ganze Erkenntnis ist? All eure ernsten Fragen sind bereits die Antwort. Ihr fragt: Wo ist Gott? Diese Frage stellt Gott selbst! Nur weil ihr diese Überzeugung mit euch herumschleppt, dass Gott irgendwo anders sei, dass ihr abgetrennt seid von ihm und dass ihr eben darum irgendetwas noch verändern, versuchen, verbessern oder reinigen müsst, um ihm näher zu kommen, nur deshalb seid ihr ewig auf der Suche und kommt niemals im Leben an. Sagt mir, wann wollt ihr diese felsenschwere Überzeugung fallen lassen? Wann rollt ihr endlich diesen Brocken von euren Herzen? Morgen erst? Oder nächsten Sonntag in der Messe? Oder erst, wenn ihr alt seid und mehr Zeit habt darüber nachzusinnen? Alles Nachsinnen ist am Ende doch zwecklos. Es gibt keine Methode, um Gott näher zu kommen. Kein Wissen, kein Gebet, keine Zeit, kein Ort, kein Zustand wird euch ihm jemals näher bringen. Es gibt keinen Weg zu Gott. Die Idee, dass Gott irgendwo in der Ferne euch erwartet, macht nur krank. Werft diesen Wahn gleich hier ins Meer und ihr seid überall zu Hause. Von jedem Glauben loszulassen, das ist der Beginn wahren Glaubens. Einem Glauben nachzulaufen, das ist der Beginn des Irrwegs. Entweder ist Gott der Weg oder er ist nirgends. Und nur weil ihr das nicht glauben könnt, weil ihr nicht wagt, wirklich zu glauben, und weil ihr nicht wagt, wirklich zu zweifeln, weil tief in euch eine große eingepflanzte Angst wuchert, die eure edle Vorstellung vom Weg zu Gott nicht loslassen will, die sich gewaltsam daran klammert, nur deshalb geht ihr immer halb verkrampft durchs Leben und sucht überall nach Balsam für die Seele. Nur weil ihr Angst habt zu glauben, geratet ihr immer wieder in Not. Ihr sagt zwar, Gott sieht alles, und ihr murmelt, er ist überall, aber ihr sagt das nur so dahin, ihr murmelt es nur nach, weil ihr es von einem Heiligen gehört oder in heiligen Schriften gelesen habt. Aber habt ihr es je selbst erfahren? Habt ihr es jemals wirklich geglaubt, oder habt ihr es immer nur gewusst?«

»Du sagst also, dass …«, rief die Frau.

»Bitte«, unterbrach sie Pedro und hob den Finger, »bitte fragt jetzt nicht endlos weiter und prägt euch auch nicht meine Worte ein! Ich rede doch nicht, damit ihr es euch merkt oder weiterplappert. Ich habe nur ausgesprochen, was ihr zwei euch hier und heute vielleicht selber nicht vorzustellen getraut. Und dass Gott über jede Vorstellung noch hinausgeht, das wisst ihr doch angeblich auch.«

»Na gut«, sagte sie, »dann beantworte mir wenigstens noch das: Wenn uns Gebete vielleicht wirklich nicht näher zu Gott bringen, warum betest du dann so oft mit uns?«

Da lachte Pedro auf. »Ja, warum rauscht wohl das Meer so regelmäßig?«, rief er. »Und warum sitzt ihr so gerne davor? Das Meer rauscht, ein Vogel singt und ein Pater betet eben. Beten ist göttlich und nicht beten ist ebenso göttlich. Wie könnten mich also Gebete jemals zu Gott befördern?«

Die zweite Frau hatte bis jetzt geschwiegen. Nun aber sagte sie zweifelnd: »Schön und gut, aber andere Kirchenmänner sehen das alles ganz anders als du. Du predigst mitreißend, sie predigen mitreißend – wem kann ich denn jetzt mehr vertrauen?«

»O ja«, sprach Pedro wieder ernst, »das kann eine schwere Entscheidung sein. Aber tut mir Leid, da musst du schon allein durchsteigen. Wem sollte man wohl eher glauben, der Möwe oder dem Papagei, wenn sie versuchen, dir etwas vom Wind vorzusingen?« Und damit ließ er die beiden am Strand zurück.

Grenada: Die Insel der Spinnen und Schmetterlinge

Ein anderes Mal stritten die Schüler von Pater Pedro um die Frage, wie ein Staat am besten zu regieren sei. Die einen meinten, es sei die strenge Ordnung durch Vernunft und Gesetz, wodurch ein Staat gedeihen könne. Die anderen sagten, dass ein Staat nur dann zur Blüte käme, wenn er seinen Bürgern Freiheit garantierte. Als die Diskussion endlos auszuufern drohte, fragten sie den Alten selbst, der bis dahin nur mit halbem Ohr zugehört hatte.

»Was ist denn Euer Standpunkt, Pater? Ist Zucht oder Freiheit die beste Staatsregierung?«

Pater Pedro schwieg einen Moment. Voller Gutmütigkeit sah er in die ernsten Gesichter seiner Schüler und öffnete dann wie entwaffnet seine Hände.

»Ob nun Staaten, Schülergruppen oder Menschen«, sagte er, »das erscheint mir alles nicht mehr sonderlich verschieden, aber entschuldigt bitte, eine Antwort auf eure Frage kenne ich nicht. Ich kenne nur eine kleine Geschichte und die mögt ihr hören, wenn ihr wollt.«

Und der Pater begann zu erzählen: »Auf einer üppig bewachsenen Insel lebten einmal keinerlei Tiere, bis eines Tages, vom Sturm verdriftet, einige Spinnen und Schmetterlinge darauf landeten. Sofort bezogen und bevölkerten sie ihr neues Zuhause. Die Schmetterlinge flügelten frei um die Baumkronen her, sie saugten Pflanzensäfte und ihre Raupen fraßen die Blätter. Die Spinnen woben Netze zwischen den Büschen, sie folgten ihren festen Bahnen und fingen dann und wann einen Schmetterling zur Beute. So lebten die Tiere nebeneinander, bis eines Jahres die Spinnen aus nicht genau feststellbaren Gründen in ihrer Anzahl zunahmen. Sie vermehrten sich so rasant und maßlos, dass die Büsche für ihre Netze nicht ausreichten und sie die ganze Insel mit Gespinsten überzogen. Die Schmetterlinge konnten nirgends mehr frei fliegen. Sie mussten sich zwischen den Netzen entlang enger Flugbahnen fortbewegen, wozu sie jedoch nicht geschaffen waren. Sie verfingen sich im Gewirr, verletzten sich die Flügel, wurden gefressen und starben aus. Auch die von Spinnweben verdeckten Pflanzen gingen ein. Die Spinnen verloren so ihre Beute und ihre Behausungen. Das Leben auf der Insel brach zusammen. Danach verging eine lange Zeit, bis wieder Pflanzen grünten und Spinnen und Schmetterlinge die Insel erreichten. Alsdann lebten die Tiere erneut nebeneinander, bis allerdings diesmal die Schmetterlinge übermäßig zunahmen. Sie verpaarten und vermehrten sich so schnell wie ehedem die Spinnen. Ihre Raupen fraßen die ganze Insel kahl. Die Spinnen konnten plötzlich weder Netze zwischen Blättern aufspannen noch Schmetterlinge fangen und deren Unzahl eindämmen. Wieder starben so die Pflanzen, die Spinnen und die Schmetterlinge aus, wieder war das Leben vernichtet und wieder war offen, ob sich die Insel jemals davon erholen würde.«

Damit endete der Pater die Geschichte und so sehr die Schüler auch baten, zu weiteren Ausführungen konnten sie ihn nicht bewegen.

Trinidad und Tobago: Bild ohne Bildrand

Die Reisegruppe hatte sich rasch in den Räumen zerstreut. Voller Menschen war die Galerie, sehr weitläufig und verwinkelt. Nur einer der Reisenden, ein älterer Herr, war im Eingangsbereich geblieben. Dort las er soeben das Wort Weltanschauungen, das groß über der Pforte geschrieben stand, als die Reiseleiterin auf ihn zu trat.

»Wollen Sie nicht auch die Bilder betrachten?«, fragte sie ihn.

Er blickte in die Runde. Überall bildeten die Besucher Trauben vor den ausgestellten Bildern.

»Bilder sind Bilder«, sagte der Mann schließlich. »Und ich war bereits hier.«

»Ah, ich verstehe«, rief die Frau erfreut. »Sie gehören zu denen, die genau wie ich lieber den Menschen zusehen, wie sie Bilder ansehen.«

Nett, aber ernst erwiderte er: »Ich hänge nicht an dem Bild, worauf Menschen an Bildern hängen.«

»Aber etwas muss Ihnen hier doch gefallen oder gefallen haben, sonst wären Sie kaum wieder mit hineingekommen«, schlussfolgerte die Frau.

»Eins habe ich durchaus noch vor Augen«, sprach der Mann. »Es ist dieses Bild ohne Bildrand.«

»Das Bild ohne Bildrand?« Die Frau hob die Augenbrauen. »Das kenne ich gar nicht. Wer hat das denn gemalt und wo hängt es? Das muss ich mir ansehen.«

Fragend blickte sie zu dem Mann, doch der blinzelte nur freundlich mit den Augen.

Venezuela: Am Ende des Wasserfalls

Ein Bergsteiger verlor durch einen Unfall seine geliebte Frau. Am Rande zur völligen Verzweiflung und all seines Glückes beraubt, sah er keinerlei Sinn mehr in seinem Leben als den, sich zum eigenen Sterben zurückzuziehen. Er packte ein leichtes Bündel an Ausrüstung, schrieb ein paar Zeilen an seinen besten Freund und zog nach Süden zum abgelegenen Auyan-Tafelberg. Von dessen Steilwand flutet der höchste Wasserfall des ganzen Kontinents hinab. Und dieser oberste Felsvorsprung, so stand es in dem Abschiedsbrief, sollte der letzte sein, den er je erklettern würde.

Sein Freund, der diese Worte las, war darüber tief betrübt. Umso größer waren darum Freude und Erstaunen, als einen Monat später der Totgeglaubte unversehrt vor seiner Tür stand.

Als sich beide in die Arme schlossen, sagte der Freund:»Du gingst fort, um zu sterben. Kommst du wieder, um zu leben?«

Der Bergsteiger nickte, und später beim Gespräch sagte er:»Als ich dort oben am Wasserfall saß, ließ er mich etwas erkennen, das mich abhielt. Er war wie ich zuerst auf der Höhe. Dann stürzte er jäh in die Tiefe. Doch so tief der Strom auch fiel, ganz unten am Ende des Wasserfalls sammelte er sich wieder und floss weiter – zwar tiefer als vorher, aber er fließt.«

Guyana: Faultier und Eichhörnchen

Stell dir bitte einmal ein Faultier im Regenwald vor, wie es reglos am Ast hängt, nur dann und wann ein Blättchen kaut, und daneben im gleichen Baum ein Eichhörnchen, das emsig umherspringt. Das Faultier döst in aller Gemütlichkeit durchs Leben und hängt die lieben langen Tage eben meistens nur so herum. Niemals käme es auf die Idee, sich selbst seine Trägheit vorzuwerfen.

Es wäre in der Tat ein sehr skurriles, neurotisches Faultier, wenn es so denken würde:»Ich fauler Sack habe ja schon wieder die ganze letzte Woche verträumt! Heute muss ich endlich einmal etwas zuwege bringen. Ich will mir ein Beispiel nehmen an diesem Eichhörnchen dort. Einfach toll, wie es über die Äste turnt und so viel schafft an einem Tag! Aber mir fällt das immer so schwer! Es ist wie verhext. Wie macht dieses Tier das nur? Ich verstehe das nicht. Es ist doch zum Aus-der-Haut-Fahren! Am liebsten wäre ich heute ein Eichhörnchen und nicht so ein Faulpelz. Ach komm, jetzt hör auf zu jammern und streng dich mal an! Es muss doch irgendwie gehen, einen Tag lang ein Eichhörnchen zu sein.«

Das Eichhörnchen selber hüpft dagegen meist in heller Aufregung kreuz und quer durchs Revier, will alles wissen, alles erkunden und von weitem schon erkennen. Niemals käme es seinerseits auf die Idee, gelassener werden zu wollen.

Es wird niemals denken: »Dieses Faultier da fasziniert mich. Es strahlt so eine Ruhe aus. Mein Leben ist immer so stressig. Ich habe ständig so viel zu tun. Wie macht das Faultier das nur? Irgendwann werde ich es einmal fragen, woher es seine Gelassenheit nimmt. Aber heute muss ich ja noch Nüsse sammeln, Nüsse verstecken, die Vorräte prüfen, die Kinder abholen, die Stube aufräumen … Puh! Ich wünschte, ich hätte mal einen Tag nur für mich. – Ach, du Schande! So spät ist das schon? Verflixt, jetzt hab ich schon wieder die Zeit nur vertrödelt! Ich wollte doch noch mit den Nachbarn sprechen. Oje, ich muss los, ich muss los!«

Kein Eichhörnchen der Welt wird sich jemals derart unter Druck setzen, nicht wahr? Und kein Faultier wird sich jemals wünschen, anders zu sein als es bereits ist. Beide, Faultier wie Eichhörnchen, *sind* einfach sie selbst. Sie nennen sich weder faul noch fleißig, weder ruhig noch unruhig. Sie vergleichen sich auch nicht. Sie weilen nur im Sein und sind eins mit ihrem Zustand.

Ja, und jetzt ahnst du es sicher bereits. Das wirklich einzige Wesen auf dieser Erde, das sich selber und anderen das Leben immer wieder schwer macht, weil es immer wieder uneins ist mit seinem Zustand, das bist du.

Suriname: Die Mutprobe

Der Friedenshäuptling Tarawako saß einmal still an einer Urwaldlichtung, als zwei junge halbwüchsige Männer zu ihm traten.

»Kannst du uns auf die Probe stellen?«, baten sie ihn. »Wir wollen wissen, wer der Mutigere von uns beiden ist.«

»Schön!«, erwiderte Tarawako. »Warum stellt ihr euch dann nicht einfach den Gegnern, vor denen die Menschen immer nur fliehen und zeit ihres Lebens weglaufen?«

»Wer ist das?«, fragten sie.

»Kommt!«, antwortete Tarawako mit gedämpfter Stimme. »Setzt euch zu mir, aber seid absolut still und reglos! Sie sind ganz in der Nähe.«

»Tatsächlich?«, fragten die beiden gespannt und nahmen wie Tarawako mit untergeschlagenen Beinen an der Lichtung Platz, um Ausschau zu halten.

Nach einer ganzen Weile flüsterte einer: »Tarawako, bist du sicher, dass sie hier auftauchen werden? Ich würde lieber nach ihnen suchen.«

»Wartet noch«, hauchte Tarawako, »und nicht bewegen!«

So zwangen sich die Jungen zur Ruhe. Bald aber rutschten sie mit dem Gesäß hin und her und endlich sprang einer auf.

»Ach, was soll das?«, ärgerte er sich. »Ich halte das nicht mehr aus. Wo bleiben denn deine übermächtigen Gegner?«

»Ja, genau«, stimmte der andere ein und erhob sich ebenfalls. »Meine Beine sind schon ganz taub.«

»Da!«, rief Tarawako auf einmal. »Da sind die zwei. Könnt ihr sie sehen?«

»Was? – Nein! Wen denn?«, fragten sie verwirrt.

»Die Langeweile«, schloss Tarawako, »und die Unbequemlichkeit.«

Brasilien: Meine Seele ist ein Urwald

Am Rio Negro wird von einem Priester berichtet, der den Urwald aufsuchte, um den Indianern zu helfen. Die Ureinwohner hatten bereits schlechte Erfahrungen mit den Weißen gemacht. Goldsucher hatten kürzlich den Wald abgeholzt, hatten die Indianer gewaltsam vertrieben und das Land ausgeschlachtet. Der Priester wollte aber ein besseres Beispiel seines Volkes abgeben. So baute er eine Schule, lehrte die Indianer seinen Glauben, seine Ansichten von Moral und förderte das Gute an seinen heidnischen Freunden. In dem Dorf, wo er lebte, hörten ihm auch viele Indianer bereitwillig zu. Sie nahmen seine Lehren an und lebten danach. Einige Ureinwohner wollten aber nichts davon wissen. Sie zeigten sich dem eifrigen Mann gegenüber nicht dankbar. Er kam kaum an sie heran, denn sie lehnten seine gütige Hilfe offen ab. Einmal ging der Priester deshalb geradewegs auf einen dieser abgeneigten Indianer zu und sprach ihn direkt an.

»Es betrübt mich«, sagte der Priester,»dass du und einige deiner Brüder nichts von mir hören wollt. Fragt die anderen, sie wissen, dass ich es ehrlich meine. Ich unterrichte ihre Kinder. Sie lernen nützliche Sachen. Wir pflanzen Obst an, singen Lieder zusammen und halten Kontakt zu anderen Gemeinden flussabwärts. So kann uns niemand unbemerkt vertreiben. Jeder ist bei uns willkommen. Ich verstehe nicht, warum ihr uns meidet.«

»Das ist doch klar«, erwiderte überraschenderweise der Ureinwohner. Er deutete auf den Wald und fuhr fort:»Meine Heimat ist der Urwald. Meine Seele ist ein Urwald. Du willst aus mir einen guten Menschen machen. Du willst, dass ich barmherzig lebe, dass ich nichts Schlechtes tue und eine schöne, wohlerzogene Seele werde. Doch sieh, der Urwald ist nicht nur schön. Er ist auch wild und dunkel. Manchmal ist er undurchdringlich und unbarmherzig. Ein Goldsucher, der diesen Wald verwüstet, zerstört offensichtlich meine Heimat. Ein Priester aber, der aus diesem Urwald, aus meiner Seele, eine schöne Plantage züchtet, der das Dickicht beseitigt, damit die nützlichen Gewächse gedeihen, der zerstört mich genauso, nur eben langsamer und ansehnlicher.«

Kolumbien: Der Felsblock und das Buch vom Felsblock

Da die Natur, so hatte ein südamerikanischer Forscher erkannt, in jedem einzelnen, ja selbst im vermeintlich kleinsten ihrer Phänomene und Gebilde schon unglaublich komplex und vielschichtig war, bedürfe es, um auch nur eines dieser unendlichen Wunder wirklich vollauf bis ins Letzte verstehen zu können, der geballten Konzentration auf genau ein Phänomen, auf genau einen Gegenstand. Während also andere zeitgenössische Naturforscher stets ihren wechselnden Neigungen folgten oder eben den Modebedürfnissen der Zeit willfahrten und ihren Forschungsgegenstand nach mehr oder weniger gründlicher Analyse alle paar Jahre oder gar Monate gegen einen anderen vertauschten, fasste dieser Mann eines Tages den Entschluss, sein restliches Leben, seine ganze verbleibende Tatkraft der Erforschung eines einzigen Steines zu widmen. Gleich vor seiner Haustür erkor er sich an einer kleinen Geröllhalde einen unspektakulären, mittelgroßen Felsblock aus, dessen Geheimnisse er von nun an in ihrer Gesamtheit zu entschlüsseln gedachte. Nicht eher wollte er ruhen, als bis er das vollständige, über diesen Felsblock zu erfahrende Wissen in einem Buch vereinigt hätte.

»Der ist vollkommen übergeschnappt!«, meinten etliche Kollegen dazu.

Nur die engsten Freunde versicherten, auf das Endergebnis gespannt zu sein. Der Forscher selbst ließ sich jedoch ohnehin nicht beirren. Er begann, den Felsblock bis ins Kleinste zu studieren und das Buch vom Felsblock zu schreiben. Er vermaß den Stein von allen Seiten nach allen Regeln der Kunst. Er beschrieb seine Herkunft, seinen Aufbau, seine Struktur, schätzte sein Alter, zog Schlüsse aus benachbarten Blöcken, er zeichnete ihn aus dutzenden Blickwinkeln, er dokumentierte die oberflächlichen Farb- und Schattenspiele im Tages- und Jahresverlauf, er bestimmte die Flechten und Moose, die festgeklammert an ihm wuchsen, und notierte peinlich genau all die winzigen Gliedertiere, denen er Unterschlupf bot.

Jahre gingen darüber ins Land. Das Buch schwoll an, es wurde dick und dicker und stetig förderten neueste Messgeräte, die ihm seine Freunde besorgten, immer feinere, immer exaktere Zahlen und Erkenntnisse über den Felsblock zutage. Es war faszinierend, was alles aus einem Stein herauszuholen war, doch manchmal bangte der Mann, seinen Gegenstand doch zu groß gewählt zu haben und seine Aufgabe im Leben nicht bewältigen zu können.

Schließlich aber war doch das Ende in Sicht. Noch einmal ordnete, überdachte und überarbeitete er die zehntausend Einzelanalysen, noch einmal las er Korrektur, straffte den Text und rundete ab. Einer seiner Freunde teilte der Öffentlichkeit den baldigen Schluss des Mammutwerkes mit. Viele Kollegen zeigten sich mittlerweile begeistert und jene, die ihn vormals verlacht hatten, warteten jetzt doch darauf, alsbald die Essenz dieser ganzen Vernarrtheit als gedrucktes Buch in den Händen zu halten.

Eines Morgens dann setzte der Forscher tatsächlich den Schlusspunkt. Das Thema Felsblock war erschöpft. Das Buch vom Felsblock war geschrieben. Es enthielt alles, was ein Mensch über diesen Felsblock wissen konnte, und war vielleicht die tiefgreifendste Abhandlung überhaupt, die jemals über einen Naturgegenstand verfasst worden war. Dieses Schriftstück war sozusagen selbst der in Wort und Bild, der in reine Information komplett übertragene und aufgelöste Stein.

Wie ein Lauffeuer verbreitete sich die Nachricht von der Fertigstellung in den wissenschaftlichen Kreisen. Die Fachwelt fieberte nun regelrecht einem Symposium entgegen, zu dem der alte Steinforscher geladen war und, wie er sich ausgebeten hatte, höchstens einen Kurzvortrag halten wollte.

Am Tage seiner vereinbarten Abreise in die Stadt ging der Mann in der morgendlichen Stille, das fertige Buch unter den Arm geklemmt, vom Haus hinüber zu der Geröllhalde am Berghang. Dort lag neben all den ungezählten anderen nach wie vor der dunkle, heute noch etwas taunasse Felsblock. Über all die Jahre hinweg war er doch nicht einen Fingerbreit bergab gerutscht. Der Stein, die Halde, der ganze Berg und der Himmel darüber, alles schien unverändert und gleich wie am ersten Tag, nur er selbst war grau und müd geworden. Der Mann blickte hinauf zu den Wolken. Kurz dachte er an die Leute, die ihn da unten im Tal erwarteten und denen er irgendwas Geistreiches erzählen sollte, das es doch eigentlich nicht zu erzählen gab. War sein ruhiges Leben nun vorbei? Er hatte doch gar nichts zu sagen. Er hatte nichts weiter zu erklären. Da waren ein Felsblock, ein Mensch und ein Buch, mehr nicht, das eine so simpel wie das andere.

Er nahm das Buch in beide Hände. Er wog den schweren Wälzer. Dann sah er lange hinüber zum Felsblock, blickte schließlich wieder auf das Buch, einmal noch, kurz und fest, dann warf er es weg – in hohem Bogen bergab – und ging zurück in sein Häuschen. Mochten die da unten eben rätseln, wo er nur blieb.

Ecuador: Der Goldklumpen

Unser Onkel Giuseppe ist Fremdenführer auf den Galápagos und haust dort recht einsam auf einem kargen Eiland. Dennoch mögen ihn die Leute für seinen guten Humor und für die Leichtigkeit, mit der er die Tage anpackt, und die sich auch niemand so recht erklären kann.

Als wir vom Festland ihn neulich in seiner Fischerhütte besuchten, sagte seine Schwester: »Das ist doch auch ein schweres Leben hier draußen.«

»Hier ist alles, was ich brauche«, lachte er aber und zeigte uns seine große Zahnlücke. Mit dem Arm wies er über die Insel und seinen Kaktusgarten und fügte hinzu: »Außerdem wachsen die Kakteen nicht auf meinem Rücken. Das Land trägt sie für mich.«

Da wies ich ebenso über die herrliche Bucht und rief erleichtert: »Recht hast du! Was kann man denn im Leben mehr erkennen, als dass alles, wie es eben ist, schon vollkommen ist und dass es schön ist, einfach da zu sein?«

»Nein, danke«, sagte darauf der alte Giuseppe, »aber ich schleppe auch keinen Goldklumpen mehr mit mir herum.« –

Und bis heute habe ich nicht verstanden, was er damit wirklich meinte.

Peru: Papa, singst du mit?

Im Gebirge hatten sich einmal ein junger Mann und seine vierjährige Tochter verlaufen. Die Nacht war über sie hereingebrochen und die Kälte trieb sie immer weiter durchs Bergland. Auf der Suche nach dem Heimweg stimmte das Mädchen ein leises Kinderlied an und bat den Vater mitzusingen. Der wollte dies aber erst tun, wenn die Nacht überstanden wäre, und somit sang das Mädchen für sich.

Als dann nach schlaflosen Stunden des Umherirrens der Morgen graute und die Nacht vorüber war, gerieten sie in ein steiles Geröllfeld hinein. Auch hier fragte das Mädchen den Vater, ob er mitsingen würde, doch der meinte, sie müssten zuerst aus diesem Geröll herauskommen. Seine Tochter summte also alleine weiter, bis sie, nach beschwerlichem Abstieg, unbeschadet einen ebenen Weg erreichten, der von Eis überzogen und ganz in Nebel gehüllt war.

Erneut wollte das Mädchen mit dem Vater singen, jedoch sagte er diesmal: »Ich mag nicht singen, wenn ich nichts klar sehe. Hoffentlich steigt die Sonne bald höher und vertreibt den Nebel um uns. Dann singe ich mit.«

Damit nahm er sie hoch auf die Schultern, denn der Nebel war dicht und man sah nicht die Hand vor Augen. So gingen sie wiederum langsam dahin, der Vater stumm, die Tochter mit ihrer kleinen Melodie auf den Lippen. Schließlich aber stieg doch die Sonne herauf und schien gleich mit großer Kraft in das Tal. Erleichtert rief der Mann aus, dass sie jetzt endlich heimfinden würden, und tatsächlich lösten sich rasch die Nebelschleier auf. Da sie nun wieder mehr und mehr sehen konnten, erkannten sie aber plötzlich, dass sie sich gar nicht auf einem ebenen Weg befanden, sondern auf der dünnen Eisschicht inmitten eines zugefrorenen Sees! Nur in großer Entfernung machte der Mann das Ufer aus und zutiefst erschüttert sah er hinunter aufs Eis und hinauf zu der Sonne am Bergkamm.

»Papa«, rief da die Kleine auf seinen Schultern, »singst du jetzt mit mir?«

Chile: Der Albatros

Ein chilenischer Kleinkünstler, der vom Verkauf von Handpuppen, Spieluhren, Töpfen, Traumfängern und geschnitzten Holzfigürchen lebte, wurde einmal von einer Kundin gefragt, wie er zu dieser ungewöhnlichen Tätigkeit gekommen sei. Er erzählte ihr, dass er in jüngeren Jahren zunächst als Koch, als Matrose, als Hochseefischer und noch auf ganz andere Weise sein Brot verdienen wollte. Überall hatte es ihm sogar gefallen und überall lernte er wertvolle Fertigkeiten und Menschen kennen, die diese Arbeiten oft ihr Leben lang verrichteten. Er selber aber verspürte nach einer gewissen Zeit immer wieder den Drang, woanders sein Glück suchen zu müssen. Und es wäre sein sicheres Ende gewesen, dieser Stimme nicht zu folgen. Erst als er dann eines Tages damit begann, Schmuckschatullen zu schnitzen, allerlei Kunstgegenstände zu basteln und nach und nach vom geringen Erlös dieser Werke zu leben, legte sich seine Unrast.

»Sehen Sie«, sprach der Mann zu der Frau, »in den üblichen Handwerken fühlte ich mich zumeist wie ein Sonderling, sagen wir wie ein Albatros unter Pinguinen. Die Pinguine und ich, wir verstanden uns wohl einigermaßen – wir waren ja allesamt Vögel. Wir trafen uns an Land und wir waren dazu geschaffen, unsere Nahrung aus dem Meer zu holen. Also luden mich die Pinguine ein, mit ihnen ins Meer zu tauchen, wobei ich klar sah, dass ihr eigentliches Element das Wasser ist. Sie bewegten sich erstaunlich gewandt darin, sie tauchten lange Strecken und fingen große Fische. Ich versuchte also zu tauchen wie sie, doch ging mir viel schneller die Luft dabei aus. Immer wieder musste ich erkennen, dass ich niemals wie ein Pinguin würde schwimmen können, auch wenn ich mir noch so viel Mühe gäbe und wenn die Beute noch so verlockend wäre. Mein eigentliches Element ist nämlich nicht das Wasser, es ist die Luft. Und dort hinauf kann mich andersherum kein Pinguin jemals begleiten. Erst als ich mir das eingestanden hatte, war ich bereit, die langen Tauchversuche sein zu lassen. Ich bin eben nicht zum Tauchen im Meer des Alltags geboren. Ich muss fliegen und gleiten im Wind darüber und nur hier bin ich wirklich zu Hause.«

Bolivien: Die Lawine

Eine Gruppe von Naturforschern machte einmal Halt bei einem Lamazüchter in den Bergen. Als die Frauen und Männer sich ein wenig umgesehen hatten, nahmen sie in der Hütte am Tisch Platz, wo die Frau des Züchters sie begrüßte.

»Wissen Sie, gute Frau«, sprach einer der Herren zu ihr, »dass Sie hier in einer hochinteressanten, aber sehr gefährlichen lawinenreichen Region leben?«

»Verzeihen Sie bitte«, erklärte noch ein zweiter Mann, der sich als Gruppenleiter vorgestellt hatte, »aber wir kennen uns ein wenig aus damit. Und dieses Tal hier, umringt von so steilen Berghängen, scheint für Lawinen recht anfällig zu sein.«

Auch die anderen der Gruppe blickten die Frau jetzt erwartungsvoll an.

»Ihr seid also Experten?«, fragte sie. »Das trifft sich gut. Ich hätte da nämlich einmal eine Frage. Wodurch genau kommen denn Lawinen eigentlich zustande?«

»Das ist eine gute Frage«, sagte sogleich der Herr, der sie zuerst angesprochen hatte, »aber um die zu beantworten, muss man zunächst exakt klären, was eine Lawine ist.«

»Ach, langweile die arme Frau doch nicht mit Begriffsbestimmungen«, warf ein jüngerer Mann ein. »Du schweifst immer so aus. Viel spannender ist doch, dass jedes Jahr über zweihundertfünfzigtausend Lawinen hier in den Anden …«

»Nach Zahlen hat sie doch aber nicht gefragt«, unterbrach ihn eine ältere Forscherin. »Der allerwichtigste Faktor ist natürlich die Hangneigung.«

»Hangneigung, Hangreibung«, rief da ein Vierter aufgebracht, »das sind doch Nebensächlichkeiten im Vergleich zum Niederschlag. Für eine Lawine braucht es zuerst einmal Schnee, ist doch klar!«

»Moment!«, erhob wieder der erste Mann Einspruch. »Es gibt sehr wohl auch Staub- oder Schlammlawinen ohne Schnee.«

Und so diskutierten sie weiter und weiter und merkten gar nicht, wie die Frau längst schmunzelnd gegangen war, um das Essen aufzutragen.

Paraguay: Ein Buch für jede Lebenslage

Ein Jesuit, der im heutigen Grenzgebiet zu Brasilien lange unter Ureinwohnern gelebt und gepredigt hatte, vermachte einmal einem Stammeshäuptling seine Bibel. Er hatte die Einheimischen auch die Sprache der Weißen gelehrt und musste seine Gastgeber nun für unbestimmte Zeit verlassen. Nach einigen Monaten konnte er aber zurückkehren und bemerkte zu seiner Freude, dass der Häuptling so wie er selber zuvor die Bibel überall mit sich herumtrug und oft darin las. Allerdings sah er auch mit an, wie jener sie als Kopfunterlage zum Schlafen oder gar als Gemüseschneidbrett benutzte. Das alles konnte der Glaubensmann noch gut hinnehmen, doch dann entdeckte er eines Tages, wie der Häuptling einfach ein paar Seiten aus dem Buch herausriss, sie dorthin ins Gebüsch mitnahm, wo er seine Notdurft verrichtete, und ohne die Seiten wieder hervorkam!

Da sprang der Jesuit auf, packte die alte Bibel, die schon auffällig mager geworden war, trat vor seinen Freund und zürnte ihm: »Das ist doch die Heilige Schrift! Sag, was machst du um Gottes willen mit diesem Buch hier?«

Der Häuptling aber klopfte ihm munter auf die Schulter und sprach: »Mein weißer Freund, du hattest wirklich Recht, als du mir dein Buch mit den Worten überreichtest, dass ich bald einsehen werde, wie gut man es in jeder Lebenslage gebrauchen kann.«

Argentinien: Die Furcht des Wanderers

Hinter der Stadt Esquel, wo die Straße südwärts bis ans Ende von Amerika führt, traf einmal ein Gaucho zu Pferde auf einen Wanderer. Er bot ihm an, ihn ein Stück des Weges mitzunehmen, doch der Wanderer, obwohl erfreut darüber, lehnte ab. Diesmal wollte er alles zu Fuß gehen, erklärte er mit fremdländischem Akzent. Und so entspann sich ein Gespräch, wobei sich herausstellte, dass der Wanderer schon Jahre so mit Stock und Rucksack unterwegs war. Fast den ganzen Kontinent hatte er durchwandert. Immer zu Fuß, immer allein, immer am Rand der Gesellschaft war er auf seiner Reise von Alaska im höchsten Norden nach Feuerland im äußersten Süden.

Der Gaucho konnte das kaum glauben und merkte aber doch, dass der Fremde kein Gewicht in seine Worte legte und dass sein braunes Gesicht wie vom Regen durchfurcht und von der Sonne gegerbt war. Auch schien sein federnder Gang selbst tagelange Umwege nicht mehr zu scheuen.

Und als der Wanderer schon die Hand zum Abschied hob, da sprach der Gaucho nachdenklich: »Ich führe auch oft ein einsames Leben, aber dein Los könnte ich doch nicht ertragen. So weit weg von der Heimat, so lange fort von der Familie, da, fürchte ich, würde mich die Einsamkeit verzehren.«

»Auch ich kenne eine Furcht«, sagte darauf der Wanderer, »aber die Einsamkeit fürchte ich nicht mehr. Sie ist mir zur Schwester geworden und die Straße zur Heimat.«

»Dann fürchtest du sicher Krankheit oder Unwetter«, sagte der andere.

»Nein.«

»Oder wilde Pumas?«

»Nein.«

»Oder fürchtest du«, fragte der Gaucho weiter, »von Banditen überfallen und ausgeraubt zu werden?«

Doch der Wanderer schüttelte den Kopf. »Nein«, sagte er, »das Einzige, wovor es mir wirklich graut, ist anzukommen.«

Uruguay: Der unbeugsame Grashalm

Mir träumte einmal, ich sei ein Grashalm, ein junger Grashalm in einem Meer aus Gras. Selig wiegte mich eine linde Brise. Ich fühlte unbändige Kraft in meinem schönen, rundvollkommenen Stängel und reckte mein Blättchen ins Helle. Neben mir taten wohl tausend und zehntausend Halme das gleiche, doch meistens sah ich nur mich und das wärmende Licht. Also drängte ich vorwärts, mit stärkstem Willen dem Licht entgegen, als wollte ich der Menge entwachsen, als wollte ich über mich selber und über den Himmel hinaus.

Allein je höher ich wuchs, desto anfälliger und schwächer wurde ich, desto stärker beugte mich der Wind. Laue Lüftchen brachten mich schon ins Wanken und sauste ein Sturm übers hüglige Land, der alle Gräser niederzwang, so riss er mich fast an der Wurzel heraus. So erkannte ich, dass das Himmelslicht im Leben unerreichbar war. Die Vögel waren vielleicht dazu geschaffen, dorthin zu gelangen, doch ich, ein Grashalm, musste am Boden verharren. Und das stimmte mich unsagbar traurig und elend, denn wofür sollte ich jetzt leben?

Da erblickte ich unweit auf einem Hügel einen großen, strammen Grashalm gegen das Licht. Lange sah ich ihm zu und seltsam – der ewige Wind regierte ihn nicht. Er ragte aufrecht allezeit. Während um ihn her der Wind all die anderen Halme brausend zu Boden presste, dann hochriss, verrührte und wieder niederwarf, ruhte er gelassen, voller Gleichmut aufwärts zeigend inmitten des Gezeitenwirbels. So wie er wollte ich sein! Mit dieser vollendeten Würde wollte auch ich über den Wehen des Grasmeeres weilen. Unantastbar wollte ich werden.

So begann ich von neuem zu wachsen. Nicht mehr ins Licht, sondern dem großen Halm zu schob sich mein Stängel. Ich wuchs und wuchs, der Wind zog und zerrte schmerzvoll an meiner Wurzel, doch in mir brannte ein Feuer. Wie hatte er es geschafft? Wie hatte er diesen Frieden erreicht? Das musste ich wissen, das musste ich ihn fragen und sollte es alles kosten. Also strebte ich vorwärts an hunderten Halmen vorbei.

»Du wirst zu lang«, riefen sie. »Ein Sturm reißt dich aus.«

Einerlei, ich kroch immer weiter und weiter und weiter und erklomm endlich den Hügel. Hier vor mir stand der Halm, der unbeugsame, den der Wind nichts mehr anging.

»Großer Halm«, erhob ich meine Frage. Das Licht blendete mich. »Großer Halm, bitte sag mir …«

Ich wollte ihn zugleich begrüßen, ihn umarmen wie einen Bruder, streckte ihm die Spitze meines Blättchens entgegen und erstarrte. Ich fasste Holz, nur Holz! Das konnte nicht wahr sein. Da stand gar kein großer, fester, lebendiger Halm, da stak nur ein dürres, hartes Stück Holz in der Erde, ein toter, von irgendwoher verwehter abgebrochener Stock.

Südafrika: Schlusswort einer Friedenspreisverleihung

Kürzlich schloss eine Südafrikanerin, die für den Erhalt eines Friedenspreises auserwählt worden war, ihre Dankrede zum abendlichen Bankett wie folgt:
»Vielleicht ist den Juroren mit meiner Wahl auch ein Irrtum unterlaufen. Vielleicht bin ich die Falsche für diesen Preis, denn für den Frieden, zu dem sich mächtige Staatsmänner schulterklopfend gratulieren, für den Unionsfrieden der großen Vertragspartner habe ich keinen Finger krumm gemacht. Wenn ich mich je für etwas eingesetzt habe, dann für einen übergesetzlichen Frieden, für einen Herzensfrieden, der in jedem Menschen neu herangebildet sein will, für einen Frieden, der vielleicht in jedem, vielleicht aber auch in keinem Kind veranlagt ist und der von zu wenigen Erwachsenen entschlossen vorgelebt wird. Dieser Frieden ist kein Bündnis mit Satzungen und Klauseln, er ist ein Frieden, der dem Frieden misstraut. Wenn wir nämlich nur im sogenannten Frieden aufwachsen, doch dieser Frieden seine Zeit verdöst in einigen politisch sauberen Bezirken mit vorzeigbarem Reihenhausglück, wo das Menschenrecht zwar offiziell herrscht, wo aber das Geld das greifbarere Ideal darstellt, wenn unser lieber guter Frieden also bloß ein alter König ist, der als Schirmherr noch taugt, aber das Regieren dem Schatzmeister überlässt, dann bin ich die erste, die dagegen in den Krieg zieht.

Nun, ich spreche wohl auch aus Verlegenheit solch harte Worte. Aber ich kann eben nicht einfach danke sagen, mich freuen, es geschafft zu haben, und mich zur Ruhe setzen, denn nachher schon, wenn wir alle unsere teuren kristallnen Sektgläser geleert haben, werde ich wie jeden Tag die Morgenpost lesen und wieder von neuen Bomben, Attentaten, Hungersnöten, Verfolgungen und Vergewaltigungen erfahren. Und ich ahne bereits, ich werde dann nicht nur verlegen sein, diesen Preis entgegengenommen zu haben, sondern werde mich schämen, schämen dafür, dass wir Menschen überhaupt solche Preise verleihen müssen.«

Lesotho: Die Schatztruhe

Ein alter Basuto hatte in seiner Jugend fast sämtliche Berge seiner bergigen Heimat bestiegen. Auf die Frage, warum er damals all die Strapazen auf sich genommen habe, erzählte er, wie er als Kind einmal einen Regenbogen gesehen hätte, dessen Ende auf eine blaue Bergspitze wies. Seither war er dem Kindertraum gefolgt, irgendwo dort auf jenen windumtosten Gipfeln eine Schatztruhe zu finden.

Blickte man dann aber zweiflerisch auf sein zerfranstes Hemd und seine ausgebeulte, ärmliche Hose, so lachte er auf und sagte, dass die einzige Schatztruhe, die er jemals gefunden hätte, eben nur keine Diamanten enthielt, sondern Erinnerungen.

Swasiland: Ziellos wie eine Wolke

Auf einer Bergspitze kam eine alte Frau an der Hütte eines Einsiedlers vorbei. Als sie den Mann jedoch grüßte, runzelte dieser die Stirn und schwieg.

»Warum so mürrisch am frühen Morgen?«, fragte die Alte.

»Warum so freundlich?«, fragte der Einsiedler.

»Nun, ich gehe ins Dorf zu den Meinigen«, antwortete sie.

»Ihr Menschen langweilt mich«, sagte er darauf. »Seit einem Jahr hause ich auf diesem Berg und du sprichst dieselben törichten Worte wie jeder andere, der hier vorübereilt. Erst grüßt ihr und dann kommt ihr gleich auf eure Pläne zu sprechen. Ewig müsst ihr irgendwohin. Ewig habt ihr Ziele, und wenn ihr sie nicht erreicht, so werdet ihr garstig. Lebt nur weiter so, doch mich geht das nichts mehr an. Ziellos wie eine Wolke treibe ich durch den Tag.«

Als die alte Frau ihren Weg nun ohne Abschiedsgruß fortsetzte, lachte der Einsiedler auf und rief ihr hinterher: »Jetzt bist du wohl die Sprachlose von uns beiden, was?«

»Nein, nein«, entgegnete sie. »Ich überlege nur gerade, ob ich je eine Wolke sah, die ziellos monatelang ein und denselben Berg umkreiste.«

Madagaskar: Langer Weg zum Seelenfrieden

Ein Mann aus Madagaskar fragte überall im Lande die Dorf- und Stammesältesten, wie er seinen Seelenfrieden erlangen könne. Jeder dieser Alten hatte auch einen Rat für ihn übrig.

Einer sagte zum Beispiel: »Gehe jeden Abend genau nach Sonnenuntergang schlafen!«

Ein anderer sprach: »Suche ein Armenviertel auf und verschenke dort alle Dinge, die du gern besitzt!«

Der Mann befolgte auch diese Ratschläge, nur wirklich zufrieden machte ihn das nicht, und so zog er Jahr für Jahr immer weiter und weiter.

Einmal aber fragte er nicht wie gewohnt den Ältesten, sondern die Älteste eines Bergdorfes: »Kannst du mir helfen? Ich suche meinen Seelenfrieden und ziehe seit langem vergeblich von Ort zu Ort.«

»In wie vielen Ortschaften bist du denn schon gewesen?«, fragte die alte Frau.

»Vielleicht in hundert, aber was tut das zur Sache?«

»Junger Mann«, erwiderte sie, »wäre es nicht denkbar, dass deine Rastlosigkeit es deinem Seelenfrieden erschwert, dich zu finden? Denn muss er nicht jetzt schon in einhundert Orten nach dir fragen, um dich einzuholen?«

Mauritius: Der Gesang der Waldfeen

Die wenigen lebenswichtigen Antworten, die der Mensch bräuchte, um wirklich glücklich zu sein, lebten einmal vor langer Zeit in Gestalt von Waldfeen auf einer Insel im Südmeer. Nur in klaren Vollmondnächten gaben sie sich dort zu erkennen, wandelten dann für kurze Dauer als traumschöne Geschöpfe über einsame Palmstrände hin, sangen dem Wind ihre Lieder des Lebens und spielten im Mondglanz an felsigen Buchten Verstecken. Sobald der Morgen aber graute, verstummten sie wieder, verschwanden im Schatten der Wälder, wurden gestaltlos, unerreichbar und unsichtbar für das menschliche Auge.

Da kamen eines Tages Seefahrer auf einem Schiff herbeigesegelt und ankerten vor der Insel. In der ersten sternklaren Vollmondnacht ahnten sie nur die Gegenwart einer zauberhaften Macht. In der zweiten Mondnacht verloren die Feen ihre Scheu und zeigten sich von ferne den sehnsuchtsvollen Blicken der Seefahrer. Und in der dritten Nacht geschah es, dass Menschen und Feen auf einer mondhellen Waldlichtung erstmals beisammen weilten, zusammen sangen und sich einander im Spiele berührten.

Als in der Frühe der Mond jedoch in die Meeresflut sank und die Feen zurück in den Dschungel kehrten, erkrankten die Männer am Herzen. Die Seefahrer packte die Angst, diese seligen Wesen womöglich nie wieder zu sehen, und im Zweifel bohrten sie all ihre

Fragen nach der Zukunft, nach der Liebe, nach der Erlösung und dem ewigen Glück wie spitze Pfeile in sie hinein.

Und als die Sonne endlich heraufstieg, die Männer die Anker lichteten und die grüne Insel im Südmeer wieder verließen, da nahmen sie all die Antworten, die sie so sehr gesucht und gewollt hatten, wie reiche Beute mit hinfort in ihre Welt, um sie dort zu behalten und vorzuzeigen. Doch die Antworten schwiegen seither. Zwar konnten die Menschen in Bücher sie schreiben, auch lesen und lehren, allein sie selber sprachen zu niemandem mehr und hatten aufgehört zu singen.

Seychellen: Inseltraum

Einmal träumte ich von einer Insel. Ich war allein auf einer unbewohnten, sommerwarmen Tropeninsel. Mein Blick schweifte hinaus auf die rauschende See. Am Horizont versank soeben die Sonne hinter roten Wolken im Meer. Langsam, sehr langsam ging ich den Sandstrand entlang. Dahinter erhoben sich Palmen in den bewölkten Abendhimmel und in der Ferne, hoch über ihren Wedeln, kreisten Seevögel im Wind.

So ruhig und gelassen gehend, nahm ich auf einmal in der Dämmerung die Umrisse eines Menschen wahr. Nicht weit, genau vor mir, wo das Wasser am Ufer verebbte, saß einsam, so sah ich jetzt deutlich, ein Mensch im Sande. Er kehrte mir den Rücken zu und hielt die Arme um seine Knie geschlungen. Ich weiß nicht warum, doch ich verbarg mich zunächst hinter einer Palmenwurzel, um ihn zu beobachten. Dort wartete ich. Ich wartete lang, doch er rührte sich nicht. Schließlich zog mich die Neugier fort und eine leise, unbestimmte Ahnung. Also trat ich zwischen den Stämmen hervor und näherte mich ihm. Und plötzlich überraschte mich seine Kleidung. Sein offenes Hemd, seine Hose, es war das gleiche, was ich selber trug. Ich überzeugte mich zweimal und als ich noch dichter herangelangte, bemerkte ich, dass nicht nur unsere Sachen übereinstimmten, sondern auch unsere Haare, unsere Größe, unsere Gestalt. Ich sah mich selber. Ich war dieser Mensch. Ich sah mich von außen. Zwar erkannte ich nicht das abgewandte Gesicht der Person, ich wusste aber mit Sicherheit – er war ich und ich war er.

Leise, sehr leise kam ich noch näher. Fast konnte ich ihn mit der Hand nun berühren. Da zögerte ich. Noch einmal sah ich weg von ihm, entspannte mich, richtete mich auf, sah über ihn hinweg und mit ihm hinaus auf das Meer in die rauschende Weite, wo tiefschwarzer Himmel und tiefschwarze See, wo oben und unten, hier und dort nicht mehr zu unterscheiden waren, wo alles zusammenfloss und eins war, und ich spürte, wie nun auch das Sehen uns beide verband – unser Blick für die Schönheit, unsre Anbetung der Nacht, unser Herzschlag für die Stille. Wir sahen uns nicht, doch wir blickten uns an.

Und jetzt beugte ich mich vor, tippte ihn sacht an die Schulter und er bewegte sich. Seine Hände verließen die Knie und glitten zu Boden. Sein Kopf neigte sich herab auf die Brust. Dann sank sein Oberkörper zur Seite, weiter, immer weiter, bis er umfiel in den Sand. Kleine, glitzernde Wellen umspülten seine blasse Stirn und ich sah, dass er verstorben war.

Komoren: Die Töchter der Blumenverkäuferin

»Womit würdet ihr euren eigenen Handel eröffnen?«, fragte die Blumenverkäuferin eines Tages ihre vier Töchter. »Zeigt mir einmal, was ihr den Menschen zu geben habt!«

»Freude«, antwortete die erste Tochter augenblicklich und hielt einen bunten, sauber gebundenen Strauß mit duftenden Wiesenblumen hoch. »Ich mag den Menschen Freude bereiten.«

»Und ich zeige ihnen Schönheit«, rief die zweite Tochter und präsentierte eine seltene Orchidee.

Die dritte Tochter der Blumenfrau enthüllte ein feinfühlig arrangiertes Trauergesteck und sprach: »Ich möchte den Menschen Trost spenden.«

Wohlwollend nickte die Mutter. »Und du«, fragte sie dann ihre älteste Tochter, »hast du dir auch etwas überlegt?«

Da öffnete das Mädchen die Hände, worin es ein Häufchen Humus barg, und sagte: »Ja, ich werde den Menschen Erde bringen. Ich gebe ihnen das, was sie selber aus mir ziehen mögen.«

Mosambik: Die verwischte Fußspur

Zwei Enkelsöhne der alten Uboro standen dicht am Meeresstrand. Nach einer Weile wies der eine auf den Sandboden, wo ihre Fußspuren verliefen.

»Schau«, sagte er, »und schon hat das Meer eine Spur verwischt und für immer ausgelöscht.«

»Nein, die Spur ist niemals weg«, entgegnete jedoch der andere. »Sie wurde nur in Sand und Meer übertragen und in Wellenbewegung umgewandelt.«

Dem widersprach aber wiederum der erste, woraufhin sich ein Streitgespräch entspann, bei dem jeder dem andern die Augen für die größere Wahrheit öffnen wollte. Als sie zu keiner Lösung kamen, einigten sie sich wenigstens darauf, die alte Uboro danach zu befragen.

Die nahm bei der Hütte gerade Fische aus, als sie vor sie traten.

»Wir sahen, wie das Meer eine Fußspur im Sand verwischte«, riefen sie und fragten dann mit ausgebreiteten Händen: »Ist die Spur nun für immer weg oder ist sie noch da?«

Uboro legte ihr Messer beiseite, trat näher und gab dann beiden blitzschnell einen kräftigen Wangenstreich. Die Geschlagenen wichen zurück und blickten völlig verwirrt.

Da breitete Uboro die Hände aus und sagte: »Ist der Schreck nun weg oder ist er noch da?«

Malawi: Ein kleiner Fisch

Als ein Missionar seine Predigt vor den Eingeborenen mit einer Heiligengeschichte und einem Segensspruch beendet hatte und sich auf sein Boot am See zurückzog, trat ein junger Schwarzer zu ihm und sagte mit finsterer Miene:

»Unsere Weiber und Kinder magst du mit süßen Geschichten von Heiligen zu deinem Glauben locken. Mich aber, weißer Mann, verschone damit! Wenn du mich überzeugen willst und wenn ich dir trauen soll, dann erzähle von dir aus deinem Leben und nicht von Toten aus einem Buch.«

»Eines Tages wirst du verstehen«, erwiderte der Missionar und wog dazu die Heilige Schrift in seinen Händen. »Dieses Buch ist reicher als dieser große See hier. Jeder kann darin tauchen und fischen und überall Nahrung finden für die Seele. Unsere Heiligen sind das Beste und Größte, was ich dir bieten kann. Wozu sollte ich von mir erzählen? Ich bin nur ein kleiner Fisch.«

»Ja«, sprach darauf der Schwarze, »aber verstehst du auch mich eines Tages? Denn ich koste lieber einen kleinen Fisch, wenn der See, worin er lebt, vielleicht vergiftet ist.«

Sambia: Der alte Geier

Auf seinem Schlafplatz, einem ausgeblichenen Baumskelett, ruhte ein alter Geier. Seit Monaten herrschte in der Savanne ungewöhnliche Trockenheit, dass sogar seine Artverwandten großteils fortgeflogen waren. Die Sonne hatte das Grasland erbarmungslos verbrannt. Den alten Geier allerdings störte dies nicht. Er hatte ungezählte Jahre hindurch das Anschwellen und Austrocknen der Wasserlöcher, das Kommen und Gehen der großen Herden erlebt. Selbst in der ärgsten Dürre war ihm immer ein Brocken Fleisch zuteil geworden oder zumindest der Schluck aus einer Lache geronnenen Blutes. Zwar schwanden auch ihm die Muskeln im Alter und bei jeder Rauferei am Aasplatz büßte er Schwungfedern ein, doch eine Fähigkeit wuchs mit der Reife – seine Geduld.

»Ja, die Geduld«, dachte der alte Geier, »sie ist meine Stärke.«

Sicher waren die jungen Emporkömmlinge seiner Art, die ihm sein Jagdgebiet streitig machten, jetzt in der Mittagshitze längst wieder unterwegs, vergeudeten ihre Kräfte durch sinnloses Geflatter und hielten Ausschau nach totem Kleinvieh. Nur weil der Regen ein wenig länger ausblieb als sonst, balgten sie sich gleich um minderwertige Beute.

Der alte Geier schloss noch einmal die Augen im Schatten seines Gefieders. Er hatte Zeit.

Als er schließlich erwachte, reckte er seinen langen Hals prüfend in die Luft, blinzelte zufrieden in die sinkende Sonne, breitete alsdann seine mächtigen, zerzausten Schwingen, schüttelte gemächlich den Staub von ihnen ab und hob sich mit wenigen gravitätischen Flügelschlägen auf in die Höhe. Wenn er jetzt emporstieg, dann aus Gewohnheit, wie jeden Tag sein Revier abzufliegen, und nicht etwa, weil der Hunger ihn trieb. Den Heißhunger und die Beutegier der Jugend hatte er sich ohnehin schon lange abgewöhnt und durch duldsames Fasten ersetzt.

Der alte Geier kreiste in mittlerer Höhe, damit er den jüngeren, die sich von der warmen Luft unnötig weit nach oben tragen ließen, zuvorkam bei lohnenswerten Kadavern. Überhaupt vermied er jede überflüssige Regung, jeden Laut, jedes sonstige Zeichen seiner Anwesenheit. Die Konkurrenz war stark, doch er beherrschte die Kunst des unauffälligen, wachsamen Wartens.

Am Grund erspähte er bald eine verendende Maus und würdigte sie keines weiteren Blickes. Sie lohnte der Mühe nicht.

Endlich gelangte er zu dem Felsen an der Grenze seines Reviers. Die Dämmerung brach herein, weshalb er die Flughöhe senkte und eben zum Schlafbaum umzukehren gedachte, als er auf einer vorgelagerten Steinplatte die Gestalt eines Tieres wahrnahm. Tatsächlich, genau an der Felskante lag ein Vogel mit geknicktem Flügel. Der alte Geier näherte sich, umkreiste den Fund und erkannte überrascht, aber nicht erschrocken, einen blutjungen Artgenossen.

»Diese uneinsichtige Jugend«, dachte der alte Geier.

Höchstwahrscheinlich hatte der junge Geier seine Unerfahrenheit und Ungeduld mit dem Leben bezahlt. Er war wohl mittags bereits aufgestiegen in der Angst, später nichts mehr zu fressen zu finden, hatte aufgrund der Hitze geschwächelt und war dann beim unsicheren Anflug zum Rastplatz gegen den Felsvorsprung geprallt. Wie dem auch sei, der alte Geier landete neben dem Leichnam und dankte der Sonne fürs Abendmahl.

Plötzlich warf jedoch das vermeintliche Aas blitzschnell den Kopf herum und rammte seinen spitzen Hakenschnabel dem Alten ins Auge. Der krächzte auf vor Schmerz und geriet ins Wanken. Er hörte es rauschen über seinem Haupt und sah verschwommen, wie weitere Geier hinter dem Felsen hervorschossen und andere vom Himmel stießen. Binnen Augenblicken kamen sie in Scharen über ihn her, schlugen ihm keifend ihre Krallen ins Fleisch, zerhackten, zerfetzten ihn bei lebendigem Leibe und verschlangen ihn samt Haut und Knochen.

Simbabwe: Die Weber in der Schirmakazie

Eine Kolonie von Webervögeln besiedelte die breite, ausladende Baumkrone einer Schirmakazie. Seit Generationen lebten die Vögel schon hier beisammen und jedes von den hunderten Pärchen hütete ein ganz bestimmtes Plätzchen des Baumes als sein Eigen, ein paar Zweige, woran sie ihr Nest aus Gras geflochten hatten und was die Familien immer weiter an ihren Nachwuchs vererbten.

Zunächst machte es auch den Anschein, als lebten all die Vogelfamilien in friedlicher Eintracht nebeneinander, doch war das nicht so. Da die Akazienkrone nämlich kuppelartig wie ein gewölbter Schirm geformt war, ergab es sich zwangsläufig, dass oben an den luftigsten und sonnigsten Kronenplätzen nur wenige Vögel residieren konnten. In der Mitte des Baumes wohnten schon mehr, doch die meisten mussten auf den untersten Ästen unterkommen. Und diese niedrigste Wohnstufe war zudem der dreckigste Bereich des Baumes, denn alle Webervögel entsorgten ihre Abfälle und Ausscheidungen der Einfachheit halber gleich vor dem Nesteingang. Alte Speisereste, verrottendes Nistmaterial und vor allem der ganze Vogelkot der Insassen der oberen Kronenklasse flog also stets geradewegs aus den dortigen Nestern heraus auf die Behausungen darunter – sehr zum Ärger der Angehörigen der Mittelklasse natürlich, doch fanden sie wenigstens noch Genugtuung darin, ihren eigenen Müll und Kot auf die Dächer und Vögel der Unterklasse herabregnen zu lassen, die ihrerseits den Frust darüber aber nicht an andere weitergeben konnten, da unter ihnen ja niemand mehr nistete.

Tatsächlich fand man also nur wenige saubere Nester und gepflegte Vögel mit glänzendem Gefieder in dem Baum und diese ausschließlich an den erstklassigen Sonnenplätzen der Baumspitze. Dagegen hausten an den dunkleren Schattenplätzen des Baumes nur ganz armselige, zerzauste Schmutzfinken in üblen Notunterkünften.

Verständlicherweise wollten diesen Zustand am ehesten die Vögel der dritten Klasse ändern. Ab und an flatterten auch ein paar Aufmüpfige zusammen nach oben über den Baum, um sich bei den Kronenbewohnern zu beschweren oder gar um sich heimlich einmal genau über deren schönen Grasnestern zu erleichtern. Doch diese Proteste bewirkten keine wirkliche Veränderung, sie befriedigten bloß ein paar Rachegelüste und sorgten kurzzeitig für etwas Geschrei. Im Allgemeinen war aber die Mehrzahl der Unterklasse auch friedlich gesinnt und hoffte nur auf bessere Zeiten.

Und siehe, da geschah es dann eines Morgens nach vielen, vielen Generationen, dass sich ein Tautröpfchen an einem der Nester verfing und die steigende Sonne derart hindurchschien, dass der Tau ihre Strahlen bündelte, dass sich hinter ihm das trockene Gras langsam aufheizte, dass plötzlich ein Rauchfähnchen aufstieg und schließlich ein Feuer entbrannte. Einmal entzündet, fraß es sich rasend schnell durch die Nester. Im Nu stand der ganze Baum in Flammen. Der ganze Vogelstaat war in Aufruhr und Panik. Tausende Vögel schossen kreischend aus ihren Nestern, umschwirrten zeternd die brennende Akazie und klagten um jene, die der Feuersbrunst zum Opfer fielen. Der Baum brannte völlig nieder, alle Nester waren zerstört.

Die Vögel schlossen sich nun als Schwarm zusammen, viele trauerten noch zutiefst, doch nach und nach wurden Stimmen laut, die von der großen Umwälzung und Veränderung sprachen, wonach man sich doch seit jeher gesehnt hatte. Immer mehr Vögel stimmten dem zu und bald war fast der ganze Schwarm beflügelt von der Chance, neu anzufangen. Unter lautem Gezeter flog er zur nächsten Schirmakazie. Dort angekommen, gab es jedoch sogleich heftige Rangeleien um die Nistplätze an der Spitze der Krone, dann erst um jene in der Baummitte und zuletzt um die Plätze ganz unten. Am Ende der großen Neuverteilung hatten sich die Ränge einzelner Familien zwar etwas verschoben, doch dem Baum obenauf saßen nach wie vor nur wenige Begünstigte, während die breite Masse von unten den Unrat der Oberen über sich ergehen lassen musste.

Botsuana: Die Einladung

Eine Krankenschwester, die viel für das Wohl der südafrikanischen Urbevölkerung getan hatte, wurde über einen vermittelnden Dolmetscher eingeladen, mit Buschmännern durch die Kalahari- wüste zu wandern. Nach einem Begrüßungszeremoniell in einer Siedlung am Rande der Wüste brach man auf. Der Dolmetscher blieb allerdings bei den Hütten zurück.

»Wohin gehen wir heute?«, wandte sich die Frau an den Ältesten der Buschmänner.

Der murmelte aber nur unverständliche Worte in seiner Mutter- sprache. Die Frau reihte sich den Wandernden ein und hoffte, bald eine Schlange oder eine seltene Blüte von ihren Gastgebern gezeigt zu bekommen. Doch nichts dergleichen geschah. Niemand redete mit ihr. Alle marschierten schweigsam durch die eintönige Land- schaft. Das Nachtlager wurde zwischen vertrockneten Gras- büscheln an einer Stelle aufgeschlagen, die sich um nichts von der Umgebung abhob.

Am nächsten Morgen fragte die Krankenschwester den Ältesten: »Zeigt ihr mir heute die Vielfalt eurer Heimat?«

Wieder lächelte er bloß und wieder liefen sie daraufhin ohne zu sprechen den ganzen Tag in sengender Hitze durch die Einöde. Abends fragte sich die Frau, wie lange das wohl noch so fortgehen sollte. Als auch der nächste Tag ereignislos verging, bereute sie, der Einladung gefolgt zu sein, und war heilfroh, als man vor Son- nenuntergang zurück zu den Hütten der Siedlung gelangte. Der Dolmetscher empfing den Ältesten, wonach sie beide zu der Frau traten.

»Sind Sie jetzt bereit?«, fragte der Dolmetscher.

»Ja, wir können abfahren«, antwortete sie und verbarg ihre Enttäuschung.

»Nein«, sagte er jedoch, »ich frage, ob Sie bereit sind für die Wüste?«

»Wie meinen Sie das?«

»Nun, der Älteste bedankt sich bei Ihnen«, erklärte der Dolmetscher. »Sie haben der Gruppe in den letzten Tagen den Weg der Verwunderung, den Weg der Ungeduld und den Weg des Zweifels gezeigt. Jetzt aber möchte die Gruppe nicht länger geführt werden, sondern führen. Morgen will man Ihnen die Wüste zeigen.«

Namibia: Die Robbe sehen

An der Küste spazierten ein Mann und eine Frau, die ein Baby auf dem Arm trug. Auf einmal zeigte der Mann aufs Meer und alle drei, auch das Baby, erblickten dort eine Robbe, die pfeilschnell aus den Wellen hervorschoss, kurz wieder untertauchte, dann wieder heraussprang und so fort.

Der Mann und die Frau mit dem Baby waren stehen geblieben. Plötzlich stieß aber hinter der Robbe ein Hai aus den Fluten hervor. Die Robbe floh im Zickzack auf die Felsküste zu, doch der Hai, beträchtlich größer als die Robbe, war genauso wendig wie sie und viel schneller. Jeden Moment musste er sie eingeholt haben. Gebannt schauten die Menschen der Verfolgungsjagd zu. Genau vor den Uferfelsen machte die Robbe einen letzten Satz aus dem Wasser, der Hai hinterher, sein Maul schnappte zu und – verfehlte um ein Haar die Beute. Die Robbe landete auf dem Fels, der Hai stürzte zurück ins Wasser und tauchte ab.

Der Frau entfuhr unwillkürlich ein Ruf des Erstaunens. »Ein Glück!«, rief sie aus, doch genau gleichzeitig rief der Mann ebenso laut und ergriffen: »So ein Pech!«

Da blickten sich die beiden ganz verwundert an. Das Baby aber auf dem Arm der Frau, das den Vorgang ebenso mit angesehen hatte, schaute nach wie vor still auf das Meer hinaus und gähnte.

Angola: An mageren Tagen

Erfolglos und hungrig kam ein Jäger nach Hause. Lange hatte er schon kein Tier mehr erlegt. Als er in seine Hütte trat, erkannte er freudig, dass seine Frau einen Kessel duftender Fleischbrühe zubereitet hatte.

»Setz dich und lass es dir munden«, empfing sie ihn. »Siehst etwas abgemagert aus, wenn du mich fragst.«

Also begann der Jäger, die Brühe zu löffeln, und murmelte: »Verstehst du das? Spuren gibt's überall, aber nirgendwo Wild.«

»Spuren lenken auch weg«, erwiderte sie. »Vielleicht denkst du zu verbissen an die große Keule da draußen.«

»Was hast du denn hier Feines gekocht? Und woher hast du das Fleisch?«, fragte der Jäger schmatzend. »Schmeckt eigen, aber nicht übel.«

»Ich dachte mir«, schmunzelte seine Frau, »auch ein Großwildjäger wie du sollte sich an mageren Tagen an einer guten Maus aus seiner eigenen Vorratskammer erlaben dürfen.«

Demokratische Republik Kongo: Kleine und große Menschen

In Zentralafrika durchstreifen kleinwüchsige Wildbeuter die Regenwälder. Die anderen Afrikaner überragen diese manchmal als Pygmäen bezeichneten Menschen in der Regel um mehr als Kopfeslänge, und manch einer sieht wohl geringschätzig auf sie herab als beschränkte Kindermenschen, weshalb sie viel über ihre Kleinheit

und über Kinder nachgedacht haben. Ein Ausspruch eines Stammes vom Iturifluss lautet sinngemäß:
Der Erwachsene ist groß. Das Kind ist klein. Der Erwachsene meint darum, er sähe mehr als das Kind. Doch wenn der Erwachsene einen Pfeil sieht, dann sieht er eine Waffe. Das Kind aber sieht einen Wühlstock, eine Haarnadel, einen Zahnstocher, eine Termitenangel oder einen Trommelschläger. Wer von beiden, der Große oder der Kleine, sieht also mehr? Und wer von beiden ist eigentlich oft der Beschränktere?

Republik Kongo: Kieselsteine vom Kongo

Der alte Lord Grey erzählte seinen Enkeln diese Geschichte vom jungen Lord Grey: »Eines Tages vor vielen Jahren als ich die endlosen Bevormundungen meiner Eltern gehörig satt hatte, bestieg ich kurz entschlossen ein Schiff und reiste nach Afrika. Niemand konnte das verstehen. Mein Vater, euer Urgroßvater, erklärte mich für verrückt. Aber ich brauchte Luft, brauchte Abstand von all dem verstaubten Adelskram zu Hause. Dann bring uns wenigstens ein paar angemessene, exotische Souvenirs mit, sagte meine Mutter dazu, als sie merkte, dass ich nicht davon abzubringen war. Als ich schließlich nach Monaten zurück vom Kongo kam, empfingen mich alle mit großen Erwartungen. Umringt von der Familie fragte jeder, was ich denn mitgebracht hätte. Also zog ich aus der Brusttasche einige Kieselsteine hervor – genau so hier – und sagte, sie seien mein einziges Mitbringsel. Ich fand sie in der Sonne glitzernd am Ufer des Kongo. In meinem Reisekoffer hatte ich noch mehr. Euer Urgroßvater machte daraufhin das längste Gesicht von allen. Du reist ans Ende der Welt, fragte er, und bringst nichts als gewöhnliche Steine mit heim, die du von unseren Gartenwegen hättest auflesen können? Du bist und bleibst ein Tor, schimpfte er. Darauf musste ich lachen. Und weil man mich

fragte, was denn an jenen Kieseln so besonders sei, entgegnete ich:
Ist es denn nicht außergewöhnlich, wenn einer das Gewöhnliche
wieder tragen und sogar liebhaben kann?«

Gabun: Die Eile, die Weile und die schöne Blume

Eines Abends folgte die Weile einem stillen Waldweg, als plötzlich
die Eile sie überholte.

»Hallo!«, grüßte die Weile und blieb stehen.

»Ja, hallo«, rief die Eile, »aber ich muss weiter. Da vorn auf dem
Berg blüht eine schöne Blume – aber nur, solange die Sonne noch
scheint.« Und schon war sie vorüber.

Da beugte sich die Weile zum Waldboden und richtete vorsichtig
ein weißes Blümchen wieder auf, das die Eile niedergetreten hatte.

São Tomé und Príncipe: Die Gemeinsamkeit

Drei Reisende erreichten einen Aussichtshügel.

»Prächtig«, rief der erste, »wie diese Palmen in den Himmel ragen!«
Die anderen beiden schritten jedoch unbeeindruckt weiter.

Vor der Festungsanlage fragte der zweite: »Sind diese alten Stein-
mauern nicht imposant?«

Seine Begleiter aber hatten keine Augen dafür. Nun kam eine
junge Frau des Weges.

»Kommt!«, schlug der dritte vor. »Wir laden sie ein für heute
Abend.«

Diesmal zeigten die ersten beiden kein Interesse.

Als sie schließlich wieder hinuntergingen, sahen sie alle drei enttäuscht vor sich hin und dachten jeder für sich: »Warum reise ich
überhaupt mit diesen zwei Blinden, die das Schöne nicht sehen? Ich
habe ja doch nichts mit denen gemein.«

Äquatorialguinea: Durch die Schlingranken

Zwei Frauen überquerten ein Brachfeld, das mit Stachelpflanzen und Schlingranken zugewachsen war. Die eine Frau ging unverdrossen zu, die andere blieb jedoch alle paar Schritte stehen, um verärgert die hängen gebliebenen Pflanzenteile vom Kleid zu entfernen. Am Ende des Feldes hielt auch die erste Frau an und las alle Ranken auf einmal von ihren Sachen ab. Die zweite Frau stand schimpfend daneben und beklagte die Kratzer auf ihrer Haut.

»Wie schaffst du das nur die ganze Zeit, dich nicht aufzuregen?«, fragte sie. »Das wäre mir viel zu anstrengend.«

Darauf sagte die erste Frau: »Wie schaffst du das nur, dich immerfort aufzuregen und um Schlingranken zu mühen? Das wäre mir viel zu anstrengend.«

Kamerun: Am roten Flammenbusch

Gestern, Heute und Morgen blieben einmal zusammen vor einem flammend rot blühenden Busch stehen, den viele Bienen umsummten.

»Seht!«, rief Heute. »Die Bienen nutzen den Tag und der Busch scheint sie reich zu belohnen.«

»Bald wird es besten Honig geben«, bemerkte Morgen.

»Aber hütet euch!«, warnte Gestern. »Geht nicht zu nah heran. Mich hat schon einmal eine Biene gestochen.«

Just in diesem Augenblick kam auch noch Jetzt, die kleine Tochter des Heute, vorüber.

»Hallo«, riefen die drei ihr zu, »was sagst du denn zu dem roten Busch hier?«

Jetzt aber war gleich an ihnen vorbei zu dem Busch gegangen, hatte sich vorgebeugt und sog mit der Nase den Duft einer flammend roten Blüte ein.

Dann öffnete sie die Augen wieder und fragte lächelnd: »Habt ihr gerade etwas zu mir gesagt?«

Zentralafrikanische Republik: Sehnsucht eines Altgewordenen

Ein alter Mann zog sich in eine Felsenhöhle zurück. Vor seinen Angehörigen hatte er kein Hehl daraus gemacht, sterben zu wollen, und kurz vor seinem Ende besuchte ihn eine Enkelin, die diesen Wunsch nicht verstand. Sie trachtete, ihn zu überreden, wieder mehr am Leben teilzunehmen und wie früher irgendeiner Sehnsucht zu folgen.

Darauf sagte ihr Großvater: »Hast du dies einmal bedacht, mein Schatz? Vielleicht wäre mein Leid, am Leben bleiben zu müssen, größer als deines, mich sterben zu sehen. Außerdem folgen wir Altgewordenen unserer innersten Sehnsucht, auch wenn es nicht den Anschein hat. Lass es mich so erklären: Nimm einmal dein Messer zur Hand und fahre damit deinen Körper auf und ab. Berühre jede Stelle, wohin es dich zieht, mit der Spitze und verweile, solange es dir beliebt. Wenn du diese Übung lange befolgst, ermüdest du. Vielleicht raffst du dich ein letztes Mal auf und wanderst mit dem Messer bis hinab zum rechten Fuß, weil du da noch nicht gewesen bist. Aber wenn du dort ankommst, siehst du auch nichts großartig anderes als am linken Fuß, wo du bereits warst. Wozu also weiterspielen? Du hast längst erkannt, dass es ausreicht, einige und nicht alle Punkte anzusteuern. Und genauso ergeht es mir. Ich bin müde vom Spielen und Wandern. Es reicht. Ich habe genug gesehen. Ich habe – wie du mit dem Messer deinen Körper – mit dem Wanderstab meine Heimat erkundet. Jetzt aber hat die Oberfläche ihren Reiz für mich verloren. Vielmehr lockt mich die Tiefe, weshalb mich mein Stab in diese Höhle führte. Wenn du nun deinen Körper so viele Monde wie ich meine Heimat abgemessen hättest, wäre es dann keine Erlösung für dich, dir die Klinge endlich ins Herz zu senken?«

Tschad: Der Brunnen

Unweit der Felsen von Tibesti, gleich neben einem uralten, ausgetrockneten Brunnen, stieg ein junger Viehhirt von seinem müden Kamel und schlug das Nachtlager auf. Er genehmigte sich einen Schluck aus dem Wasserschlauch, gab seinem erschöpften Lasttier etwas Trockenfutter und breitete auf dem steinigen Untergrund seinen Gebetsteppich aus, der zugleich auch seine Decke und in Wahrheit ein zusammengeflicktes Ziegenfell war. Der Hirte kniete darauf nieder, wusch seine Hände, blickte rückwärts nach Westen, woher er gekommen war, und reckte drohend die Faust gegen den Abendstern am Himmel. Dann wandte er sich ostwärts, sah hinweg über die Mauerreste des Brunnens und betete laut und inbrünstig:
»Gott ist groß! Allmächtiger Herr, wie bist du unergründlich! Du wirst wissen, warum du meinem Peiniger, diesem falschen Ziegenbart, all den Gewinn und mir die Fußtritte und den leeren Geldsack zugeteilt hast. Du wirst wissen, warum du mich vertrauensselig diesem Beutelschneider von einem Händler hast glauben lassen. O du wirst wissen, warum du mich dieses hinterlistige Schriftstück hast mit Kreuzen unterschreiben lassen, obwohl ich es nicht lesen konnte! Doch was sag ich meinem Weib daheim? Wovon sollen wir jetzt leben? Die Ziegen sind fort, das Geld ist fort! O barmherziger Gott, erteile mir deine Lehren, doch lass mich nicht daran verzweifeln!«
Der junge Mann warf einen bekümmerten Blick auf sein ruhendes Kamel und fuhr fort:
»O Allwissender, sage mir, bin ich gar selbst ein unwissendes Kamel? Bin ich ein Mensch, ein Vieh treibender Wüstensohn oder bin ich das Vieh, das nur getrieben wird von anderen? Sieh doch!

Sieh es dir an, mein altes, treues Tier, wie es friedvoll sein Futter frisst, wie es nichts von unserem Unglück ahnt, wie es ruhig schlafen wird und morgen weiterzieht, als wäre nichts geschehen! Es weiß nichts von Handel und Tausch, von Geld und Schwindel. Es ist dumm, doch bin ich darum klüger? Ich war es doch, der auf den Betrug hereingefallen ist. O könnte ich lesen! O könnte ich schreiben!«

Diese Klagen und Wünsche nahmen lange kein Ende, doch sie verebbten schließlich, weil mehr und mehr Sterne am Himmel erschienen und der Hirte sie für tröstende Lichter hielt, für bannende Verkünder einer stillen, überseligen Macht, die ihn sanft und bezwingend des weltlichen Kummers enthob. Endlich schloss er die Augen und bettete sich auf sein Lager.

Tief nachts erwachte er von einem Eulenschrei. Kein Stern war mehr sichtbar. Wolken, die ein kühler Wind langsam vor sich her schob, verdeckten den Himmel. Der Hirte fror und schmiegte sich enger an sein Kamel. Bevor er jedoch wieder eingeschlafen war, weckte ihn erneut die Eule unsanft aus dem Schlummer. Diesmal schrie sie lauter und durchdringender.

»Fang Mäuse!«, rief der Hirte schläfrig.

Die große Eule flog aber heran und landete auf dem eingefallenen Brunnenrand. So griff der Hirte zu einem Steinchen und warf es hinüber. Als die Eule unbeeindruckt sitzen blieb, stand er auf, um sie wegzuscheuchen, doch erst nachdem er sich ihren gelben Augen näherte, flatterte sie lautlos über dem Brunnen empor, umkreiste ihn und stieß plötzlich zielsicher und kerzengerade hinab in den Schacht. Verwundert trat der Hirte an den Brunnen, rieb sich den Schlafsand hinfort und blickte über den Rand des Mauerwerks in die gähnende Schwärze. Nichts war zu sehen, weder Eule noch Grund. Also nahm er einen zweiten Stein, diesmal einen faustgroßen, von der bröckligen Mauer, und ließ ihn mit ausgestrecktem Arm über dem Abgrund fallen. Schnell beugte er seinen Oberkörper vor und horchte hinab. Es war jedoch nichts zu hören, kein

Aufschlag am Boden, kein Prallen gegen die Wände. Wie ging das zu? Den Hirten überlief eine Gänsehaut. Er war jedoch kein Hasenfuß, sondern ein wackerer Bursche, der sich einer spaßigen Wette wegen auch schon mit Hyänen gebalgt hatte. So holte er rasch bei seinem Kamel ein Bündel trockenes Gras, drückte es in der Faust zu einer dichten Kugel und entzündete diese am Brunnen mit seinem Feuerzeug. Als sie leuchtend in Flammen aufging, warf er sie ebenso in den Schacht und spähte ihr nach. Das Einzige, was er in dem bald verlöschenden Schimmer deutlich erkannte, war ein mannshohes Loch in der Brunnenwand gleich unterhalb des eingebrochenen Randes. Dort hinein musste die Eule verschwunden sein.

Im Nu hatte der junge Hirte Kerze mit Docht, Wassersack und Feuerzeug beisammen, eben was man an Ausrüstung für eine kleine Expedition benötigte. Mit sicheren Griffen schwang er sich auf die Brüstung, scheute sich nicht, nur an Mauerritzen sich haltend, die eine Manneslänge in den grundlosen Schlund hinabzusteigen und gelangte in Kürze auf den festen Boden der Aushöhlung. Hier brannte er seine Kerze an und fand sich erstaunlicherweise am Beginn eines abwärts führenden, von allerhand Spinnweben behangenen, doch offenbar trittfesten Höhlenganges. Nach einigen Schritten, wo er bereits auf ein blindes Ende zu stoßen meinte, versperrte ihm unvermittelt eine hölzerne Pforte den Weg. So eingestaubt sie auch war, es standen doch deutlich erkennbar zwei für ihn unverständliche Schriftzeilen daran.

»Was verbirgt sich dahinter?«, dachte er. »Ein Flüchtlingsversteck? Eine alte Schatzkammer von Grabräubern? O Herr, oder ist das wieder eine von deinen unerfindlichen Lebenslehren? Bitte steh mir bei, auch wenn ich der Versuchung erlegen bin!«

Damit stieß er die unverschlossene, knarrende Pforte auf. Durch den Luftzug erlosch die Kerze, doch er bedurfte ihrer nicht weiter. Wie verblüfft war er, in ein gewaltiges unterirdisches Bogengewölbe einzutreten, dessen Deckenkuppeln und dessen steinerne, mit

Fresken umrahmte Stützpfeiler über und über mit unzählbaren grünlich schillernden Glühwürmchen bedeckt waren, die nicht nur diesen Raum fast taghell illuminierten, sondern gleichfalls dutzende Gänge, Wendeltreppen und Gemächer, die von diesem Ursprung aus in allen erdenklichen Richtungen abzweigten! Träumte er etwa? Der Hirte kniff sich in die Wange. Was war das für ein Königreich? Wie von Sinnen stürzte er durch die Zimmer und Stuben, durch die Säle, Korridore und Hallen. Eine jede war erleuchtet, eine jede offen erreichbar, und so verwirrend mannigfaltig ihr jeweiliges Inventar erschien, so erkannte er doch sogleich eine in sich abgestimmte Ordnung in der Ausstattung.

Über eine Holztreppe, die einer geschnitzten Flöte glich, gelangte er in ein Kabinett voller Glasvitrinen, in denen auf samtenen Tüchern musikalische Gerätschaften verschiedenster Musterung und Herkunft ausgestellt waren, von der einfachen Hirtenflöte über Schalmei und Rassel, Leier und Buschtrommel bis hin zu langen Blasrohrensembles und riesenhaften Orgelpfeifen. Von jeher hatten ihn Lieder und Klänge beglückt. Mit Tanz und Gesang hatte er gelegentlich sein Weib verzaubert, weshalb er sich entschloss, fürs Erste in diesem Raum, der offenbar ganz der Musik gewidmet war, zu bleiben und sich dem Harfenspiel zu widmen. Während er im Folgenden dieses Instrument erlernte, ging ihm das Zeitgefühl verloren. Ihm schien, er hätte Ewigkeiten Zeit für sich und brächte Jahre als Jünger der Harfe zu, und dennoch alterte er nicht einen Augenblick. Als er glaubte, einen ausreichenden Grad an Können im Spiel der Saiten erreicht zu haben, packte ihn die Neugierde aufs Unbekannte. Er strich ein letztes Mal mit den Fingerspitzen eine versiegende Melodie, lauschte, wie sie fern und ferner in unendlich verwinkelten Grüften sich verselbstständigte, wie Hall und Widerhall endlich leise erstarben, dann stand er auf aus dem Schneidersitz, legte die Harfe beiseite und sah just in diesem Moment auf einem Mauersims im Nachbarsaal seine Freundin, die Eule, sitzen.

Durch einen Blättervorhang betrat er ein mit gemalten Tieren
verziertes Museum. In Nischen und Ausstellungskästen, auf Kan-
zeln und Sockeln standen zahllose ausgestopfte und mumifizierte
Tiere zur Schau, vom Nashornkäfer bis zum Strauß, vom Gecko bis
zum Löwen, vom Skorpion bis zum Waran. Überall prangten Knochen und Skelette, Krallen und Zähne, Felle und Geweihe an
Wänden und auf Söllern. Es war ein uferloses Sammelsurium an
jedwedem tierischen Material und Produkt. An einem von pur-
purnen Prunkwinden umrankten Springbrunnen in der Mitte
überwältigte den Hirten die Schönheit lebender Wasserschnecken
und ihrer bunten Gehäuse, sodass er monatelang verzückt daran
sitzen blieb und deren Anmut genoss. Er hatte alle Zeit der Welt
zum Betrachten und Träumen, zum Fragen und Staunen, zum
Forschen und Begreifen. Er lernte allerlei Besonderheiten über
Angriffs- und Abwehrverhalten, über Wachstum und Paarung bei
Schnecken kennen, die nie ein Mensch zuvor beobachtet hatte,
doch letztendlich trieb ihn sein Geisteshunger auch von hier wieder
fort.

Um seine Ausdehnung im Gesamten abzuschätzen, durchstreifte
er nun zügiger und mehr oberflächlich das gekammerte Netzwerk.
Unter anderem besah er Kellergewölbe, in denen auf Altären auf-
präparierte Mumien seine medizinische Inspektion erwarteten, er
bestaunte kuppelförmige Zeltdächer, die Legionen von Sternen
samt ihrer Namen in exakter Position verzeichneten, und er durch-
wandelte unermessliche Ahnenhallen, in denen die Abstammungs-
linien aller Erdenvölker in Bildgalerien festgehalten waren. Dieses
Höhlenreich dehnte sich ins Unendliche aus. Er fand hier alles in
Hülle und Fülle, wonach sein Geist sich jemals gesehnt hatte, es
eingehender beschauen und besser verstehen zu können. So zog er,
wie es ihm vorkam, wohl jahrelang durch hunderte Geisteshallen,
als eines Tages ein Paar von Goldvögeln singend über sein Haupt
hinwegzog und ihn daran gemahnte, die Vogelstimmen zu erlernen.
Leise lauschend, die Gesänge seiner geliebten Freunde bald

entschlüsselnd und täuschend echt imitierend, verbrachte er munter und froh die nächste Zeit in einer bewaldeten Riesenvoliere, bis auch diese Leidenschaft verglühte.

Da erinnerte er sich, nicht nur die Sprache der Vögel, sondern ebenso und eigentlich dringender die Sprache der Menschen verstehen zu wollen. Das Tierreich ließ er somit hinter sich und vertauschte es mit einer Bibliothek. Mühsam, doch mit erfülltem Eifer eignete er sich dort erst an einfachsten Kinderliedern, später an Koranauszügen die Schreibschrift seiner Muttersprache an. Es war äußerst schwierig, sich ohne gelehrte Hilfe die Kunst des Lesens und Schreibens beizubringen, doch hatte ihm bereits als Knabe sein Vater die notwendigsten Grundlagen dazu vermittelt. Sie waren danach nur wie die Grundmauern eines unfertigen Hauses durch die Stürme der Jugend mit Sand zugeweht worden, und so legte er sie nun wieder frei, um den einst begonnenen Bau zu vollenden.

Einmal stieß er beim Durchsuchen der Regale nach alten Liedern zwischen Papyrusrollen auf ein ihm bekanntes Blatt Papier, und als er es umwendete, lachte er auf, denn er las hier erstmals richtig den gefälschten Tauschvertrag des Ziegenhändlers, mit dessen Unterzeichnung er sich einst selbst übers Ohr gehauen hatte. Alsbald kannte sich der ehemals ungebildete Hirte bestens aus mit allen Erlassen und Gesetzen seiner Heimat, mit allen Suren der Heiligen Schrift und mit berühmten orientalischen Dichtungen.

Die Bibliothek vom Ausmaß eines ganzen Stadtviertels war das Reich, in dem er am längsten wohnte, in dem er auch erstmals die Gewissheit, abertausende andere wertvolle Räume niemals aufsuchen zu können, mit Gelassenheit hinnahm, und in dem er sogar – anfangs selten, später regelmäßig – das Gefühl der Völle verspürte, der Sättigung, der Erschöpfung und des Genughabens vom Wissen und Entdecken. Er wollte dann nicht mehr lesen, lernen, suchen, erhellen oder enträtseln.

Ihm war ganz schwindlig davon. Sein Kopf war schwer, sein Gang war träge und er sehnte sich immer öfter nach Entlastung und Entleerung, nach seiner Familie, nach einer Aussicht und vor allem nach Ruhe und Schlaf unter freiem Himmel.

Der Mann fand jedoch alles, nur keinen Ausgang. Im Gewirr der Wege und Kreuzungen hing er fest und wusste den Rückweg schon lange nicht mehr. Den Zauber der Unterwelt kaum noch schätzend, drang er tiefer und tiefer ein ins Labyrinth, durchquerte die Räumlichkeiten jetzt weniger um darin zu rasten als vielmehr um sie hinter sich zu bringen. Statt verlockenden Badeseen der Erkenntnis sah er in ihnen nur noch flache, zu durchwatende Tümpel, die einem ohnehin nicht erklärten, woher ihr Inhalt und Reichtum überhaupt kam. Da sein Kopf mittlerweile unablässig schmerzte, da sein angestautes Wissen seine fiebrige Stirn bisweilen aufzusprengen drohte, glaubte er lange, nichts Neues mehr wissentlich aufnehmen zu können. Nach langer fruchtloser Suche eines Ausweges gestand er sich jedoch ein, dass, wenn er schon verdammt war, auf ewig unter Tage zu schmoren, er wenigstens dieses Eine noch erfahren müsse: Was war der Ursprung dieses Brunnens? Dies war die allerletzte Frage, die ihn noch quälte, und ihre Antwort musste er noch in sein übervolles Hirn hineinpressen. Danach mochte es seinetwegen bersten! Jedwede andere Einsicht, jedwede andere geistvolle Raffinesse und Enthüllung war ihm fortan bloß wertlose Scherbe, Bruchstück und Splitter vom Ganzen.

Also: »Wer erzeugte diesen Brunnen? Woher kommst du?«

Er schrie dies mit zurückgeworfenem Kopf durch den Gang und sah daraufhin gleich über sich an der niedrigen Höhlendecke eine zweizeilige Inschrift auf Tierleder, worin er augenblicklich die gleichen Schriftzeichen von der Holzpforte am äußersten Anbeginn des Brunnensystems erkannte, die er damals noch nicht hatte lesen können. Es stand dort:

Ohne Versäumnis
zum geheimsten Geheimnis

Was bedeutete das? Er stemmte die Arme gegen die Decke, griff ein Tierfell, schlug das Leder zurück und traute kaum seinen Augen. Über seinem Kopf, den er durch das Erdloch steckte, wölbte sich friedlich und klar der ewige Himmel der Nacht. Keine Glühwürmchen, echte Sterne blinkten ihm zu und trunken vor Freude entstieg er der Erde. Noch taumelnd vor Schwäche und in bebenden Zügen die reine Luft inhalierend, sah er den Brunnen, sah er das alte Ziegenfell, seinen Gebetsteppich mit der Inschrift und sah er sein ruhig schlafendes, ahnungsloses Kamel.

Sudan: Von Datteln und Dattelkernen

Ein eifriger junger Derwisch sagte einmal zu seinem Lehrmeister, der soeben Datteln aß: »Ich habe lang genug bei dir gelernt und will nun unsere Lehren unter den Menschen in der Welt verbreiten.«

Sein Lehrmeister entgegnete jedoch: »Gehe zunächst gleich hier an die Straße, um den Leuten deine Lehren zu erteilen. Und bitte verteile an jeden auch diese Dattelkerne.«

Die Worte enttäuschten den Jungen, dennoch hörte er darauf und nahm die losen Dattelkerne mit. Später fragte der Lehrmeister, was aus den Kernen geworden sei.

»Ich warf sie weg«, antwortete der Derwisch. »Niemand wollte sie haben, genauso wie sich niemand belehren lassen wollte.«

»Dann nimm einmal ganze Datteln und bringe sie zum Basar!«

Damit händigte ihm der Lehrmeister einige Früchte aus, woraufhin der Derwisch, wenn auch missmutig, wiederum gehorchte.

Danach vergingen erst viele Monate, bevor der Derwisch erneut seinen Lehrmeister ansprach. Diesmal überreichte er ihm eine Hand voll edelster Datteln als Dank für all die Jahre der Erziehung.

»Ich wollte mich nur von dir verabschieden«, sagte der Derwisch. »Nachher verlasse ich die Stadt. Mein Gepäck ist verschnürt. Es sind lauter Säckchen und Töpfe mit Sämlingen von Dattelpalmen, die ich mir aus einigen Kernen von deinen Früchten zog. Ich eröffne nämlich einen kleinen Handel.«

»Ich sehe, du bist nun so weit«, sagte sein Lehrmeister. »Aber was wird aus deinen Lehren?«

»Die trage ich in mir, wie eine Dattel ihren Kern«, sprach der junge Händler. »Sie jedem Beliebigen gleich zu offenbaren, bringt wenig. Man bleibt nur darauf sitzen, denn bloße, mündliche Lehren interessieren die Menschen so wenig wie blanke, abgekaute Dattelkerne.«

Eritrea: Das Gute erkennen

In einem Kriegsgebiet sprach einmal ein Wanderprediger zu den Bewohnern einer Kleinstadt von der unermesslichen Gutherzigkeit Gottes.

»So übel ihr auch dran seid«, rief er mit erhobenen Händen vor der Menschenmenge, »Gott meint es immer gut mit euch. Stets bewahrt er euch vor noch schlimmeren Katastrophen. Ihr müsst nur das Gute auch erkennen.«

»Du bist unversehrt und hast gut reden«, empörte sich ein junger Mann, der mit grässlich verkrüppelten Beinen nach vorn hinkte. »Was hat denn Gott mit mir Gutes gemeint, als er meine Beine im Krieg entstellte?«

»Du hast wenigstens noch deine Beine«, mahnte der Prediger. »Bedenke, wie schlecht es dir ginge, wenn du mit nur einem Bein umherhumpeln müsstest!«

Da teilte sich der Kreis der Zuhörer und ein einbeiniger Mann hüpfte in die Mitte.

»So sieh mich an«, sagte der. »Ich habe nur ein Bein von den Kämpfen heimgebracht. Was aber hat mir Gott damit Gutes getan?«

»Sieh nicht immer das Bein, das dir fehlt«, entgegnete der Prediger. »Sieh das Bein, das dich trägt! Wie arm wärst du denn ohne Beine dran?«

Er hatte kaum ausgesprochen, da kroch zwischen den Umstehenden tatsächlich ein Mann ohne Beine hervor! Er stützte sich auf beide Hände, sodass die Stümpfe seiner Schenkel über dem Boden wippten, und fragte: »Und was hat Gott dann mit mir Gutes vorgehabt?«

Der Prediger kratzte sich kurzzeitig verlegen am Ohr und blickte nacheinander auf die drei Krüppel, doch dann faltete er plötzlich die Hände und rief:

»Gepriesen sei der Herr! Wie schön, dass du keine Beine mehr hast, gesegneter Sohn! Stell dir nur vor, wie schwer du es hättest, wenn du bis ans Ende deiner Tage wie dein Nebenmann noch zusätzlich zwei nutzlose verkrüppelte Beine mit dir herumschleppen müsstest!«

Dschibuti: Häuser aus Stein

Als Kubota in das Hinterland vom großen Golf kam, bettete er sich mit seinen wenigen Habseligkeiten auf seine Reisedecke und sah hinaus in die Weite. Die Leute vom Dorf oben zogen sich, als nun die Nacht hereinbrach, in ihre Häuser zurück und riefen ihm zu: »Um diese Jahreszeit wird es hier frisch in der Nacht. Wenn du bleiben willst, dann brauchst du ein sicheres Haus.«

Kubota nächtigte aber im Freien. Erst am Morgen flocht er sich eine winzige Überdachung aus Zweigen.

Die Leute sagten dazu: »Der nächste Platzregen macht das zunichte. Du brauchst ein festes Dach aus Stein.«

Bald regnete es auch stark und die Leute liefen in ihre trockenen Steinhäuser. Kubota aber durchlebte eine feuchte Nacht, denn sein Unterschlupf aus Zweigen stürzte zusammen. Danach baute er sich einen kleinen Verschlag aus Holz, doch die Leute warnten ihn wieder.

»Bald braust der nächste Sturm übers Land«, sagten sie. »Nur Häuser aus Stein halten dem stand.«

Kubota schlief jedoch weiter in seinem Holzverschlag. Als dann ein Sturm heraufzog, verrammelten die Dorfleute ihre Türen, verkrochen sich in ihre Häuser und beteten, dass alles gut gehen möge. Kubotas Hüttchen wurde in der Sturmnacht völlig zerstört. In den Tagen darauf baute er schließlich ein Haus aus Stein. Darin verlebte er ein paar ruhige Nächte.

»Endlich hat er Vernunft angenommen«, dachten die Leute.

Wie erstaunten sie aber, als sie ihn eines Abends weit weg von seinem Haus wieder seine Reisedecke auf dem nackten Boden ausrollen sahen.

»Was ist los mit dir? Was machst du da?«, riefen sie von ihren Häusern aus herüber.

»Ich übernachte hier«, rief er zurück.

»Aber du weißt doch, die Nacht wird kühl und du hast schon wieder kein Haus.«

»Und was ist nur los mit euch?«, fragte Kubota. »Ihr habt doch auch keine Häuser. Die Häuser haben ja euch.«

Somalia: Der Schuhanzieher

In einem entlegenen Wüstendorf, dessen Bewohner seit alters her immer nur barfuß gegangen waren, erschien eines Tages ein fremder Händler, der Schuhwerk verkaufte. Dieser Mann war ein geschickter Verkäufer, der es genau verstand, die Menschen von der Güte seiner Ware zu überzeugen. Er stellte sich auf den Dorfplatz, setzte sein gewinnbringendstes Lächeln auf und hub eine ausgefeilte Rede an, in der er den herbeigeströmten Neugierigen zuerst seine Bewunderung darüber aussprach, wie tapfer sie doch das harte

Wüstenleben ertrugen und bewältigten. Dann sprach er von den alltäglichen Qualen beim Laufen, von glühend heißen Steinen, von spitzen Akaziendornen und so weiter, denen die nackten Füße überall ausgesetzt waren, und dass doch gerade die oft so unbeachteten Füße, auf denen der Mensch sein ganzes Leben durchmaß, das Wertvollste und Schützenswerteste seien, womit der Herr sie überhaupt ausgestattet habe.

»Der Mann hat Recht«, rief ein Zuhörer. »Das Leben hier draußen ist schwer und wessen Füße den Dienst versagen, der geht jammervoll zugrunde.«

»Doch damit ist's nun vorbei!«, übernahm der Händler wieder das Wort. »Die Ware, die ich euch heute übereigne, beendet das Leiden eurer Füße. Diese Schuhe hier schützen eure Sohlen. Seht sie euch an, probiert sie aus! Ihr geht damit bequemer, ihr kommt damit schneller voran und eure dicke unansehnliche Hornhaut wird nach und nach verschwinden. Entscheidet ihr euch für die Schuhe, entscheidet ihr euch für den Fortschritt.«

Nach wenigen Tagen hatte der Händler ein gutes Geschäft gemacht. Bald ging niemand mehr barfuß, bald schwärmte jeder von Schuhwerk und Fortschritt. Einzig im letzten Winkel des Dorfes, vor einer kleinen Lehmhütte auf einem Strohsack sitzend, hielt sich ein alter Bauer fern von dem Getriebe. Er war nicht taub oder blöde, er liebte nur seine Ruhe. Dann und wann wechselte er ein Wörtchen mit seinem Nachbarn über die sagenhafte Neuigkeit im Dorf, doch nahm er selbst an keiner der Kundgebungen teil und wenn er zuweilen seinen Schattenplatz unter dem Vordach verließ, um ein paar Früchte vom Feld zu pflücken, so tat er dies barfuß.

Bevor der Händler das Dorf schließlich verließ, kam er sogar persönlich zu dem Alten und redete ihm zu von Schmerzen und Heilung und Schuhen.

»Du ermüdest dich nur«, unterbrach ihn aber der Alte und darin lag so viel Bestimmtheit und eigensinniger Nachdruck, dass der

Händler seinen Bekehrungsversuch sofort aufgab und sich höflich empfahl.

Nun gingen ein paar Monate ins Land. Die Leute waren sehr zufrieden mit ihren Schuhen. Wie versprochen, lief es sich bequemer, sie kamen schneller vorwärts und die Hornhaut bildete sich zurück. Die Füße blieben geschont, nur die Schuhe nutzten sich ab im unwegsamen Gelände. Da kam der Händler wieder und diesmal brachte er nicht nur Schuhe mit, sondern das Neueste vom Neusten, und das war Schuhcreme. Wieder hielt er ergreifende Reden auf dem Dorfplatz vor allen Bewohnern bis auf den alten Bauern und wieder überzeugte sein fortschrittliches Produkt jeden, der es ausprobierte.

»Kauft euch Schuhcreme!«, rief er seinen Anhängern zu. »Das ist der Fortschritt. Einmal täglich nur eingerieben, nutzen sich eure Schuhe nicht mehr ab in dem Dreck auf den Wegen und Feldern. Eure Schuhe glänzen wie neu und sie halten mitunter ein Leben lang.«

Die Hörer waren begeistert. Sie waren alle nicht reich, doch der Preis war erschwinglich und jeder hatte irgendwoher sein Spargeld zusammengezählt. Sie kauften Schuhcreme und neue Schuhe, wo die alten schon abgetragen waren. Natürlich suchte der Händler auch den alten Bauern wieder auf, denn er war genauso standhaft wie jener. Wieder pries er ihm seine Ware an, doch diesmal winkte der Alte nur ab und antwortete gar nicht.

Nun verstrich abermals eine Zeit, die Leute pflegten ihre Schuhe geflissentlich mit Schuhcreme und tatsächlich widerstanden die Schuhe damit der Abnutzung durch Dreck und Sand. Alsbald tauchte der Händler dann zum dritten Mal auf. Diesmal hatten ihn all die frisch überzeugten Schuhträger und Schuhcremenutzer richtiggehend ersehnt und hießen ihn willkommen wie einen geliebten Gast. Und wie ein jeder erwartet hatte, so brachte er auch diesmal die letzte Errungenschaft aus der Fremde mit.

»Liebe Freunde«, rief er, »staunt mit mir über dieses unglaubliche Gerät namens Schuhanzieher! Sicher ist euch schon mehrfach unangenehm aufgefallen, dass man sich zum Anziehen der Schuhe so weit bücken und den Rücken verkrümmen muss. Doch ist nun Schluss damit – keine Beschwerlichkeiten mehr! Der Schuhanzieher erleichtert alles. Seht her, wie flink und geschmeidig ich damit in meine Schuhe schlüpfe! Das ist der Weg des Fortschritts, er erspart uns unnötige Mühen. In vielen anderen Dörfern hat sich eindeutig gezeigt, dass die Zahl derer, die an Rückenschmerzen litten, stark zurückging, seit sie Schuhanzieher gebrauchen. Probiert es selbst, langt nur zu!«

Kurz darauf besaß jeder seinen eigenen Schuhanzieher und ging beglückt damit heim, denn das war obendrein der preiswerteste Fortschritt, den die Leute je bekommen hatten. Abends zählte der Händler wieder sein Geld, dann gedachte er des sturen Bauern, der nicht mit der Zeit gehen wollte, und lief zu ihm, um einmal mehr seine Waren vorzustellen. Vielleicht könnte er ja doch seinen Starrsinn irgendwann erweichen. Und siehe, er hatte sich nicht verrechnet, diesmal ließ ihn der Alte ausreden, er schickte ihn nicht weg, und auch seine ganze Miene und Körperhaltung schien offener und zugänglicher zu sein.

»Willst du also«, beschloss der Händler seinen Werbevortrag, »es nicht doch auf deine alten Tage hin noch einmal mit einem Paar ordentlicher Schuhe versuchen?«

»Nun«, sagte der Alte auf seinem Strohsack und hob den Finger, »mehr als deine Schuhe interessiert mich doch diese neueste Ausgeburt des Fortschritts, nämlich dieser Suppenrührstab dort.«

Damit deutete er auf einen der Schuhanzieher, weshalb der Händler herzhaft auflachte.

»Alter Grashocker«, rief er vergnügt, »du musst schon verzeihen, aber das ist wirklich lustig. Dieser Stab ist doch kein Rührstab für Suppen. Das ist ein Schuhanzieher – ein Ding, womit man Schuhe anzieht. Du lebst ja wirklich hinter dem Mond. Du hast nicht den blassesten Schimmer vom Fortschritt der Welt.«

»Ein Schuhanzieher?«, erwiderte der Alte. »Soso, und dabei schien mir doch gerade dieser Fortschritt eine recht begreifliche Sache zu sein. Geht es denn nicht einfach darum, den Menschen das Leben leichter und bequemer zu machen?«

»Das hast du gut erkannt«, sagte der Händler. »Du bist ja doch nicht so dumm, wie ich dachte.«

»Und geht es denn nicht auch darum«, fuhr der Bauer fort, »den Menschen immer schneller ans Ziel seiner Wünsche zu bringen?«

Der Händler bejahte.

»Dann wäre das also ein großer Fortschritt, wenn jemand ein Gerät erfinden würde, das den Menschen, ohne dass der überhaupt einen Schritt tun müsste, zu seinem Wunschziel hinbrächte?«

»Das wäre natürlich ein gewaltiger Fortschritt.«

»Aber das Ende dieses ganzen Fortschritts«, folgerte der Bauer, »wäre das dann nicht der Zustand, in dem ein Mensch nur noch so gemütlich dasitzen könnte, nirgends mehr hineilen müsste und auf ein bloßes Fingerschnipsen hin würden sich all seine Wünsche sofort erfüllen?«

»Ja, durchaus«, nickte der Händler. »Das kann man so sehen.«

»Na dann«, schloss der Alte, rückte sich auf seinem Strohsack zurecht und schnipste mit den Fingern, »einen Rührstab hätte ich dir schon abgenommen, so aber lass mich doch jetzt bitte in Ruhe und geh! Ich möchte heute nichts kaufen.«

Äthiopien: Das Alter der Menschheit

Eine Paläontologin, die in Ostafrika nach frühmenschlichen Fossilien grub, wurde einmal per Briefpost von einem Zeitungsberichterstatter gefragt, auf welches Alter sie die Menschheit schätze. Sie schrieb zurück: »Um das abzuschätzen, greife ich gern den alten

Gedanken auf, die gesamte Entwicklung der Menschheit von ihrer Geburtsstunde bis zu ihrem Tod spule sich ähnlich ab wie die Entwicklung eines einzelnen Menschen. Demnach sind Säuglingsalter, Kindheit, Ichfindung, Erwachsensein, Wechseljahre und Greisenalter auch Stufen der evolutionären Menschwerdung. Unter dieser Voraussetzung tendiere ich dazu – erstens weil wir nicht mehr nackt umherlaufen und der Schriftsprache bereits kundig sind, zweitens angesichts der unübersehbaren misstrauischen Abgrenzung unter den Erdenvölkern sowie deren Drang nach Wettbewerb und sexueller Befreiung – so tendiere ich also dazu, das Alter wie den Reifegrad unserer Menschheit derzeit irgendwo in der gipfelnden Pubertät zu vermuten.«

Südsudan: Der Frosch aus dem Brunnen

In einem tiefen Brunnen lebten viele Frösche. Sie fanden da unten seit alters her alles, was sie zum Leben brauchten, und oben sahen sie den Himmel.

»Unser Himmel«, so quakten sie, »ist das Höchste, das Größte und der einzig wahre Himmel.«

Nun waren da eines Tages zwei Frösche, die verließen das Wasser und kletterten die Brunnenwand empor.

»Was wollt ihr denn dort?«, riefen die anderen. »Da oben seht ihr auch nicht mehr.« Und sie unkten: »Ihr Narren brecht euch nur den Hals, wenn ihr herunterfallt!«

Doch die zwei Frösche erreichten den Brunnenrand. Der eine erschrak sogleich vor dem zugigen Wind, der hier wehte. Verängstigt sprang er umher und flüchtete einem anderen Brunnen in der Nähe zu. Auch von dort unten quakte ein Froschchor seinen Himmel als den größten an. Der andere Frosch aber hüpfte zu einer Anhöhe.

Er blickte sich um und sein Herz wurde weit und ganz leicht, denn der Himmel war so grenzenlos und unbeschreiblich schön.

Uganda: Mondschein überm See

In einer Vollmondnacht saßen Juma und Johari in einem Boot auf dem großen See. Juma hielt seine geliebte Johari in den Armen und sagte: »Ich kenne nichts Schöneres als den Anblick dieses Mondes.« »Ja«, sagte Johari.

Als Juma aber jetzt zu ihr sah, bemerkte er, dass Johari gar nicht zum Himmel hinaufblickte, sondern auf den dunklen See, worin der Mond sich zitternd spiegelte. Sie hatte die ganze Zeit nur das Spiegelbild des Mondes bewundert, nicht aber den echten Mond.

Juma ließ Johari los und sagte vorwurfsvoll: »Ich zeige dir hier den vollen Mond und du schaust gar nicht hin!«

»Aber ich sehe ihn doch wunderschön auf dem Wasser«, sprach sie.

Nun sprang Juma auf, das Boot schaukelte und er rief: »Aber wie kann dir denn ein bloßes Abbild vom Mond lieber sein als der wirkliche Mond?«

Da fragte Johari zurück: »Und wie kann dir denn dein Bild, worauf ich den Mond am Himmel bestaune, lieber sein als die Wirklichkeit, wo ich ihn auf dem See bestaune?«

Ruanda: Die Maden im Misthaufen

Ein paar Maden lebten in einem Misthaufen. Da kamen noch andere Maden hinzu, und als eine davon sich genau dort, wo sie gerade fraß, auch von ihrem Madenkot erleichterte, krochen die ersten Maden tief im Misthaufen zusammen.

»Habt ihr die Anderen schon einmal beobachtet?«, tuschelten sie.
»Die haben komische Sitten.«
»Ja, die verpesten hier überall die Luft mit ihrem Gestank.«

Burundi: Hühner auf der Leiter

Am Hühnerstall sprang ein Huhn auf die unterste Sprosse einer angelegten Leiter, überblickte alle am Boden umherlaufenden Hennen und gackerte:»Ich kann weiter sehen als ihr alle!«

Da flatterte ein zweites Huhn auf die Sprosse darüber und rief: »Und ich sehe noch weiter als du!«

Bald waren aufwärts alle Leitersprossen mit Hühnern besetzt, sodass zum Schluss der Hahn aufs Stalldach stieg, sich aufplusterte und laut krähte:»Niemand aber hat größere Weitsicht, niemand kann je einen höheren Standpunkt einnehmen als ich!«

Gleichzeitig flogen jedoch noch zwei Falken weit oben durch die Luft und sahen dem Treiben der Hühner zu.

Der eine Falke lachte schrill auf:»Ist das köstlich! Siehst du, wie die wetteifern? Was sind das nur für blinde Vögel da unten! Oder was hältst du davon?«

Der andere Falke aber flog weiter und sagte bloß:»Blind sind nur jene, die sich für sehend halten.«

Tansania: Am Fuße des Kilimandscharo

Sprach ein Massai zu seiner Frau:»Die Menschen erreichen Gipfel auf vier verschiedene Arten. Am häufigsten nehmen sie vorgefertigte, ausgetretene Wege hinauf. Schon weniger oft schlagen sie sich eigensinnig quer durchs Gestrüpp. In ganz seltenen Fällen kommt schließlich ein Mensch, der einen neuen Weg für andere anlegt.«

»So«, sagte seine Frau, »nur sprachst du nicht von vier Arten?«
Darauf sagte er: »Von der vierten Art kenne ich bisher nur dich.
Du glaubst zwar den Bergsteigern, auf dem Gipfel sei das Höchste
zu finden, du traust aber genauso deinen Augen, die dort oben
nichts als Luft erkennen. Dass nun die Luft sehr wertvoll ist, weißt
du jedoch auch hier unten und sagst dir also: Wozu noch Gipfel er-
klimmen?«

Kenia: Die wahre Mutter

Ein Mann, der sein ganzes Leben in der Wüste zugebracht hatte,
zog eines Tages hinaus in die Ferne, um allen Menschen da draußen
zu berichten, von welch beispielloser Schönheit doch die Wüste sei.
Er hatte sich nämlich unsterblich in seine Heimat verliebt. Über all
die Jahre hatte er immer klarer erkannt, dass die Wüste nicht bloß
die Lebensumgebung der Menschen war, sondern ihre wahre
Mutter. Wie eine liebevolle Mutter versorgte sie all ihre Wüsten-
söhne und Wüstentöchter mit allem, was man zum Leben brauchte
– mit Wasser, Nahrung und Obdach. Sie war meist sparsam, aber
immer gerecht, denn sie behandelte alle gleich. Sie ernährte,
beschützte und belehrte all ihre zahllosen Kinder, ohne eines davon
zu übervorteilen. Manchmal konnte sie auch streng sein, aber niemals in böser Absicht. Im Grunde fanden alle Lebewesen von ihrer
Geburt bis zum Tod Schutz und Zuflucht in ihrem Schoß. Sie war
das größte, herrlichste und freigebigste Wesen weit und breit, das
alle anderen ewig umfing.
Das hatte der Mann also verstanden und nun trug er sein Wissen
hinaus in die Welt. Überall, wo er es in der Wüste verbreitete,
schenkten ihm auch die Leute Gehör und Beifall. Es war so verständlich, so klar und offensichtlich, wovon er sprach, dass die
Menschen gar nicht anders konnten als ihm zu glauben.

Viele gingen hernach mit dieser weisen Einsicht im Busen viel selbstbewusster durchs Wüstenleben, und manch einer war so innigst davon berührt, dass er gar selber auszog, um die Unwissenheit allerorten zu beseitigen und den Menschenkindern ihre wahre Mutter zu zeigen.

Nach einigen Jahren der Aufklärung und des Umherziehens erreichte aber unser Mann eine fremde Stadt im tiefen Süden, wo ihm etwas unerhört Seltsames widerfuhr. Die Stadt lag an der Meeresküste, wo er zuvor noch nie gewesen war. Er hatte zwar schon vom Meer gehört, aber diese Reiseberichte von Krämern und Pilgern hatten für ihn nur wie Märchen geklungen. Nun da er tatsächlich die Wassermassen unendlich weit vor sich ausgebreitet sah, konnte er zunächst nichts anderes tun, als sie einen ganzen Tag lang ununterbrochen anzustaunen. Wie schön und gewaltig dieses Element war, aber auch wie unvertraut und befremdlich! Es erinnerte ihn an Sandwüsten mit ihren wogenden Dünen. Es hatte aber auch durch den Wellengang etwas Unruhigeres und durch seine dunkle Tiefe etwas von der hinterhältigen Tücke von Treibsand. Der Sohn der Wüste fühlte sich angesichts des Meeres und seiner Küstenbewohner, die es munter mit ihren Schiffen durchkreuzten, nicht mehr ganz so sicher und geborgen wie daheim.

Ein Angsthase war er jedoch nicht! Auch die hiesigen Leute wollte er von ihrer wahren Mutter unterrichten. Also machte er sich auf zu einem Marktplatz, wo er gleich auf den ersten Stand zugehen wollte, als er plötzlich innehielt. Ein Fischhändler unterhielt sich dort mit einer Frau, die vor seinem Verkaufsstand wild mit den Armen gestikulierte und durch die Luft ruderte. Offenbar waren die zwei in einen Streit verwickelt und dieses Gespräch war ohne Übertreibung das Unerhörteste und Abwegigste, was dem Wüstenmann je zu Ohren gekommen war.

»Und ich versichere dir«, hörte er die Frau verkünden, »du irrst dich doch, alter Mann. Du bist in deinem Altersstarrsinn gefangen.

Der Urwald, und nicht das Meer, ist die wahre Mutter der Menschheit. Das würdest du einsehen, wenn du die endlosen Wälder sähest, aus denen ich komme. Sie ernähren und beherbergen zahlreiche Völker. Der Urwald ist ein atmendes Wesen, dessen Schoß wir alle entstammen zusammen mit allen Pflanzen, Früchten und Tieren.«

Der alte Fischverkäufer blieb selber ganz ruhig. Er deutete gelassen auf seine Fische und fragte: »Sind das denn keine Tiere? Sie entstammen keinem Urwald. Die Fischer haben sie aus dem Meer gefischt genauso wie diese Meeresfrüchte hier. Geh und befrage sie doch, wem sie ihr Leben verdanken! Alle hier wissen seit Unzeiten, dass das Meer die Mutter aller Lebewesen ist.«

»Dass ich nicht lache!«, rief die Frau aufgebracht. »Das Meer mag schon eindrucksvoll sein, aber wir können ja nicht einmal atmen darin. Geh und befrage doch selber einmal deine Fischerkollegen, wie viele von ihrer Sippschaft bereits im Meer ertrunken sind!«

»Ich möchte dir nicht zu nahe treten«, erwiderte der Alte respektvoll, »aber du als Frau wirst doch sicherlich wissen, dass Menschenbabys, solange sie im Mutterleib heranwachsen, von einer Wasserblase umgeben sind. Auch ihr Waldmenschen habt also euren Ursprung im Wasser. Und dieses Wasser ist salzhaltig. Das Meer steckt in jedem von uns. Es ist unsere ursprüngliche Mutter.«

»Das ist eine Irrlehre!«, zischte die Frau und stampfte mit dem Fuß auf.

Sie holte tief Luft zur Gegenrede, doch an diesem Punkt konnte der Mann aus der Wüste nicht länger an sich halten. Diese armen, bemitleidenswerten Unwissenden hatten offenbar noch nie die Wüste gesehen. Beschwichtigend hob er also die Hände und trat zu ihnen vor.

»Aber, aber«, rief er freundlich, »wer wird sich denn so ereifern! Man kann doch alles friedlich klären. So weit ich das mitbekommen habe, liegt hier eine Meinungsverschiedenheit darüber vor, was die wahre Mutter der Menschheit sei. Ihr verzeiht mir hoffentlich, dass ich euren Wortwechsel etwas belauscht habe. Er war aber wirklich zu fesselnd! Außerdem scheint mir, es fehlt hier genau an einem außenstehenden, unparteiischen Dritten, der die Standpunkte klar überschaut. Was haltet ihr davon, wenn wir die Angelegenheit bei einem stärkenden Kaffee in aller Ruhe zu dritt besprechen?«

So kam es also dazu, dass sich Wüsten-, Wald- und Küstenbewohner an einem Tisch zusammenfanden. Drei Menschen völlig unterschiedlicher Herkunft versuchten sich gegenseitig mit Einfallsreichtum, mit Wortwitz, Schlagfertigkeit und manchmal auch mit purer Leidenschaftlichkeit umzustimmen. Der Wüstensohn wusste, dass die Wüste die Mutter der Menschen war. Die Urwaldfrau wusste, dass der Urwald die Menschen gebar. Und der Küstenmann wusste, dass das Meer in allen steckte. Jeder von ihnen schien Recht zu haben, aber das konnte unmöglich sein. Wüste, Wald und Meer waren doch grundverschieden, sodass sie nicht gleichzeitig die einzig wahre Mutter der Menschen sein konnten. Zwei von den dreien hier mussten also einer falschen Überzeugung anhängen, jedoch kam zu diesem Zeitpunkt noch keiner auf die Idee, seine eigene in Frage zu stellen. Also redeten sie unentwegt aufeinander ein und suchten sich im anschaulichen Argumentieren zu übertrumpfen.

Als aber alle Bekehrungsversuche nichts brachten, kamen sie spät am Abend wenigstens darin überein, gemeinsam auf Reisen zu gehen. Sie beschlossen, als erstes die Küste genauer kennen zu lernen, indem sie bei dem alten Händler unterkamen und mit ihm seinen Alltag durchlebten. Dies war durchaus keine leichte, erholsame Zeit für die Waldfrau und den Wüstenmann, denn sie waren eben den Wald beziehungsweise die Wüste gewohnt. Obwohl sie gut untergebracht und herzlich willkommen waren beim Küstenvolk, beschlich sie so ferne der Heimat doch immer wieder eine Art Unbehagen, ein tief sitzendes Unwohlsein und flaues Bauchgefühl von Abgeschiedenheit. Sie sahen sehr wohl, dass das Meer mit seinem Einfluss hier allgegenwärtig war. Unbestreitbar war es die

Lebensgrundlage für seine Anwohner. Dennoch sperrte sich etwas in ihnen gegen diese Lebensweise hier, gegen die anderen Sitten und Bräuche, gegen die Arbeits- und Essgewohnheiten, gegen den Fischgeruch, der überall in der Luft hing, und vor allem gegen den Glauben, das Meer sei der größte Schatz und Mutterschoß der Menschheit.

Bei einer etwas stürmischen Bootsfahrt weitab vom Ufer, als der Wind nur so heulte und das Boot auf und nieder schwankend landwärts peitschte, jauchzte der alte Fischhändler plötzlich auf wie ein Kind vor Freude und Lebenslust.

»Ist das nicht göttlich«, rief er seinen Besuchern aus dem Landesinnern zu, »sich nur Mutter See und ihrer Güte anzuvertrauen?«

Der Mann aus der Wüste war aber seekrank geworden. Ihm war speiübel, weshalb er dazu gar nichts sagen konnte, und die Frau aus den Wäldern entgegnete nur: »Das, was du Güte nennst, nenne ich Laune, und es macht mir Angst. Deiner geliebten See fühle ich mich eher ausgeliefert als anvertraut.«

Als die drei aber bald ihre Waldheimat bereisten, um auch diese gründlicher einzuschätzen, war dieses Ausgeliefertsein genau das, was diesmal auch der Küstenmensch empfand. Und auch später in der Wüste im hohen Norden erging es ihm nicht anders, als sie bei einem Ausritt mit Kamelen plötzlich von einem Sandsturm eingeholt und getrennt wurden. Dieses Erlebnis erschütterte selbst den Wüstensohn, der hier zu Hause war, aufs Heftigste. Eingeschlossen vom tobenden Getöse und den Naturgewalten schutzlos preisgegeben, bangte er um das Leben seiner zwei Gäste, die ihm ans Herz gewachsen waren. Sie überlebten knapp, sie kamen noch einmal mit heiler Haut davon, doch spätestens hier auch im Innern verwandelt. Auch die Wüste war ein machtvolles Wesen. Auch sie, so gestanden sich die beiden ein, konnte so unbändig wild wie die See und so abgrundtief dunkel wie der dichteste Urwald sein.

Jeder von ihnen hatte von Anfang an Recht gehabt. Das bekannten die drei, als sie nach dem Sturm wieder glücklich vereint in den Morgen ritten. Niemand hatte übertrieben. Wüste, Meer und Wald waren allesamt nicht nur Lebensräume, sondern übergroße Mutterwesen, die Leben spenden, Leben erhalten, aber auch Leben zurückfordern konnten.

Gleichzeitig hatten alle drei, die mittlerweile etwas viel Tieferes als nur eine Reisebekanntschaft verband, aber auch Unrecht gehabt. Jeder von ihnen hatte daran geglaubt, dass nur seine eigene Heimat auch der Ursprung und Zufluchtsort aller anderen Menschen sei. Und das war falsch, oder einfach kurzsichtig. Die Wahrheit war viel umfassender. Die Erde war größer und weitaus vielfältiger als gedacht.

»Ist also dann die Erde unsere wahre Mutter?«, fragte die Waldfrau ihre zwei Freunde zum Abschluss.

»Was denkst du denn selber?«, fragte der Alte von der Küstenstadt zurück.

»Nun«, sagte sie und wiegte ihren Kopf, »ich denke, dass die Wüste, das Meer und der Wald großartige Kinder der wahren Mutter sind. Und was denkst du?«

»Das trifft es ganz gut«, antwortete er. »Und wir Menschen sind Enkelkinder von ihr. Ob aber die Erde die wahre Mutter aller Lebewesen ist, das weiß ich nicht. Ich möchte so bald nicht noch einmal einen Glauben für wahr ausgeben, nur weil er sich schön und schlüssig anhört.«

»Vielleicht können wir uns ja darauf einigen«, warf da der Wüstensohn ein. »Unsere wahre Mutter hat neben Menschen, Wüsten, Meeren und Wäldern wohl auch die Erde geboren, und ebenso den Mond und die Sonne und alle Gestirne.«

»Ja«, sagte die Frau, »und noch etwas hat sie zusammen mit uns geboren.« Sie streichelte ihr Kamel zärtlich am Höcker, und als die beiden Männer sie fragend ansahen, fügte sie lächelnd hinzu: »Einfach das hier – diesen Moment.«

Inhaltsverzeichnis